消逝的村庄

祝成侠乡土小说选

祝成侠 ◎ 著

长 春 出 版 社

全国百佳图书出版单位

图书在版编目（CIP）数据

消逝的村庄：祝成侠乡土小说选 / 祝成侠著.
长春：长春出版社，2025. 1. -- ISBN 978-7-5445
-7581-2

Ⅰ.I247.5
中国国家版本馆CIP数据核字第2024YY4887号

消逝的村庄——祝成侠乡土小说选

著　　者　祝成侠
责任编辑　程秀梅
封面设计　宁荣刚

出版发行　长春出版社
总 编 室　0431-88563443
市场营销　0431-88561180
网络营销　0431-88587345
地　　址　吉林省长春市南关区长春大街309号
邮　　编　130041
网　　址　www.cccbs.net

制　　版　长春出版社美术设计制作中心
印　　刷　长春天行健印刷有限公司

开　　本　880mm×1230mm　1/32
字　　数　223千字
印　　张　10.625
版　　次　2025年1月第1版
印　　次　2025年1月第1次印刷
定　　价　59.80元

目　录

麦屯记 / 1

扒拉香 / 70

天　目 / 92

屯　事 / 108

土的梦园 / 160

麦屯水土 / 183

面对死者的最后日子 / 224

清明时节 / 231

传　人 / 284

老葱和他的女人 / 308

屯　丧 / 323

麦屯记

队长甸秋

麦屯50岁的生产队长甸秋病入膏肓。每隔两三分钟，尿一两滴血，像被捅了心尖儿的猪一般的号叫。他的女人喜雨和5个儿子在这号叫中怨恨越来越大，他们恨他不死，活得让人心疼。

如果他们知道他的心，必定不会这么想。人离死越远越不怕死，人要说死就死了，就不那么心甘情愿了。他们相信他在这个时候，生不如死。

他在分分秒秒间不那么痛的时候，转过头来冲着他的母亲叫"妈呀，看看你的儿子"。喜雨和孩子们都在心里表示出冷漠，不接受他的荒唐，他们已经够坚忍的了。他80岁的老母亲是个聋子。她坐在炕头，两个手插在屁股底下，垂着头用眼角看人来人往。别人阻挡她靠前，不让她看见他的脸，他已不再是原来的模样。后来就把她扶到西屋去住，白发人送黑发人这样的悲惨，会让他们雪上加霜。

自从甸秋被诊断出膀胱癌，这一家子就像被魔鬼撞断了顶梁柱，魔鬼顶替柱子趴在屋里支撑着日子。喜雨花光了给二儿子说媳妇儿的钱，二儿子的愁苦自不必说，那几个小的就更没有什么指望了。中年丧夫，上有老下有一帮生荒子的寡妇，未来的黑暗现在就遮在眼前了。

天下的队长女人，与别的女人不一样。作为屯里的第一夫人，比别的女人让人高看一眼，夫贵妻荣的道理长在人人的心里。喜雨与众不同。她的名字有点雅，上过几年学，有几许别人没有的气质。她比别的女人主意多，虚荣心也是有一点的，但她通过勤劳掩藏了一些骄傲，在麦屯受到了应有的尊敬。她的名声在这个时候派上用场，四处借到了些钱。但是那钱用在甸秋身上，就像把水倒进筛子里，立马无影无踪。她最后去找会计借支，会计没有现钱借给她，但会计欠过队长的人情，他托人买了两支哌替啶（杜冷丁）送给甸秋把人情还了。上帝封上了队长的门，会计给走投无路的一家人打开了一扇窗。打了哌替啶的甸秋，会有刻把点时间进入比较幸福的状态。于是喜雨决定不再拿钱打水漂，把奔走用在维持这安详上。

贫在闹市无人问，富在深山有远亲。这样的哲学喜雨是懂的，但临到当头她还是不肯妥协地痛哭了几场。西屋的老太太眼睛早已混沌，但从进进出出的媳妇的背影，看出了她的心思。她解开偏襟的白布衫，从里面掏出一个四方四角的小布包儿递给媳妇。喜雨推托了一下，但几乎同时就接过来了，蚊子见到血是不顾命的。她说"妈，以后我还给你"，但她自己都不信自己的话。

老太太献出棺材板儿不过是一种姿态。到了这个份儿上，两个女人连一句互相劝慰的话都说不出口了。老太太三十二岁守寡，一辈子的念想就是把唯一的儿子拉扯大，看他娶妻生子过上好日子。儿子的盼头就是她的盼头，至于她自己的喜忧，她从来不觉得有什么用处。儿子娶了媳妇后，她高兴得睡不着，可很快就又有些失落。婆媳间明修栈道暗度陈仓的勾当，她经历得比别人多。喜雨越往后越占上风，她看儿子欢喜，就把心思埋住了。最近不过夫妻，最亲不过父母。夫妻再近两颗心也长不成一个心眼儿，她和儿子是一条命。她信儿子早晚会承认。

谁也没告诉她儿子得了什么病，但人到了岁数，心就变成了镜子，没有照不到的。等她看见棺材摆在了院里，就像一个赶路的人突然被大山挡住去路，就慢慢地坐下了。她打量着眼前的大山，那紫红色的山上开满鲜花，她的孩子就在那花中抓蝈蝈，举着粘网跑来跑去捉蜻蜓，还绊了一跤，孩子没哭，挺皮实……她眯着眼睛含了些笑意。

几个月来，这个原本还算宽大的屋檐下，进出的人都是与笑隔了界的。老太太的表情，就有些令人吃惊。孩子们跑回屋里向喜雨告状，他们再小也懂得见了棺材不落泪还笑，是不对的。喜雨跑出来看见婆婆这副模样，心里不痛快极了。她在婆婆面前跺了下脚，识好歹的老太太就慢慢起来了，像被人撅了脊梁骨，整个人弯成了虾。她执意往东屋进，好心的媳妇和孙子们都明确地用表情告诉她除了添乱对她没有好处，她顺从了他们，进到西屋后就从聋子变成哑巴了。在那特殊的日子里，他们的交流基本不靠语言。

老太太每天早上去茅房，都会慢慢地走到院里的棺材前，抚摸一会儿，再用手拍几下，有时也把耳朵贴上去。全家都认定老太太痴傻了，这种解释符合每个人的心。种种迹象表明，对于她儿子的大限，她毫不关心，给吃就吃，不给也不要，想睡就睡，还打呼噜，全家人的愁苦与她都不相干了，她连一滴眼泪都不曾为她的儿子掉过。这样的一种母子诀别，让喜雨十分悲凉，她是一个心思很重的人，她联想到了自己。

甸秋的哀号变得像叫春的猫，日夜惨烈。一家人的忍耐到了极限。再也没钱买哌替啶了，最后大儿子决定连镇痛药也不用了，他崇拜他的父亲，前三十年看父敬子，他也是受过这恩惠的，他希望他父亲早死早托生。喜雨没有反驳，她明白他的大势已在儿子手上。

甸秋像给自己号丧一样号了几天后，疼得不会叫了，缩在被窝里哆嗦，他已经尿不出一滴完整的血了，是一片一片地往出浸，就像蜡染的花叶。

在一个阴雨初晴的早上，和煦的微风吹拂着，在初升太阳的金色光芒中，园子里的芍药、步步高、蚂蚱菜都把花开得鲜鲜亮亮，还弥漫着湿润润的清香，大公鸡站在墙头上优雅地打鸣，一只狗崽儿叼着小猪的尾巴在院里转圈圈儿，谁都会觉得万物是有灵的，在用喜悦回报生了它们的上天，太阳看上去满意极了。

甸秋家里无比安静，大家都屏住呼吸，目不转睛地围在队长头前，他小小的身子已经不再像猫似的蜷缩，而是平躺着完全伸展了，眼睛微微地闭着睡得很香，给人生出种种错觉，仿佛这一觉醒来就像蛇蜕皮一样，经过一顿挣扎把病都蜕去了，或是大家也跟他一样都不过是做了一场梦。但这样的错觉很快被他突然的叫声打破，像所有的回光返照一样，他从昏厥中睁开眼睛，用一种痛苦得近乎狰狞的表情看向他的女人和孩子们，然后对喜雨说，"看妈……"就遭尽了人间的罪苦，咽了气。

喜雨如果早就像现在这样从了基督，就当明白他说过的最后两句话——"看看你的儿子""看妈"是耶稣给他的启示——向他的母亲告别和托她照顾母亲——那也是耶稣被钉上十字架后说的话。这样的巧合无法解释。有些人在死的时候也不知道蒙了谁的恩，就把恩怨都带走了，但活着的人有的会在死者身上明白一些。这是喜雨后来跟人说的。

按照习俗，甸秋得在家停一天再出殡。已经熬尽心血的家人们，在守灵到后半夜时，除了喜雨都睡着了。谁也不能指责他们的孝心，要知道禾苗耐旱总是比不过树的。

喜雨坐在门槛上，回想往事。奇怪的是，每一件，每一场，都不能完整回忆，她的脑子被苦难切割了。最后脑海里就剩喜雨和甸秋这两个名字排来排去，四个字就像扭秧歌的人来回排队插花，秋雨，喜秋，雨甸，雨秋……她的脑海越来越混沌，原来以为人是实的，名字是虚的，现在的感觉是反过来了。

天见亮的时候，她听见西屋有动静，知道老太太又要去茅房了。她把面上的东西都收拾起来，不想让她看出什么。报丧总比报喜晚一些好。她自己装作没事的样子，点着了灶坑。

老太太像往常一样，佝偻着身子慢慢地开门出去，慢慢地又去抚摸棺材,用手拍,把脸贴在棺材上。这次她半天没有离开,就像枕在枕头上睡着了一样。

喜雨一直用眼睛瞄着, 发现有点不对劲儿, 就出去晃她, 老太太抬起头深深地看了她一眼, 喜雨发现那眼神里竟有一些得意, 让她感到绝望。

老太太没说什么也没去茅房, 又回到西屋。以后再也没走出那个屋子, 她睡了长长的一觉, 再没醒来。

老太太发丧的早上, 喜雨再次表现出与众不同。大多媳妇哭婆婆是有声无泪干号, 劝的人也装模作样尽礼道。喜雨是鼻涕眼泪抹了一脸, 却哭不出动静。人们相信她的悲痛, 都真心安慰她。然而她的心被开启了, 已经不受任何安慰。她隔着眼泪看两个小儿子在棺材上拍,然后把耳朵贴上去,学他们的奶奶。他们跟她说, 奶奶后来告诉他们, 用手拍, 就能感觉到里面有没有人。

喜雨后来成为虔诚的基督徒, 她每天忏悔祈祷, 相信人是有罪的。尽管她不知道她的罪来自哪里,但她知道相信自己有罪,她的苦难就能撑得过去。

蒙大先生

蒙大先生是老蒙头的外号。初听起来谁都会生出敬意, 要知道在麦屯上了岁数的人中, 要找出识文断字的人是不大容易的。但你若知道这外号是他自己起的, 就会留一些心。蒙大先生是知道人们怎么想的, 他一直认为自己比别人高明, 到死都没有改变。人们若轻淡他，他就笑，嘴角在笑的时候往下撇，其实是冷笑。

蒙大先生原来也是含而不露的人，打小穿过长衫，有乡绅的前景，后来一夜间家里的土地被分光了，他家保护自己也保护麦屯的防胡子的炮台一点用场没派上，被麦屯的人集体"打劫"了。他就有了仇恨，恨麦屯所有的人。这一点，就远远比不上麦屯人的厚道，他们虽然都知道自己翻身做主人了，但心里连自己也不大认可，对蒙家也还是客客气气的。不知道蒙大先生是怎么想的，却越发的愤怒。他在一天晚上，把炮台淋上了大粪，第二天那些上去玩耍的孩子们就都臭烘烘地跑回家了，从此跟他结了仇。他没料到这仇是世仇，他们的大人不再待见他；孩子们长大了，告诉自己的孩子老蒙头是混蛋，离他远远的。麦屯人的心里都有一个理儿，就算你蒙大先生有过富贵命，那也就是一个命，没有运也是不行的，不能给脸不要脸。

老蒙头也告诉自己的孩子离别人远远的。他教育他们劳心者治人，劳力者治于人。这样他就把全家从下三烂的麦屯中分离出来了，过着形而上的生活。老蒙头平时不下地，每到秋天就拎着麻袋去地里拾秋。遇到阻止他的，他会一本正经地从腰里掏出一本很厚的书，念给他们听，那些个字句是谁也记不住的，但意思是明白的，就是你要是丰收了，不要把落在地里的东西再收走，会有人来捡，要留给别人，你对别人就有了恩，别人感谢你了，上帝就看见了，就会保佑你明年大丰收。麦屯的人不信神，但对书有本能的敬畏。见他念得认真，料定不是胡说，就由他了。因为他们还有自己的小心，那话的言外之意是，你要是不让别人捡，明年就不会有好收成。真假不求，图个吉利。但也有横竖不吃的，把他的书扒拉到一边攮他走。他不走，说当年他家的地都给了大伙，要有感恩的心。然后人说要感谢就感谢政府。老蒙头的"上帝"就变得灰溜溜了。老蒙头家的书原是跟他家的地很匹配的，一场破旧立新中，被人用筐挎走了。这一本《圣经》留得小心，现在看也没什么用了。他原来是相信先知先觉的，麦屯人从来没相信过神仙皇帝，更不相信救世主，他们连自己也不信。他认为麦屯人的心里都蒙了灰，混沌又混账。

老蒙头从那会起，逐渐变成一个孤独狂躁的人，直到他八十四岁从麦屯消失。

麦屯里有记忆的人，脑海里都有过这样共同的场景：在他家大门前的柳树下，老蒙头坐在一个小板凳上，裆下永远趴着一条狗，他肩膀上挎着一个酒葫芦，自己在那儿骂。他骂的什么别人听不大懂，也没人理会，逮什么想起什么都骂，就算是老牛走过他身边哞一声，他也会把这畜生骂半晌。他骂一会儿就喝一口，累了也喝迷糊了，有时会栽栽棱棱地回到屋里，有时就把脑袋枕在板凳上，像一个流浪汉。淘气的孩子会用石子撇他，他的狗，无论当初曾怎样乖乖地被他压住尾巴或是脑袋，这时都会一蹿而起把鼻子皱紧成裂纹的小蒜头，誓死保卫他，那狗的怒吼，跟他的主人一样血脉偾张，是麦屯的风景。

老蒙头也不是总在愤怒，只是他不愤怒的时候，就要有别人来替代。

在一个有火烧云的傍晚，那真是一个漂亮的晚上。西天上挂着的云彩都镶了金边儿，像是通了一圈电亮闪闪的，远远近近的树都在呼吸，簌簌抖着绿叶，空气像被水洗过的清香，让人只想大口地吞不舍得吐出来，燕子们优雅地滑行，呢喃的声音满足得透出一股矫情。家家的炊烟在房顶上歪斜，跟信号似的召唤大人孩子回家吃饭，麦屯一派祥和。男人们扛着锄头收工回来，其中那个倒霉的家伙，做梦也不会想到一辈子的噩梦就要开始。

当人们路过柳树时，老蒙头似乎刚从梦里醒过来，他说梦话似的喊了一句"大裤裆"，大伙没有理他继续走。他用大把的闲空给走过他眼前的人起外号，连畜生都不放过，被叫了外号的人开始还跟他理论，后来就明白了，他就是要惹恼你让你不要不把他当回事，就不在意了。再没有比不理不睬更能对付一个不着调的人了。不过他起的外号还是很有蒙大先生水准的，总的来说给畜生的名字有些文，什么猪八戒牛魔王弼马温啥的，给人的就俗了，但听着形象叫着上口，有那么几年麦屯的人都是用他起的外号打招呼的。不过那个晚上，许是大伙太劳累了，他明明叫了一个新名字，也都被当成耳旁风。人们只当他撩闲，从他身边走过去了。要知道人有时的要求就是一点点，但你也不肯满足他，他就会换个方式变本加厉。他就又补了一句"大裤裆媳妇搞破鞋"，这一句把大伙的脚都缠住了。

普天下的村庄里，没有比"搞破鞋"更能自娱娱人的了。就像人说的，没有搞破鞋的村子是没有灵魂的。扛着锄头的男人们一扫刚才的颓丧——要知道劳动再美，劳动后都是狼狈不堪的——个个把锄头杵在老蒙头眼前。

你说什么？谁是大裤裆？谁媳妇搞破鞋？

老蒙头用酒葫芦点着自己的脑门，天机不可泄露地说了句"老虎头上写着呢"。大家自然都懂他说的是一个王字，三个姓王的人就都窘了。这三个原来都有了外号，一个走路外八字被叫"王八"，一个脸盘大被叫"王脸盆"，一个矮胖被叫"王发面"，"大裤裆"就出在这三人中，相当于脑袋上顶了帽子后再加一顶，而且是绿的。姓王的格外愤怒，让他还出清白。老蒙头开骂，骂驴打江山马坐殿，骂黄皮子生豆鼠子一辈不如一辈，骂高岗下坡他妈了巴子各占各窝……骂得脖子上的青筋都暴起来，就像祖坟被掘了，完全忘了眼前的事儿，任别人怎么追问他，只管露出不耐烦的表情，继续他的风马牛不相及。这帮人就只得把他当成疯子，吐口唾沫散去，三个姓王的都恨不得拿锄头铲了他。

炮仗被点了捻儿总是要爆的，后来那三个姓王的家里就炸锅了。王八的媳妇生猛刚烈，几天后就吊死在仓房里，扔下一帮孩子和一群吃奶的猪羔子。好心人从老母猪身上挤奶帮着喂那个没断奶的孩子，王八后来真疯了。

屯里的人都气不过，有几个好事的张罗着告老蒙头，认为他这算是命案。但那两个姓王的不肯出头，自己头上被扣上屎盆子自然心里不是滋味，但若再顶着屎盆子可哪走，那就连别人带自个一起熏了。麦屯人穷的时候也没怎么短志，日子好过了，面子就更顾全了。而王八疯了以后，成了老蒙头的好朋友。那棵大柳树下，他俩经常坐在一起推杯换盏，王八捧着一个破罐头瓶子，里面装着水或是沙土跟老蒙头的酒葫芦撞得当当响。他们成了知音，互相咒骂，尽管内容完全不搭调，但都十分开心。

多一事不如少一事，再好事的人看老蒙头和王八两个疯子自得其乐，也就不给自己找麻烦了。

老蒙头的祖上往上数算是书香门第，到他这份儿上，就算把家风全败了。他的两个儿子始终是孝顺的，打小受的教育让他们都胸有城府少言寡语。他们的爹让他们很是抬不起头，但儿子不能拿爹怎么样，个个都在心里憋着。他的女人和她的娘家也是受过他的恩的，记他的好多一些，劝他不住，只当他是魔鬼附身，盼着魔鬼早点出窍。如果不这么认为，她就劝慰不了自己。要知道，她的男人原来是何等斯文。结婚当晚，她因为害羞加害怕，不肯脱衣服，他的男人就笑一笑由她了，直到三天回门，她还是个姑娘身。听了娘的教导，她才回来主动脱了衣服还帮他脱，两个人的恩爱开始得温文尔雅。可自从魔鬼附了身，她的男人就脱胎换骨了，晚上做起那事，就像有仇似的，让她痛苦不堪。她宁可他骂累喝醉，倒床便睡，也不愿意过那种肮脏的夜晚。这样的打算，使得老蒙头如鱼得水，在家里的地位和他的脾气是一样突出的。

老蒙头八十四岁这年，他的女人把儿子媳妇还有孙子都叫回家里——他们平时是不大愿意来的。给老蒙头过生日，她私底下跟孩子们说，七十三八十四这都是老人的坎儿，过了今年不定有没有明年。这样的话说出来，做儿女的没有不动容的，都实心实意地给老子敬酒并祝了长命百岁。他们的老子这晚上出奇地清醒，儿孙们都喝多了，他还兴致很高，他向他们透露，他这辈子欠王八一个情，其实搞破鞋的不是王八的媳妇，是王脸盆的媳妇，他媳妇跟兽医在仓房里待了一袋烟的工夫，兽医出来的时候裤腰带还没系完呢，他坐那看得明明白白。儿媳妇们听了这话，都有些扭捏，儿子就坐那干咳不让他讲，他女人脸上挂不住，就把孩子们都劝走了。

兴致正高的老蒙头被女人扫了兴，就开始骂，骂得天打雷劈的。女人说过生日骂这些话不吉利，想讲就跟她讲吧。他觉得女人很善解人意，就和悦了。就给女人讲，讲他看到的和猜到的很多别人不知道的搞破鞋的事，他说哪个娘们从他眼前一过，头一天晚上她干没干那事儿他就能猜个八九不离十，讲那眉眼和扭腰的姿势都是不一样的。他讲着讲着，忽然就不讲了，有了一种冲动。想跟女人做那事儿。女人真就有了一种天打雷劈的感觉，求饶不成，就给他跪下了。老蒙头已经铁了心，演了霸王硬上弓，他的女人就发出青衣的悲腔，演到一半时，他儿子回来取东西，他的戏就算演到头了。

清静了好些日子，人们忽然意识到老蒙头不见了。发现他那条狗夵拉着尾巴走路还长了癞，这条癞皮狗趴在他家的菜窖上，没日没夜的叫，后来大家才明白，那是号丧呢。老蒙头已死在菜窖里。他儿子都说不知道，大家也就都懒得猜了。

老蒙头家门前的柳树下，王八有时会拿着罐头瓶子在那儿哭，有人说他想老蒙头了，这当然是挖苦。倒是他那本《圣经》后来被队长女人喜雨视为珍宝，走到哪儿都愿意跟人说主，但麦屯的人都躲着她，认为她中了老蒙头的邪，也是不正常的。

屠夫扁青

冬天的麦屯，起伏错落的家家户户都雪白地兀自耸着，要不是房子上会不时冒出炊烟，便看不出什么生息。猫冬的人跟冬眠的蛇是一样的，怕冷，外面的世界都放下了。偶尔有一两声狗叫，主人并不理会。

天还没亮，扁青就起来了。他往身上套了一层又一层的衣服，谁都知道这么冷的天气里，要尽可能地穿。他边系着最后的扣子，边走到外屋地，从锅台角抽出豆杵子，往水缸里捣，脆薄的冰层便哗啦地泄了。他今天得温盆热水洗把脸，洗脸这种事在他看来并不必天天进行。这个孤儿出身的光棍光得纯粹，没有父母兄弟也没有媳妇。喜欢积德行善的麦屯人，就把一个响当当的差事选给了他——杀牛。

杀过牛的人，才能真正称得上屠夫。

屠夫扁青早早起来，是要到西屯去杀猪。杀猪在乡下是算不得什么的，但要猪死得利索还要把血肠灌出味道，且不必给杀猪的人带回方子肉——这一般算是规矩，找扁青就比别人划算得多。西屯离麦屯十几里专门来找他，主要还有一层别的意思，捎信儿的人说想给他介绍个寡妇。

扁青很喜悦。他推开门，门外的雪有一尺来厚，不推是开不了的。他抱了一大捆草，给棚里的驴，又舀了半瓢豆子放在驴嘴下，那驴就冲他掀起上嘴唇扑哧地喷了一口，然后咳儿哈儿地叫起来，扁青撸了下驴脖子表示欢喜，他一直当它是亲人，叫它黄豆，如果不跟黄豆说话，他在家里就成了哑巴。黄豆不知是喜欢主人还是喜欢黄豆，每听他叫，必长歌短调。受了人的待遇的黄豆自有人性，最大的特点是认家，无论走到哪儿，回家的路永远认得。

扁青原来是个朴实勤劳的人。那年的端午节他也和别人一样去地里铲草，只是回来的时候，被人高看了。队长派人在半路上把他引到生产队大院，屯里的男男女女很多人聚在一起，都背着手眼巴巴地看他过来，队长甸秋咧着嘴笑着小跑到他面前，用他那宽厚的巴掌在他脖子上撸了一下，没有比这更能表示长者或权威对晚辈的喜爱了，扁青的心当下热了。可突然这样被待见，让扁青很是不知所措，硬挤出来的笑有点像破了的气球，软塌塌地有些狼狈。接下来，他就看见了，一头黄牛被绳子绑住了角，拴在杆子上，他明白这牛是要被杀了。但他不知道这牛，要由他来杀。

杀牛有罪，吃百家饭长大的扁青这样的话听过一百次。就是看杀牛，心肠不硬的人也不大忍。这牛一个月前还在埋头耕地，人们昧不下这份良心。受了队长待见的扁青,脸就有点青了，他本能地往后退，后边的人就把他顶住了。队长说过节了，大家盼着解解馋，老梁头不中用了，大伙都看好你了。扁青把脑袋缩进肩膀，拨浪鼓似的摇晃脑袋。队长就靠近他耳朵小声说，我也知道你不愿意，你跟这牛无冤无仇的,可麦屯人对你有恩哪，伤了大伙的心划算，还是伤了牛的心划算？

扁青是看人脸色长大的，没有人在乎过他的想法，队长亲自征求他的意见，他就有一种愧疚的感觉。谁不明白人心比牛心重要？队长问这样的话，明摆着是不用他回答了，他心里就又有些刺痛。队长说着就把一把长柄锤子塞进他手里，大声说别把畜生当人！他就被人推到牛前。大伙四下散开了一个圈，扁青沦陷在众人中。

麦屯人从来没见过死得这么可怜的牛。扁青举起锤子朝着牛头砸下去，可是那头牛顽强地站着没有像别的牛一样跪下，而是冲着天哞哞叫，眼睛里的泪和脑袋上的血一起往下淌。扁青在别人"使劲""用力"的助威声中，连续砸了四五下，那牛才跪伏下来，头上的血随着哞叫汩汩涌着，已经辨不出眼泪，眼睛都被血灌了。牛跪下以后，该换刀了。扁青不知从谁手里接过刀，往牛脖子上捅，却捅不进去，牛的脖子被头上的血浇得发滑，他的手和刀也沾满了血，都不怎么好使。有那么一刻，他觉得自己像被梦魇住了，拼命挣扎想醒过来，却又听得清有人喊叫，他已经不知道自己在干什么了，全靠大伙指引，才在一种近乎绝望中，把牛脖子豁断了。牛脖子的动脉被挑开了，但血没有像想象的那样喷薄而出，在地上也是慢慢地洇开，没有多大一片，就像新媳妇的包袱皮儿。可谁能想到呢，敞开了的包袱里包着一个牛犊儿，大家齐声叫了老天爷。

如果上天有眼，扁青愿意现在就让雷劈了他。但那个五月的天空是那么湛蓝，云朵飘得悠闲，这么大个世界，上天怎么能都照顾到呢？扁青脸色苍白，他久久地看过了天，又看见大伙都从背着的手里拿出大盆小罐儿——那是准备分肉的，大家的眼睛都盯着牛，心里的盼望是分到哪块腱子肉，没有人理会他。扁青感觉自己就像过年放的二踢脚，被人欢天喜地地小心捏着，听过响后就啥也不是了。一种近于毁灭的疼痛，让他不自觉地咬紧了牙。他的脸色慢慢缓过来，感到有一股热血就像那汹开的牛血一样，在他浑身汹开，他明明感到的是一种燥热，却打了个冷战，嘴角挂了一个类似的笑。他知道他不再欠任何人的了，对自己也不想再有什么交代，把锤子和刀都收了，算作开戒。

后来的扁青，杀牛不眨眼。他还自己做了一把长枪，地上跑的兔子狐狸，天上飞的野鸡喜鹊，入眼便赶尽杀绝。方圆几十里的屯子都请他去，畜生们用温热的血温暖了他的生活。一人吃饱全家不饿，肉山酒海，神仙自在。日子久了，他就脱胎换骨了。扁青不再下地干活，也不大喜欢和人来往，他看畜生的眼神比看人用心。他知道畜生看他的眼神是真的，人看他的眼神没那么可靠。麦屯的人对他能躲着就绝不靠前，认为他身上有了煞气。

这个早上，扁青坐上毛驴车的时候，心情是欢畅的。雪像块大苫布把麦屯都盖上了，没有路。路在扁青的脑子里也在黄豆的蹄子下，他们出门径直向西走，嘎吱嘎吱，雪在车轱辘下发出的声音，像做梦似的是一种想象，天上连半只鸟影都没有。

扁青摸出一支烟，平时这么冷的天，是拿不出手来点火的，今天与往常不同，有一些相亲的苗头。扁青心里热乎，不觉得冷。十年前，他对人家相亲还是十分眼热的，后来就明白和自己没什么关系了。麦屯人讲究"全科"，年轻时死爹丧娘的，属于不全，谁家娶媳妇，这样的人都不让进洞房，不吉利。像扁青这样克父克母克兄弟的丧门星，谁家姑娘也没胆入这鬼门关，扁青就死心了。

想不到三十多岁了，有人提起这茬，他的心又活了。他想象着那寡妇的模样，丑俊其实都不重要，只要身板好，当然身板不好也没大要紧，是个女人就能度男人。要再能有个一儿半女的，那他扁青也就全科了。曾经梦想的日子，也就在眼前了。只要开始，啥时都不算晚。

扁青就带着这样的憧憬，上了路。

天色黄昏的时候，我们的主人公，准确地说是黄豆凯旋在早上开创的路上。那夕阳就像个硕大的红灯笼，喜庆地挂在西天，给天地间拉了一道红帘，红帘那边谁也猜不到是什么，这边是一望无际的白，白中泛了一层似有似无的颜色，闪闪的，像是那雪和夕阳是有话说的。黄豆的步子一如既往地优雅从容，不见他的朋友扁青，远远看，就是一个畜生像人一样在暮色里散步。

这样的情景不知让人羡慕多少，何况是一头老牛。

这头花牛就站在黄豆去时碾过的车辙里，目不转睛地盯着黄豆远远地走来。花牛入迷了。黄豆走到它跟前，它也仍一动不动，黄豆停下了。两个畜生四眼相对。

不知过了多久，花牛突然"哞——"地叫了一声，黄豆紧跟着刨起前蹄对着"咴儿哈儿"，把醉在车上的扁青惊醒，他扑棱地坐起来，看见黄豆正一步步地倒退，花牛一步步地跟进，他就笑了，冲牛骂了句，老子说了个寡妇，你还想说头驴？他先吆喝那牛让开，又吆喝他的黄豆往旁边闪，但牛和驴都听不进他的意见，玩它们自个的游戏。扁青就跳下车，他是想拉住他的黄豆，可他没想到花牛却头一低朝前顶来，他闪电似的抽出刀，朝这个畜生插去，他不能确定他的刀法是不是还那么稳准狠，他只清楚地看见他的肠子，就像一堆蛇，从冬眠里突然醒来，一股脑儿地冲出了洞。

这头花牛是从圈里跑出来的，主人"王发面"找到它的时候，看见它的犄角上缠着白花花的肠子，就像被绑了绳子。

外来户苗二

苗大苗二小的时候叫苗大孩苗二孩，也就是说他们从来没有过名字。来到麦屯的时候都十来岁光景，由他们的娘带着。要是想象着哥俩是被娘左右牵着手，就太尽人意了。事实上他们的娘是挑着扁担进的屯子，左手和右手都被一些莫名其妙的破烂占了，两个孩子各自像蜗牛一样背着他们的房子——铺盖卷，大孩像抱枪似的抱着一把镐，二孩比较奢侈，抱个黄狗崽子。全家都没有过互相帮扶的打算。明眼人一看就明白，不管他们从哪里来，肯定是不再回去了。

他们之所以在麦屯落下脚，据说从远处看麦屯比较方正，房子坐北向南排得有些规矩，屯前屯后的杨树榆树也粗壮，最主要的是一进屯就遇上了老乡宋广河，要知道他们的山东话是没几个人能听得懂的。他们就有了归宿的感觉。选择了与宋广河挺近的地方搭了房子。

宋广河是个四十多岁的光棍，光棍遇上寡妇不要说他自己，所有的麦屯人也都有些联想。但这个苗家女人有一副铁石心肠，她领了宋广河的很多好处，却不曾对他有一丝回报。她的脸永远是黑黑的，高大的骨骼硬硬地戳着，从背影上看，不借助头上的包头巾，就根本看不出是女人。宋广河停止了联想，麦屯再骚的男人也都停了。认为这是一头骡子。

骡子干活是不知道吃亏的，她有骡子的所有长处。唯一的不足是，比真骡子多了些惦记，她有孩子。没有人知道她的心事，她不跟任何人交流。她常常是一溜烟把垄铲到头，就去打猪草，等别人到头了，她打了大半捆。最欣赏她的是队长甸秋，没有一个队长不喜欢干活又省料的骡子，如果不往后着想，队长们都希望生产队的牲口圈里都圈着骡子。甸秋试图表扬她一下，看看她的脸色就作罢了，她听不大懂普通话，她说出来的一串串的话大家也弄不大明白，就省了。队长知道怎么多加点料安抚骡子，就每每给她高一点的工分。她对此并没有什么明显的反应，那样子是我干我的你给你的，不关她什么事。秋天在场院里扒苞米的时候，最能显出她的骡性，她就像个土拨鼠，在苞米堆前一会儿就掏出个大洞，光溜溜的苞米棒子从她的肩膀上唰唰地往后飞，而别的女人说说笑笑地把苞米在手里摆弄个没完。骡子对于麦屯的男人们来说，是苞米里的乌米，特别却没什么用处。对于女人们来说，是麦田里的稗草，它的存在就是让麦子长得更高。女人在麦屯就这么很没障碍地站住了脚。

苗家女人没有想到的是，她的大孩二孩不似她这般有耐力。他们主动跟所有见到的孩子表示亲热，而麦屯的孩子们没有爹妈厚道，他们学大孩二孩的口音，从不跟他们说一句人话。有一天二孩的小黄狗还被一帮孩子偷走了。要知道，除了黄狗这可怜的哥俩没有一个小伙伴，这哥俩就急了，找到那帮孩子时，看见他们正往黄狗嘴里灌东西，那小狗被几个孩子摁着呜呜哀叫。大孩跑过去跟他们理论，孩子们一拥而上把大孩压在身下，二孩就拿起一块砖头砸向一个家伙的脑袋，就这一下，大家都停了，看见血的孩子就都怕了，这么打仗下死手的，不是麦屯孩子的习惯。他们打小都听家长教导，打仗闹着玩再急眼不能下死手。大孩二孩从此彻底跟麦屯的孩子们尿不到一壶了。他们看见这哥俩，就会一齐扯着脖子喊"山东棒子不可交，拿着毒蛇当辣椒"，大孩二孩就追他们，他们就像兔子一样撒腿跑没影。终于有一天，他们再喊"山东棒子不可交，拿着毒蛇当辣椒"时，大孩没有动，他有些心事了。再后来也没人喊了，大家都长大了。

娶妻生子，是长大了的麦屯孩子的共同心思，养家糊口则是他们未来的日子。这样的命运因为天经地义，辛苦便不值一提了。

苗大苗二都没有上过一天学，"山东棒子不可交，拿着毒蛇当辣椒"像魔咒一样，把他俩的童年捆在孤岛上。如果说他们的心里也有一个通天塔的话，上帝就是格外地留意了他们，让他俩与麦屯的人无话可谈。

他们还不如狗。他们家的黄狗以不屈不挠百折不回的倔劲儿，赢得了麦屯母狗的信赖，过着呼风唤雨，妻妾成群的生活。麦屯的姑娘却没有人肯嫁给他们。她们虽说都不大在乎共同爱好什么的，但共同语言还是要的，至少在生气吵架的时候，得知道对方嘴巴里发出的咒骂该如何还击。不知不觉中，那一茬孩子在苦闷日子中向老变去，苗大苗二的美好心思日益模糊，自生自灭是他们能看得见摸得着的归宿。

苗家女人带着两个四十来岁的光棍过着名副其实的骡子生活。他们全都任劳任怨，在麦屯盖起了数一数二的大房子，看上去气派极了。只是这母子三人仿佛把他们要说的话在这之前几十年里全说完了，除了老娘标志性地做一些唠叨，家里并无应答。

不在沉默中死去，就在沉默中爆发。终于在一个月黑风高的晚上，苗二喝过烧酒后，摸进了一个寡妇的院子，如果没有黄狗救主，苗二当场就被寡妇用菜刀劈了。苗二不知道，麦屯的好寡妇枕头下都是有武器的。

寡妇告到队长甸秋那儿，甸秋给她加了三十个工分，总算把这事平了，寡妇也心悦诚服。

苗二没脸在麦屯待了，就回老家了。

一年后的一个秋雨绵绵的晚上，苗二带着一个二十来岁的姑娘回来了。姑娘地道的山东话，犹如春风吹过窗棂，一家子的心花都怒放了。姑娘叫小萃，声音娇细，身材也好，倘若你试想一下她有一双要么大要么小的眼睛，无论怎样都算模样周正，可惜她在娘胎里就没长眼睛。她的眼睛是出生时被接生婆从炕席上折了个匹子拉出来的，所以就算作两条缝吧。她心甘情愿到苗家来当媳妇儿，苗家的老女人拍手打掌地应了。久旱的地，盼雨盼到涝也是乐意的。

苗大喜兴过急，当场就叫了弟妹。苗二却拦下了，他说哥不娶媳妇兄弟怎么敢娶，小萃是给哥捎回来的。苗大的脸就红了，推脱不肯，是无功不受禄的样子。他们的娘乐得眉眼翻飞，哥俩的话像是没听见，只顾对姑娘问长问短，其实她是装糊涂呢，只要是儿媳妇，老大老二都一样，而她心里也想着是老大最好不过，但这话老二要不说，当娘的是说不出口的。老二打小就比老大愣实，老大让着弟弟，弟弟护着哥哥，两人从来没吃过独食儿。她在心里考量着老二的诚意。苗大苗二你推我挡了半天，那小萃都一直抿嘴笑。老太太过意不去，就问小萃想跟谁，小萃说听娘的。这一声娘叫出来，当娘的就酥了，天下再没有比她的孩子们更孝顺的了，一辈子的幸福都涌上眼睛，眼泪就出来了。

老娘从裤兜里摸出一个硬币，用人头和花决定了三个人的命运——小萃归了苗大。

谁都知道，人的眼睛要是瞎了，别处就亮了。小萃的眼睛长在心里。她的心灵手巧比得上麦屯所有的女人，她还能发出一种奇妙的声音，借着这声音知道眼前有没有东西，走路不像别的瞎子两只手在前面乱比画，还能帮婆婆穿针引线。很多孩子来看新奇，悄悄拿树枝在她眼前晃，她就笑笑把树枝拨拉到一边，不气不恼，还给他们讲故事，说书算命的话她听一遍就能记住，孩子们都喜欢上了她，她也跟孩子们学会很多麦屯话。

小萃就是常说的那块石头，投进死水潭，把苗家的希望激活了。阖家欢乐的日子里，她心里感激苗二，处处心疼着小叔子，替丈夫回报兄弟。

然而人心是多么复杂。高风亮节的兄弟，慢慢地不开心了。嫂子的回报占了他的心，他的眼睛里一刻也少不得她的影子，耳朵里也少不得那鸟儿一样的声音。他把挣的钱全都交给嫂子，全家由她一个人当。他觉得这是一件幸福的事情。他原打算是给哥说了媳妇后，自个再回老家踅摸一个。可一天天过去了，他竟舍不得离开家门。

苗二不知道从什么时候开始睡不着觉了，要知道失眠这样的事情对于劳作着的麦屯人是多么矫情。苗二自己也唾恨自己，但他的耳朵不是摆设，越在夜静的时候，它就越像狗一样的机敏。他听得清苗大在隔壁的呼噜声，更听得清小萃的睡声。当然这些是不打紧的，要命的是那种声音，那种野兽似的痛苦声，令他周身狂欢。他差不多每次都是伴着那声音，进入自己的高潮。他疲惫不堪。

那个晚上的月亮，白得出奇。苗二骑着一把扫帚站在房顶上，对着月亮放声高歌，他浑身赤裸，忘情忘我，一会儿像个国王在演说，一会儿又像个勇士满怀必胜的信心将出征。麦屯的男女老少都来看热闹。苗大几次顺着梯子爬到房檐，都被他用扫帚扫下来。他就像被扫帚施了魔法，六亲不认了。他娘站在地上一声一声地唤"二孩啊""二孩啊"，小萃也像常人那样望向房顶，不停发出奇妙的声音，那悲戚的表情，让人相信如果有眼睛，就一定会有眼泪淌下来。她比谁都明白她的小叔子哪里出了差儿。

苗二得了失心疯。在一个同样的夜晚，骑着他的扫帚，飞向了他神往的魔界。

基督徒喜雨

喜雨的晚年是多么与众不同啊。麦屯的风沙和盐碱不仅销蚀了所有老人的岁月，还有他们的身子，皮包骨差不多是每个人最后的归宿。只有喜雨在 80 岁的时候，有着臃肿的身子和肥硕的脸。她的眼角永远挂着淡黄的浑浊的湿物，眼神坚定，流露着饱经苦难却柔中带刚的基督徒神情。

队长甸秋撒手归西，给她留下一片天荒地老。大家都曾同情这个屯里第一夫人，但不久就都心硬了。同情这种东西，都是长在强者身上的。他们自己需要同情的地方并不比喜雨少多少，而且同情是有寿命的，见得惯了就没了耐性，永远的慈悲就属观世音。但观世音在哪儿呢？耳听为虚，眼见为实是麦屯人通用的哲学。他们也烧香拜佛，但要相信自己真能求得什么，没人敢打赌。有些事，不做是不对的，做了只是给别人和自己看。大家比着过日子，就是活着的方向。

喜雨不这么想。喜雨原来是这么想的，但自从小儿子从死去的蒙大先生那儿给她拿回那本《圣经》，她的心就大了，她的地狱般的土房里就闪射出只有她自己看得见的殿堂的辉煌。

这个中年寡妇曾在天塌地陷的崩溃中，几次都活不下去了，要不是那几个生荒子眼巴巴地等着她吃穿，她早就随丈夫走了。她在读过的书里——她多么庆幸自己是个识字的人——曾经看到过殉情，也曾感动得一把鼻涕一把泪。现在她一点也不在乎了，殉情就是那个人死了，活着的生不如死，一死了之。那是因对方死的，不是为对方死的。她也想这样为自己死，但死不起，五个儿子由不得她的死心，她就得比死还难地活着。她的大儿子也想给她当靠山的，可面对着如狼似虎的四个兄弟，打怵了，他不怵他的弟兄怎么活下去，怵上哪儿办置四个兄弟媳妇——帮助别人谁都能做到，要是帮别人把自己也搭进去，就不那么容易了。这个曾有一腔长兄为父的热血汉子，最后吓破了胆，在媳妇的动之以情晓之以理下，六亲不认了。

　　劳苦困顿一望无际的黑暗，终于将喜雨这个精细的女人变得面目狰狞披头散发。她恼怒所有的孩子，他们是她的要账鬼，让她一日不得安生。二儿子在一个青黄不接的晚上，挖了别人家比琉琉大不了多少的土豆，被告上生产队，队长铁面无私地主持了公道，召开了社员大会，对儿子进行了批斗，喜雨站在儿子身旁陪斗，她自始至终没有说一句话，除了簌簌颤抖，她还能说什么呢？祸害没长成的庄稼是有罪的，这是甸秋活着的时候，给麦屯人普的法。新队长是原来的会计，曾经对她一口一个嫂子地叫得掏心掏肝，现在当哥的死了，寡妇门前的是非，他不惹是对的，他没法护着她。她不怨他，他不欠她什么，如果说欠过人情也早用送给甸秋止疼的哌替啶还了。她也不怨大家的愤慨，麦屯从来不出贼，二儿子让所有人担惊受怕了。只是，多少有一点，有一点点她感觉不得劲儿，要是死鬼还在，她的面子是不是会给留一点呢？想这些也是没有用的，死鬼要是没死，二儿子的贼性也就圈在自个身子里了。良心丧于困境。她想起书中说过的这句话，不忍全怪儿子。所以那天散会后，她把儿子冰凉的手紧紧地攥在手里，像他小时候那样，拉他回家。

可儿子是多么好脸啊，他扒拉掉母亲的手，头也不回地跑了，那是她今生看到的儿子最后的背影，他朝没人的地方跑去，一直跑，一直跑，跑得无影无踪。

　　要说生活还有一点点光亮，就数三儿子，他是所有孩子中能够把一篇课文从头读到尾的。喜雨就在心里对他有些偏向。一个穷困的母亲，就算是心有偏向，除了多一点关心，也是不容易被感受到的。三儿子很不听她话。他一心想拥有一个好看的花篓，能像别的小伙伴那样，把捡来的茬子齐刷刷地摆在里面，再在上面码上一层，用绳子捆好后，背在身上能空出两只手，那样在回来的路上可以用弹弓打鸟。别人家的孩子差不多都是那样的。喜雨没有这样的花篓，她只有歪歪斜斜的筐，那还是她好不容易编出来的。要知道，麦屯里再巧的女人也是不用编筐的。三儿子坚决地表明了他的态度，如果没有花篓，他就决不捡茬子了。喜雨用烧火棍打了他。穷人家的孩子不早当家，哪里还惯得下挑肥拣瘦的臭毛病？可儿子不服，她就改用扁担，她越打，这个小孩就越犟，还喊着早晚学他二哥跑得远远的，喜雨就崩溃了，就着魔了，她嘴里叫着我先打死你再说，胳膊被附上了无穷无尽的力量，把扁担抡得像个风车，停不下来了。等两个小儿子把她扑倒的时候，她的眼睛已经看不到什么东西，她觉得很困，她觉得她躺在了软绵绵、热乎乎的炕头，躺在她新婚的花被窝里……

　　喜雨醒来的时候，开始了她的新生。

　　她的枕边放着一本破旧的《圣经》，是她小儿子从蒙大先生那捡到的。她的小儿子把书放在她手里，并把她的手拉到她胸前。他希望母亲早点好起来，尽管他一点也不喜欢她。他太饿了，他总是饿，只有母亲能给他的胃里填进各种东西，好吃不好吃有什么关系呢？只要胃不那么像嘴一样咬他难受就好。他不知道用什么来哄她，只知道母亲喜欢看书，连小学课本也翻得稀烂。

喜雨后来跟人说，她的小儿子是上帝派来拯救她的使者，让她不仅活下来，还度过了一般人无法度过的磨难。她的生命完全属于上帝，她的所有的所有，包括她并不曾有过的荣耀，都归于上帝。

喜雨在倒下去的那一刻，其实是大脑出血了。但上帝拯救了她，她在炕上躺了三个月后，就能慢慢下炕了。在炕上的这三个月里，麦屯的人们都可怜她，轮流来看护，大家避免提她的家事，怕她伤心，说些云里雾里不着边际的废话。大家乐得她每天捧着书看，少了很多说废话的麻烦，看她也安静，就只在吃饭的时候，给她送来。她对大家心存感恩，但她知道这不是主要的。最重要的是上帝时刻与她同在，她在上帝的殿堂里，身心愉悦，一种崭新的希望发出咯吱咯吱的声音，所有的苦难，都成为她尽忠于上帝的荣光。

喜雨能慢慢走动的时候，新队长媳妇带着她去医院看了三儿子——大家一直在瞒她——-她先是悲戚地抚摸一会儿儿子的腿，大夫告诉她儿子再也站不起来，残废了的时候，她默默地坐下来，抱住她曾经偏爱的儿子，只说了一句话："我的孩子。"

那从容的声音跟上帝的声音应该是一样的，至少不差于圣母玛利亚。队长媳妇都惊呆了，她原想的如何安慰她的号啕大哭，竟没有一点用场。她后来跟人说起这个情景，一直坚信喜雨的魂被拍花的拍走了。这个可怜的孩子后来跟他的母亲一样，都成了神的羔羊。用一生的祈祷，感恩上帝在他卧床的生涯中，对他不离不弃。

喜雨在后来的日子中，在麦屯人看来，完全是一个神叨叨的疯婆子。

她仍然辛苦地劳作，但精气神十足，看上去完全是一个幸福的人。她逢人必以上帝的口吻，"实实在在"地跟你说亚伯拉罕，说大卫，说末日审判，尽最大的仁爱和口舌，说服你相信上帝，成为麦屯的传教士。

麦屯的人是多么有主见。连观世音他们也对应得虚情假意，怎么会认可远在天上的外国佬？开始，他们还假装听她讲，后来就逼她"你让上帝把我手里这支烟掐死我就信"。喜雨立马沉下脸，满怀对上帝的歉疚说不要考验上帝，你心中有上帝，上帝就与你同在。人们又问"上帝知道你吗？怎么帮你？"喜雨张大眼睛肯定："神说，只要心里相信口里承认，我们就得救……"人们呵呵冷笑，无不觉得她在自欺欺人。再后来就躲她，甚至直接呵斥她了。

辛劳的麦屯人，把全部的心思都用在辛苦上，从春耕盼到秋收，实实在在，他们信看得见摸得着的东西，鬼才信神。

而喜雨又是多么固执！她崇拜耶稣，认为身体所受的苦不算什么，相信她所有的悲苦也都不算什么，耶稣为大家赎罪而受难，而她仅仅是为自己赎罪，实在是微不足道。她无时不想象着她的罪赎完了，穿着雪白的长衫，进入永生天堂的情景，她崇高的理想已经超出了人们的认知，成为麦屯里唯一不怕死的人。她的魂果然被拍花的拍走了，大家都信了队长媳妇的话，认为她已灵魂出窍。

喜雨在幸福的赎罪中，一天天地老了。她的两个小儿子也远走高飞了，并不是有了多好的前途，是每个长硬了翅膀，就逃到别处去了。他们尽可能地想从不幸中剥离出来——包括那些个不好的记忆，越远越好。

喜雨的房子歪斜着像是随时就倒了。每位新任的队长都会到她家探访一下，问寒问暖，过年过节还会给送点米面，喜雨就热泪盈眶地说感谢主。不巧的时候，会赶上喜雨在传道。她恭恭敬敬地站在一个小方桌前，戴着老花镜，捧着那本灰突突的《圣经》念给她的瘫痪儿子，念一段后再解释一遍。她的儿子用一只手支着炕，配合整个身子不倒下来，用另一只手在胸前画十字，和她一起说阿门。

喜雨在传道的时候，是对来人不理不睬的，那个时候，她与上帝在一起，神圣和荣耀超过所有。那个时候队长要是提到给她建房子，她会摆手制止，那个时候，她的房子是她心中神的殿堂。她的心里所想，神都知道。

"耶和华啊，我要向你歌颂。我要用智慧行完全的道。你几时到我这里来呢。我要存完全的心，行在我家中。"

被感动了的耶和华，在某个早上，终于来到喜雨的家，把她的瘫痪儿子带走了。来帮忙料理后事的人，无不悲叹这家破人亡的惨景，心软的妇女忍不住抽泣，只有喜雨面色安然，没有落一滴泪，在人们走进走出的过程中，用沙哑的声音祈祷：蒙主恩召……

喜雨80岁的时候，一个人过着虔诚安宁的基督徒生活，忏悔、祈祷、守夜……她最大的遗憾是没进过教堂，没受过洗礼，因为她不知道哪里有教堂，只是求人在她破旧的房顶上，竖起一个她亲手用棍子绑成的十字架。

母亲乔二婶

乔二婶因为自己倒霉，脾气坏极了。她尽可能多地诅咒一切。大学生、小偷、工程师、农民……在她看来，那完全是一样的，都比她的儿子大肥强，大肥是个傻子。

这个早上，是晚春的光景。乔二婶园子里那棵沙果树上开满了白花，这些短命的白花本来可以多招摇些时日，但麦屯的风沙会漫不经心地把它们掠走。坐落在科尔沁草原边的麦屯，一年刮两次大风，一次半年。这是幽默的麦屯人说的。麦屯的沙土是金黄柔和的，大雨过后，孩子们会在那被洗过的平整细致的沙地上，玩"关刀"，就是两个孩子对面而坐，用树枝在中间画一个类似鱼一样的图案，然后各自拿着小刀或锥子往图案上投射，离边线越近越好，然后勾画出自己的领地以向对方扩张，互相阻止前进，最后把对方逼出境外。或是两个孩子对面而坐，各自在湿地上画一个田字格，然后把手背在身后，嘴里念着"天下太平，你输我赢"，比拼石头剪子布，赢者在田字格上画一笔，最后的赢家是先写满四个字：天下太平。

乔二婶的大肥从来不曾享受过这天赐的游戏，乔二婶的天下自有了大儿子，就失去了太平。

乔二婶在这个早上醒来后，像往常一样，抓起笤帚疙瘩，向大肥撇过去。她已经习惯这徒劳的教训，可要不这么来一下，她还能干什么呢？大肥每天早上比公鸡还早地起来嗷嗷叫，并且在炕上来回地跳，他的每只脚上都像扎了刺，一只脚刚落地，马上抬起来换另一只脚，就这么交替地跳着。一只胳膊抬到和肩平齐，让手掌自然垂落，另一只手手心冲上接着这只手，像是怕掉下来。他用这永恒的姿势就这么跳着的时候，眼睛平视前方，无所畏惧。要是踩到了他爹乔二叔，他就会翻个身叹口气再睡。要是踩到了猫，猫就会喵的一声给他一口或挠他一把，跳下炕逃走。踩到乔二婶的时候，乔二婶就破口大骂要账鬼，求阎王爷早点把他带走。然后在诅咒中假睡，恼怒没法让她享受据说是"四大香"之首的回笼觉，而只能让她不堪回首的过往在大脑不停折腾，在心里生根发芽，使新的一天，越来越糟。

乔二婶把笤帚撇过去后，开始穿衣服，被打中的大肥就开心地咧着大嘴哈哧哈哧地像狗一样伸着舌头笑。傻子的快乐是何等无敌？哪一个人的烦恼不是来自心呢，傻子无心也无肺，没脸也没皮。大肥无忧无虑无病无灾一口气长到三十八岁。老天是多么待见这个从不抱怨的家伙，让他长得面如皎月，膀阔腰圆。就连那当啷在裆下的东西，也是笔直健硕的。

傻子大肥不以物喜，不以己悲。几十年忘我的吃喝拉撒，把乔二婶的好性子或是说曾有过的虚荣心，都变成她咒骂的东西。她不再给他穿裤子，连裤衩也免了。男人的恶臭，连狗都不稀得闻了。她已经没有能力憋着气给他洗涮，她常常觉得连喘气都成力气活儿了，她怕一口气就憋过去，她的罪还没遭完呢，老天哪有那么好心眼就让她享福去？

乔二婶拎着尿罐推门出来，大黄狗摇着尾巴扑过来绊在她腿上，尿撒了她一身，她咒骂着一脚把这个"鬼缠身"踢到一边去。猪圈里的猪哼哼着个个成了她口中的"饿死鬼"。

乔二婶每个早上差不多都是这样从和鬼打交道开始的。

然而，这个早上毕竟与以往不同。她手里的尿罐刚落地，生产队长过来了。乔二婶连连在裤子上擦手，不知道该不该往屋里让，在她看来，她那不体面的屋里是配不上接待这么尊贵的人的。好在队长站在外面就把话说了，让她中午准备顿饭，他给二肥介绍个对象。

这样的好事，对乔二婶来讲跟晴天霹雳也是差不多的，就像你走在沙漠上，饥渴得准备吃沙子的时候，有人给你面前放一桶水，你敢信吗？乔二婶因为冲动，把老天爷的八辈祖宗一顿骂，骂他终于睁开眼，可怜他们全家了。

二肥已经三十岁了。就因为有个傻大哥，他晚投胎好几年，当他的爹妈放弃了对长子的救治，他才得见天日。从他记事的时候起，他的小伙伴们总是在他面前学他大哥一跳一跳的样子，他的大哥就成了他脸上的黑胎记，让他抬不起头。给他心里留下最大阴影的是，有一天父母不在，他回来发现一帮孩子趴在他家窗台上，用向日葵的长秆，捅大肥的裆，大肥是那么开心地哈哧哈哧地怪笑，依旧欢快地蹦跳，而那个平时下垂的东西，居然扬起来，像秋天里苞米秆上的一穗苞米……二肥大声地哭起来，丑陋的感觉让他不知道该怎么做。直到他的母亲回来，用铁锹轰走那帮坏孩子，又打了他一锹把，斥责他是不是嫌大哥给他丢人现眼了？二肥除了恶心，一句话也说不出来。

长大了的二肥沉默寡言。到了该娶媳妇的年龄，就自己搬到西屋和粮食箩筐什么的住在一起了。他大哥就像一个瘟神，在他家里无时无刻不在挥散着腐败挑衅的气息，自然而野蛮，让人透不过气。而在那样的年代里，除了从东屋逃到西屋，如果不顺从神的旨意，又哪里逃得出被魔鬼算计了的命运呢？麦屯信基督的那个疯婆子喜雨，早就跟他这么说。

有大肥在，二肥就讨不到媳妇。乔二婶全家没有一个这么说的，但没有一个不这么想的。大肥生来的全部意义就是专门跟二肥作对的。每次闺女来相亲，乔二婶都给他穿得板板正正，允许他在炕上跳来跳去——难道还有不允许的办法吗？乔二婶和乔二叔原本就都是厚道的人，跟媒人提前说好，家里有个傻大哥，万望不嫌弃才好，一切都求闺女发慈悲，可怜无心之人。乔家从第一次相亲起，就抱着低三下四，求人高抬贵手的谦卑，可怜这父母心刚刚打动别人，无敌的大肥必在这时把屎拉在裤子里，或自己踩着自己的尿载歌载舞，弄得屋里臭气熏天……曲终人散后，乔二婶就会拿起任何能拿起来的东西，暴打大肥，大肥也知道疼，一跳老高，但不会哭，二婶就只能自个边哭边咒骂自己作孽，替这个索命鬼还愿。

乔二婶的坏脾气就这样与日俱增。喜雨曾劝她，骂人会让魔鬼在心里入驻。她哪里听得进去，她说要是有魔鬼就让她来我心里吧，替我想魔谁魔谁。她恨不得自个就是魔鬼，咒骂全世界。

这个有可能扭转乾坤的中午，乔二婶以圣母玛利亚的爱和希望，给大肥装扮一新，并把他带到西屋，准备了很多吃喝。求他别再惹祸，保佑他的兄弟把这门亲事说成。

谁能料事如神呢？

队长进院的时候，中午的阳光正灿烂，沏好茶水的乔二婶，透过玻璃一眼就相中了跟在队长身后的闺女，多么好的体格，多么宽大的屁股，完全是生儿子的好料，就是生丫头也是上等的。乔二婶迎出来的时候，就见闺女两条大辫子油汪汪地闪光呢，她还没来得及拉那闺女的手，就见白花花的人影一闪，那闺女就给抱住了，正是英雄大肥，全身赤裸，像一匹发情的骡子……

骡子会发情吗？没人看见过。傻子会吗？大家都看见了。不知道他是不是真的发情了，但想象中驴马不如的骡子，应该是这天打雷劈的样子吧。

这个晚上，乔二叔做了个决定，他要勒死大肥。

乔二婶哭着阻止了他。

半夜的时候，乔二婶起来了。她悄手悄脚地来到西屋，听二肥没有声音，就摸摸索索地把麻袋缝里的毒药拿出来。她不忍大肥像狗那样被勒死，每次勒狗的时候，她都跟狗比那口气，她总没有狗的那口气长，没等狗咽气，她就快咽气了，她知道那滋味，不好受。所以她不同意老伴的主意，决定给他喝药。让不知道死活的去死，让知道好歹的好好地活。

乔二婶把药调好，主要是往里放了很多砂糖，她不想让儿子喝得太难喝。她哆哆嗦嗦地把药端到大肥的头顶，月光下的大肥，睡得像婴儿一样……她的心酸了，回想起那个真正的婴儿，那一年，她才二十一岁，如花似玉，她的婴儿吸着她的奶，就像长在她身上的一个物件，她甚至对这个投胎给她的小东西有一种感激——世上有多少孩子啊，只有他才肯给她当儿子，不要说奶，就是把身上的血都灌给她，她也是觉得不够的，这是她的命根儿，这个柔软的小东西比她自己比全世界都重要……

乔二婶的心再也硬不起来了。她把碗端到厨房，心里想还是等明天吧，也许明天心就硬了，万一明天这个该天杀的，被雷劈了呢。

第二天，天还没亮，大肥照例起来打鸣了。乔二婶一宿都没有睡好，她的心慌得像门扇一样忽闪，她在心里咒骂瞎眼的老天爷啊，阎王爷啊你们都死哪去了？她翻个身想要再眯一会儿，就听见西屋扑通地响了一声，她忍不住斥骂哪来的吊死鬼啊又作啥妖？爬起来去西屋看个究竟，她看见二肥倒在地上，手里揪着一角被，被的一半拖在炕上，一半扯在二肥的身后，像一只摔落的蝙蝠。

二肥头晚喝了闷酒，醒来后把母亲调的毒药喝了。

乔二婶把剩下的毒药全部倒进碗里，回到东屋。叫大肥宝贝，过来喝奶。大肥乐呵呵地跳到她身边，她把他拉坐下，像抱婴儿那样揽着他，又像小时候喂他糊糊一样，喝了一口碗里的东西，嘴对嘴地喂给他。喂得差不多的时候，就把剩下的都喝了。

麦屯雄鸡报晓的时候，乔二婶搂着她的两个儿子已经上路了。

悍妇贺云

和大多数女人一样，贺云当新娘这天，人生的幸福达到顶峰。不同的是，她不是慢慢地进入生活的圈套，而是直接落入陷阱。

她也曾向往过古时新娘早上起来，描眉打鬓，然后问问夫婿我怎么样的娇羞和挑逗吧？退一步讲由黄花大闺女变成妇人，那一种温润或是温婉的过渡总是让人留恋的。然而麦屯可不是一个风花雪月的地方，那些个不着边际的疯言痴语，在风沙和盐碱地前，什么用也没有。新妇贺云对丈夫说的第一句话是"潘长海啊，我 × 你祖宗"！

贺云骂出这句话后就开始号啕大哭。并不曾骂过人的贺云，一出口是多么惊世骇俗。她完全颠覆了一日夫妻百日恩，以视死如归的崩溃，在洞房与丈夫结下了不解之仇。

她恨自己曾有过的假模假式，恨她相亲那天不敢抬头看一眼男人。现在看，害羞有什么用呢？你的眼睛不用来看是非，还不如挖出去当球弹了啊。贺云边哭边数落自己的时候，潘长海委屈地嘟囔，又不是我的错。

潘长海也想有一双火眼金睛，可他生出来就看不清东西，在他的世界里，周围永远是一团糟。他并不觉得有什么不好，他又没有见过好。他习惯马马虎虎。对他来讲，媳妇长得好赖，都是一样的。贺云长得好，是她自己的事，和他又有什么关系呢。他只是觉得相亲那天戴了风镜不大好。那天麦屯戴风镜的人也真多的是，那么大的风还卷着沙子，谁家的风镜会用来当摆设呢。介绍人高春福把他们见面的地方安排在饭馆，这不符合麦屯的规矩，麦屯的相亲，不光要相人，还要相相家里的日子。把相门户安排在饭馆是什么意思？高春福对贺云父母的解释是，老潘家日子过得太好了！要知道，在那个时候，贺云的父母还没下过馆子呢。潘长海戴着风镜等候在饭馆门前的幌子下，看上去，是十分斯文的。按潘长海父母的意思，是要跟贺云的父母说明潘长海眼睛的问题，但著名媒人高春福一口回绝了。他已经习惯成人之美——世界上没有严丝合缝的事情，说成一门婚事，胜造七级浮屠，行大善事比说一两句谎话重要得多，再说他又没专门对人家说潘长海的眼睛多么好。

问题是嫁入麦屯的贺云怎么办？ 20 岁的小媳妇自然应了高春福的料事如神，哭着闹着就没空了，在连生了大喜、二喜、三喜三个丫头后，四喜临门——生了个大胖小子。

在那些挣命的日子里，每到中午或是晚上，麦屯人都会听到贺云那拉着长音的呼唤：大喜——二喜——三喜——四喜——我×你们祖宗，回家吃饭！

四喜们的祖宗早已见怪不怪了，或者说原谅了这个不敬的娘们儿，她是多么不易啊。她的男人除了给他们传宗接代，不干任何活。他常年守在炕上，像一只老猫。他从不轻举妄动，他认为碰坏自个或碰坏任何东西，都是不划算的。他把自己完全当成瞎子，而且当成聋子，眼不见，心不烦，耳不听，不得病。贺云骂他和骂孩子，对他来说都是无所谓的，反正他们是一个祖宗。他作为一个不肖子孙，除了用放弃一切权利和义务来抵抗贺云，无能为力。

贺云的愤怒，就像被草棍敲打的青蛙，看上去随时都会胀破肚子，如果不时刻咒骂，她的气就无处可出。她甚至在一天夜里梦见一条毒蛇盘在她身上，她在惊恐中喊醒，发现那毒蛇却是潘长海。她从枕头下拽出剪子毫不犹豫地向潘长海扎去，潘长海像猫一样敏捷地滚落到一边，除了眼睛，他是一个健康的男人。贺云破口大骂"我 × 你祖宗"，这个不想再有"喜"的女人，对她的男人充满仇恨。

正所谓父债子还。潘长海欠给贺云的活计，就得由他的孩子们来承担了。麦屯人都可怜这四个孩子，他们是麦屯里最早下地干活的孩儿——他们还担不起"人"呢。贺云用"× 你们祖宗"的口令，指挥她的士兵们出生入死。她的士兵们恨极了她，在她不注意的时候，以尽可能的方式报复她。他们甚至在已经能分辨出谷子和草的时候，故意把谷苗铲掉，他们已经习惯了她的咒骂和毒打，只要能让她心里不痛快，他们就高兴极了。

贺云穷困的日子就像筛子一样，在黑暗中还算占个地方，拿到亮处就千疮百孔了。被奴役的孩子们，就像石板下的小草，拼命地活着。他们无敌的母亲，从不在乎他们一点点的面子，人前人后随时行使她的口令，当个逃兵是他们每个人心中的梦想。

四喜 12 岁这年，和姐姐们去剪草籽，顶着大雨回来后就高烧了。"× 你个祖宗，穷人还长个富身子"。贺云一边指挥大喜用凉毛巾给他退烧一边骂，后来就发现不对劲儿了，四喜的心脏跳得没个数了，大夫说得了心脏病，需要住院，这简直要了贺云的命。

穷人不怕死，怕病。死了就省心了，带死不活地病着，自己遭罪不说，还让别人活得不痛快。再说大喜二喜三喜随便挑哪个得病都好办得多，偏偏挑她的儿子，贺云对老天爷十分不满，把老天爷的祖宗也搞了。

一分钱没有的贺云，像一只红眼的母狗，转着圈×四喜的祖宗，最后去卖了血。一个人的血能养活一个婴儿，却救不了一个人的命。走投无路的贺云打起大喜的主意。不错，大喜18岁了。

贺云去找了高春福，这个被她一万遍地×祖宗的人，是她现在的救星。高春福以德报怨，没出一个月，把大喜嫁到麦屯往北的四十里屯。贺云用第一笔彩礼，把四喜的病治好六成。接着用二喜的第二笔彩礼，把四喜彻底治愈。

麦屯最年轻的丈母娘贺云，似乎还没完全辨清两个姑爷子的模样，二姑爷就蹲了监狱。什么原因都不重要了，二喜从此就腆着肚子住回娘家再也没回去。她从没抱怨她的出嫁，她只恨命不好，好不容易当成"逃兵"，又不得不返身自投罗网。二喜生孩子的时候，大喜回来了，她的眼眶上带了一块铁青，她坚决否认是丈夫打的。她回来只是来看望二喜，这个和她从未同甘只有共苦的妹妹，因为和她挨肩，最知道彼此的心意。姐俩说贴心话的时候，抱头痛哭。

那个时候，贺云正在喂猪，她听到大喜二喜的哭声，就大骂猪的祖宗，认为它们享尽了福分，有吃有喝不干活，还挑肥拣瘦，早晚挨刀的货。

就是在这一天，三喜消失了。

到了四喜该娶妻生子的时候，二喜成了贺云的眼中钉。不把她们娘俩打发了，四喜就没有前途。她再次去找高春福。高春福已经满头白发，他决定最后做一次好人，成全这一家子。他眯着昏花的老眼，想了一会儿说，东屯有个23岁的姑娘，他们家准备拿她给她哥换个媳妇，他哥属马，39岁，属相挺好，干啥像啥，是个瘸子。贺云有些犹豫，后来又赞同了高春福的说法，男人只要能干活，瘸点没啥要紧，又不用你背不用你抱。

贺云的用意当然是好的，而且好极了。除了潘长海——×他祖宗的，世上就没有不难心的人，活着就得走一步是一步，过不了今天，明天怎么过？她还向二喜保证，她将来一定比自己强——瘸腿和瞎眼哪个好是明摆着的。当一个落井的人赞美别人的高度时，是没法不得到谢意的。二喜用冷笑表示了认可。

四喜不同意，他知道他的命是两个姐姐给换的，人没命不行，没媳妇没什么都行。

装聋作哑半辈子的潘长海，第一次维护了贺云，说没媳妇可不行。他欠祖宗的太多了，这辈子不能给他们长脸儿，续个香火还是他撑得起的。

担了使命的四喜对着他爹落泪点头了。二喜也沉默了。生活中总是少不了一些姿态，虚虚实实的，让人欢喜或生厌。贺云破天荒地主动给潘长海倒了一杯水。潘长海把水杯挪给了二喜，二喜起身走了。贺云对着她的背影呸了一口，就像出航前的船长，对任何干扰都不屑一顾。她知道她的家就像一条破落的船，已经搁浅，拆东补西向前走是唯一的航向。

就在这一家行将"就义"的时候，他们收到了一张汇款单。上面的数目，惊得他们面如土灰，倒是邮递员，满脸通红，说干了一辈子了，还没见过这么大的邮单。

贺云做梦都没有想到，在她渊深无底的日子里，会从天上竖下一架云梯。她从此青云直上，浪翻了天。

源源不断的汇款，给四喜娶来了麦屯数一数二的俊媳妇。给贺云盖上了三间大瓦房。还让二喜去城里学了裁剪，开了服装铺，至于那个瘸腿未婚夫早蹬一边去了。人一阔，脸就变嘛。虽然俊媳妇脾气不大好，但用钱能消化的鸡毛蒜皮，谁还会有闲心去理会呢？

贺云突如其来的大富大贵让麦屯人莫名其妙，然后就有些嫉妒了，他们对汇款来的三喜就说出很多不好听的话。这没什么。除了嫁闺女嫌贫爱富，平时谁对富裕的人有好心情呢？而比起对富人的不满，哪个人又能看得起穷困的人？

从陷阱里爬出来长出口气的贺云，也曾猜想过她的三喜宝贝到底在干什么，猜来猜去就有些心口痛。心痛的滋味她早就够够的了，不愿再想了。况且三喜有的是钱，不为钱犯难的日子，横竖都好过，再说没钱难受，有钱还难受，就不知道好歹了。她这么安慰自己，最后就不了了之了。倒是麦屯的人厚道，从不纠正她的驴唇不对马嘴，比如她开始对人说三喜在城里给人照相，又说三喜当了老板娘，后来又说三喜当了明星，等等。随着汇款的增多，三喜的身份也越来越高。人们都只用嘴呵呵，一副笑贫不笑娼的样子。贺云不再骂人，说话和风细雨的，原来她的声音是那么好听，只是一直没来得及用。她把三喜汇来的钱都用在大喜二喜四喜的日子上，自己并不舍得花，完全是一副慈母的样子。她有时也会想念三喜，但一想到三喜被钱包围着，就忍不住一乐。她认定三喜是幸福的，就算是想象，她自己宁愿把这些想象当成真的一样。

贺云唯一不满的是他的毒蛇男人越来越不安分，还爱上了喝酒这一口，每喝必醉，醉后必哭，说想他三闺女。贺云好言劝他，他就越发上脸，鼻涕跟着眼泪淌，直到贺云低声咒出"×你祖宗的"，他才会戛然而止。有一些和谐，是由不和谐构成的。

这年麦屯发大水，贺云主动拿出钱，帮村里修好了被水泡了的广播喇叭。村委会用刚修好的喇叭表扬了她，还给她发了文明家庭的牌子，贺云很喜悦。

基督徒喜雨常挂在嘴边的话是万能的主啊，她还曾试图拉着贺云去信教。可贺云在心里嘲笑了她的主。除了钱，这个世界上还有什么是万能的呢？

赌徒雷德

很久以前，雷德曾有过一个哥哥，在他出生那天，掉进冰窟窿里没有出来。稍晚一些，他有过类似母亲的模糊而美好的印象，但很快就消失了。他母亲在抱着哥哥小小的尸体时得了病，她努力把仅有的奶水断断续续挤给了他，看似可以保住他的小命后，也死了。可怜的雷德从三岁起，就跟父亲过着没有指望的生活。

雷德十几岁时相当瘦小，像个七八岁的孩子。但这时的雷德，已经能替代父亲打牌了。他从七八岁起，就不时突然伸出黑乎乎的小手到桌上，替父亲抓牌。在那个讨狗嫌的年龄，他充分展示了讨厌的特性，受到过所有在场男人们的咒骂和巴掌，但他除了顽劣地嗦一下鼻子并不在乎。

麦屯的冬天可真冷，仿佛有永远下不完的雪，而那雪大多不是慢慢地飘下来的，那样多少让人看着有些顺眼，是裹在风里横着或是斜着扑下来的，就总是令人不快。这样的天气里，人们无计可施，冬天对勤劳的麦屯人，实在没有什么用处。女人守着火盆做针线，男人聚在谁家打个小牌，便是所谓的猫冬了。

当然孩子们例外，他们会把自个包成粽子样，到南大坑滑冰车、打冰爬犁，他们的小手小脚没有不冻伤的，又红又肿又痒，但这又有什么关系呢，用雪搓一搓就不那么难受了。南大坑是他们的乐园，他们搓雪的时候，已经开始盼着南大坑的夏天了。南大坑的水完全是雨水蓄积的。有不少孩子问，为什么用碗接来的雨是清亮的，下到南大坑就变得浑黄，没有一个孩子能说明白。好在孩子们从来不肯藏心事，很快就忘掉这些与他们毫无关系的麻烦。他们喜欢在这里洗澡打水漂，喜欢用铁签子瞄准水里的青蛙，慢慢地靠近，突然出手将青蛙扎透，然后一个个地串起来，揪下它们的腿用火烤熟蘸盐吃，当然没有及时偷出家里的盐也没关系，到谁家园里掐来葱叶，包着吃也是没比的，那毕竟是肉还有点鲜呢。虽然他们没少被斥骂——要知道有时他们还会把自行车的辐条偷着做成签子，但从不后悔。

孩子的世界从来跟大人不一样。

雷德从来跟别的孩子不一样。南大坑是被他父母诅了咒的，他因为那个短命的哥哥，对那里充满恐惧。

小雷德的快乐，和男人们一样，全部来自冬天，来自猫冬的牌桌上。雷德家因为没有女人厌烦，是麦屯第一个打牌好去处。男人们在这里可以随便吐痰，尽情地抽蛤蟆头，就算是他们曾经有过肮脏、浑浊的感觉，在打上牌后，也没有一个人去理会，腾云驾雾的意境正是他们所要的。他们的赌注跟收成相关。年头好时是几毛，不好时是几分，赶上灾年用筷子火柴杆顶替。他们并不嗜赌，只是用来猫冬而已。他们个个都是庄稼地里的好把式。但他们严格遵循赌博规则，从不赖账。

遵守游戏规则的男人们，输光后会自动退出，那些来晚了或是围着卖呆儿的人，就会抢着上场。输光了不服或是没过瘾想捞本的人，就按惯例指人做证，然后用米面锹镐做抵押，或帮人家点种铲地等继续留在场上。上过牌桌的男人们，谁没走过麦城呢？时间久了，大家都十分默契地互相保守秘密：牌桌上的事不外传，不惹是生非。以前为抵押的事，女人们没少寻死觅活，一哭二闹三上吊，是麦屯所有女人都会用的把戏，再说她们最恨的就是男人赌博，酒越喝越厚，牌越赌越薄，谁不知道呢？要点小钱可以让她们睁一只眼闭一只眼，要是到了抵押的份上，那就是败家子了，赌房子赌地也是有的，防患于未然，是每个好女人应有的警惕。

雷德父亲四十多岁——他说记不准了——生日那天，善懂人情往来的人们，感念这些年他提供的方便，共同给他置办了个家宴，还有人送了他一副新牌。他就是用这副新牌，在酒后赢了个满堂彩后，把头低下了，或是说垂下了，再也没抬起来。用基督徒喜雨的话说，他把灵魂献给上帝了。

麦屯人守灵会有很多人帮忙，帮忙的人无不悲伤，但这悲伤没有不是一瞬的。感叹一下别人，再感叹一下自己，就把生命看开了。生或死都不是最打紧的，眼下怎么过才是重要的。

麦屯守灵人会在打牌中，度过漫长的黑夜。

雷德在这天晚上，第一次正式上场，这年他19岁。别人提醒他，老爹还没下葬，不大好。他没理会，心想我爹看我能接班了，会含笑九泉的。

年轻又早熟的雷德，从此一发不可收拾，逢赌必赢。他父亲的牌友渐渐地不来了，服了。在新一批和他同龄的牌友中，他更是如鱼得水，光看他洗牌就花眼了。他的日子也如日中天，成了当时有存款的人。

有了存钱等于有现成的媳妇。不管大家认不认可，雷德说媳妇是可着心意挑的，最后娶来的媳妇儿，长得俊不说，对他百依百顺，十分崇拜。

上帝收了雷德父亲的灵魂，还给他儿子一个幸福的生活。

雷德很少干活，他用脑子和手气就把生活打理得心想事成。他不知道上帝只是可怜他从小孤苦，让他尝受一点人间甜头，哪里会格外眷顾一个不知感恩的人呢。

接下来的三年里，雷德就像被贴了咒符，逢赌必输。

麦屯最冷的那天晚上，那可真叫一个可怜的晚上。雷德在柴草垛里裹着棉被,翻来覆去睡不着,像草窝里一只待产的兔子。外面的风像鞭鞘一样打着响儿回旋,整个草垛都晃悠着,像是做着准备随时起飞。雷德感觉自己的身体快要僵了,他使劲儿在被窝里搓着手,他还从不曾有过这感觉,麦屯的其他孩子们有过,他们长大了后说那感觉很妙,可惜他不知道。他想回到童年,想像他哥哥那样,趴在刚刚结一层冰的冰面上,跟着里面还没被冻住的气泡爬……

雷德第二天从草垛里钻出来的时候,太阳格外灿烂,暖暖的,把麦草映得一片金黄。他感觉从没见过这么温暖的太阳,上苍的恩泽总是让人在最潦倒时才能感受得到。

雷德不急于进屋,把麦垛周围散落的麦秸都划拉到一起,放在一边,打算一会儿抱回屋里让媳妇烧火,媳妇自进门来,他就没抱过一回柴火,更不用说做饭。媳妇真是一等的媳妇,笑起来像抹了蜜似的,可惜他平时没太在乎。他已经在牌友面前发了毒誓,再打牌就剁掉手爪子。

在雷德一心一意整理他破败人生的时候,被人从后面拍了一下,他一回头,脸红了。长着麻子、外号麻猴的家伙冲他扮了个鬼脸——谁也得说那是一个不赖的鬼脸——满脸的小坑都变长长了,把一只指头竖在自己的鼻子上,吹了一口气,然后说你媳妇儿真不错!

雷德想让自己变成雷公当场劈了这副嘴脸。可他当时亲口许下这个抵押,指了证人,不能赖账。

雷德说到做到,从此解散了家里的牌局,再也没打过牌,任劳任怨地成为麦屯的一等农民。

一等农民配上一等媳妇是多么金风玉露，只是这么相逢的就不在人间了。雷德从抱了柴火进屋那天起，就走下了神坛，再没见过媳妇的正眼，她乜斜的眼神，自毁了曾有的崇拜，对雷德开始用鼻子说话了。回头浪子雷德没有得到应有的礼遇，他的俊媳妇日益堕落，盆朝天碗朝地的日子，让雷德疲惫不堪。

雷德借酒浇愁，有时喝多了，忍不住哭泣。要是他喝醉了，他媳妇又乜着眼睛对他冷笑，他会失控，用烟头烫自己，但第二天，他仍旧带着疤痕累累的胳膊默默劳作。他在一次酒后最不能忍受的时候，去找了喜雨。喜雨曾跟很多人说过，要是实在跟自己过不去了就去找她，她保证让你得救想得开。他那天在喜雨的破房子里，大睡了一场。在听到喜雨说，主让魔鬼住进你媳妇心里考验你，你必经受苦难后得到拯救的时候，他就完全控制不了睡意了，他觉得喜雨说的离他很远很远，喜雨让他向主忏悔的时候，他发誓他的心疼了一下，然后就睡过去了。

喜雨后来又找了他好多次，希望他能入教。他都拒绝了，认为那天是他酒后耍个酒疯而已，他不相信神。喜雨很失望，放任了这只迷途的羔羊。

只差一步就得到拯救的雷德，继续着他迷途的生活。他的魔鬼媳妇为了考验他的意志，竟自打起了小牌，而且是在农忙的时候，跟几个老头老太太坐在树荫下，十分惬意，在鸡鸭鹅狗的饥叫声中，帮着大家分发黄豆粒，要知道她的脑子多么好使，她的牌友们有的连火柴棍儿都捏不住，他们实在太老了。

雷德有过一万次想掀翻媳妇牌桌的念头，但都忍住了。搁下棍子打花子的事，在麦屯是说不出口的。混沌茫然的日子里，儿子成了他的北斗星，就照着儿子的方向走吧。他希望儿子是快活的，一生都快活。他亲自用辐条给儿子做了签子，从铁锹把上锯下一段，给儿子磨了冰杂。他愿意儿子在南大坑跟小伙伴们一起疯玩，为自己也替他过一个心满意足的童年。

那个响晴的中午，他儿子拎着一串青蛙跑回来，问他是不是自己的亲爹，他当时正在磨镰刀，一边磨一边脱口说我不是你亲爹谁是你亲爹？儿子追问麻猴是吗？雷德一下就惊坐在那里。他从没想过儿子是不是自己的，也从没想过麻猴会把这事儿说出去。他犯规矩了。他起身去找麻猴，对着麻猴的麻脸把胳膊抡了过去，忘了他手里还一直握着镰刀。

麻猴倒下去的时候，雷德发出一声嘶吼，那声音仿佛来自成千上万受难者的腔膛。

孽障谷江子

谷江子在母亲肚子里的时候，外界对他一无所知，当然，他对麦屯也一无所知——当时麦屯人跨出门槛就算外界。谷江子和母亲的咒怨是胎带的，要不这么认为，就没法解释他母亲临死前对他的诅咒：“不得好死。”

谷江子出世的时候是个傍晚，麦屯的整个上空像是扣了一口大锅，黑沉沉的。雷声就像碾子一样在远处咕噜咕噜滚，他的七个姐姐在土房的屋檐下，冒着被雷劈的风险，挤在窗台上往屋里看。她们看见母亲躺在土炕上——那确是土炕，炕席已经卷成一个卷，被母亲半倚着，母亲躺在沙土上。麦屯的沙土实在是万能的。无穷无尽的沙土是上天对这个处于风沙口的屯子最殷实的恩典。淡黄而柔软的沙土，被世世代代的麦屯人善待。孩子们一出生基本都落在沙土上，血水会被细腻的沙土瞬间吸干，被麦屯人叫作"老娘婆"的接产人再用手一划拉，沙土就散落了，那粉粉的小东西就有了模样。小东西再长长，肉乎乎的大腿根儿，胳膊弯儿就会在夏天里被汗"淹"了，出现嫩红的一道血印，就会哭闹不止。母亲们都会熟练地抓一把沙土撒在上面，孩子立马就欢实了。孩子再长长，就会聚在一起玩沙土，最初是"扒尿炕"，一根小棍插在沙土堆上，小朋友们小心翼翼地轮流围着土堆扒一圈，谁扒倒了，大家就兴奋地喊叫"你尿炕了""你尿炕了"，那孩子仿佛真尿炕了一样，十分羞涩。再后来就比较高级了，在湿润的沙土上"关刀""蹚雷"，家家还用沙土炒苞米花，用沙土擦油罐什么的。所说的土生土长，在麦屯是经得住理论的。

那个霹雳闪电的傍晚，谷江子差点要了他母亲的命。他的姐姐们都以为母亲死了，因为她一动不动，血在沙土上四处淌，就像雨后沙土上漫过的水。"老娘婆"十分怪异地尖叫，像巫师一样托着一个盆，半跪着虔诚地举到头顶，盆里盛着的祭品似的东西就是谷江子了。

多少年后，姑娘们回忆那一幕，居然说法不一，有的说盆里装的像个大肉球，有的说不像肉球，像面袋子，有说"老娘婆"是用剪子铰开面袋子的，还有说是他自己蹦出来的……她们的记忆因着各自的不堪，差不多最后变成了童年最丑陋的想象。而这想象，从此在她们的生活中，生根发芽。

穿着胞衣来的谷江子，曾被麦屯人高看一眼，据说那层裹着他的膜是龙袍，预示着好命好运。面容姣好的谷江子也确实带了些麦屯人少有的贵气，白皙、少言。大家都能想象得出这棵尊贵的独苗在老谷家该多么风调雨顺。可再聪明的人也聪明不过生活，你要以为你能算计得了生活，十有八九是你上了自己的当。

谷江子不跟任何一个姐姐玩，尽管他全身上下都穿着各路姐姐穿小的花衣裳。要知道孩子们长个比地里的庄稼还皮实，春夏秋冬不歇着。一件衣裳老大穿小老二穿，老二穿小老三穿，轮到谷江子的时候，衣裳就没什么模样了，但花色还是有的，虽然已经模糊不堪。他一直想有一件属于自己的男孩的东西，但没有，统统没有。他曾央求过父亲给他扎一个毽子，父亲装作没听见，他再央求时，父亲用烟袋锅刨了他的脑袋。到他觍着脸要父亲给他做弹弓，被父亲一巴掌抽得眼冒金星时，他就完全对父亲死了心。他从不求母亲，因为母亲不光聋还哑巴了。母亲在血泊中起死回生后，像被阎王爷贴了符，变得拘谨小心，父亲对她的吼叫就像耳边风一样，轻飘飘地不留痕迹。除了没完没了地干活，她的眼睛总是盯着一个地方半天不动，完全失神了。这样的母亲，你是没法再向她求点什么的，况且她从不正眼看她的儿子，如果谷江子还能跟母亲对上眼的话，那一定是她的眼珠子在眼角斜斜地剜他，那眼神让他多停一会儿，哪怕是多针尖那么大的一会儿，他都不愿意。至于那群姐姐，她们一心一意地孤立他。她们执着地断定，是谷江子害了她们的母亲，她过去对她们也不是这样的。她们可不管你穿龙袍有什么好处，就那一团怪胎已经吓到了她们，她们有足够的经验，偷看到母亲一个一个地怎么生下正确的孩子。

在家里得不到欢畅的谷江子也不跟小伙伴玩。他也不是没玩过，但小孩子打架作为一种童年游戏，大多时候是需要帮手的，他没有。他没有哥哥可依靠，姐姐们看见他带着伤回来，要么起哄嘲笑幸灾乐祸，要么装作没看见，她们自己还有很多要做的事情。那个时候每一个父母都是指挥官，孩子们都是手下，不然那些个无边无际的活计，全指望谁呢？那一张张要饭的小口，都得各司其职。

如果谷江子的姐姐们知道，即使她们的母亲变得不尽如人意，父亲越来越暴躁，小怪物越来越讨厌——他总是把她们的布口袋嘎拉哈什么的不知道扔到哪里去，那也还是她们最好的时光，因为不久她们亲眼看见和经历的事情，几乎灭了她们的顶。

从麦屯往南走一里多地有一处飞机场，是日本人建的。说是飞机场，其实也就是落飞机的地方，空旷平坦些，原来应该是石板铺的，废旧了以后，石板的缝隙长了一些杂草，石板间的缝有的散开了，浮了一些碎石子。飞机场的东西两侧有两个灰白的山丘，但不是山，麦屯属于八百里瀚海，一望无际。那两个貌似山丘的是水泥筑的，有门，十来间屋子那么大，里面空空的，潮湿阴暗。麦屯人管它叫"飞土包"，不知道日本人干什么用的，平时很少有人去，放牛放羊的人偶尔会倚在那包上晒太阳。

那个冬天，麦屯安静得要命。家家户户关着门做自己的美梦，但只有有福的人才能梦见一大锅干饭，随便吃，吃，吃，吃。醒了会后悔没在梦里撑死，除了在梦里，谁还能看见粮食呢。

那个冬天，死了很多人，差不多都是饿死鬼。饿死的大都是吃奶的孩子，活着的人除了叹气很少哭，奶水和眼泪都干巴了。屯子里很少看见人，要是看见了哪个人在那耷拉着头往南走，胳膊下夹着个草帘子或挎着个筐，大都是往飞土包送死孩子的。不知道谁发现那是个好去处，不用在冻地里刨坑——哪还有气力呢，还能遮个天日。至于被野狗什么的叼了去，眼不见心不烦早去早托生吧。饿人和饿狼在连土坷垃都想塞进无底洞的胃里时，基本就没有什么高级低级之分了，都是动物。倘若还有一点叫仁慈的东西，恨不得也拿来吃了。

后来，麦屯出现闹鬼的传言。有人说亲耳听见飞土包里有小孩在唱歌，有的说听见小孩在里面咯咯地笑，还有的说有小孩在里面喊一二一，像是排队走步一样。那些撞鬼的都吓得直接把死孩子扔到外边往回跑，回到家连惊带饿，一病不起，有的就到另一个世界找吃的去了。一时间，麦屯阴森森的，就是在太阳白晃晃的照耀下，也像有什么东西在空气中飘荡。

麦屯的老人们都说，是饿死的孩子太屈了，勾魂呢，让人烧点纸送送。

麦屯里著名的蒙大先生，那时还没完全疯癫，他把《圣经》

摁在脑门上，若有所思地说："应该为这些小亡灵祷告。"但麦屯的人除了敬畏自己的胃，一心想着到哪里弄点吃的供奉它，不让它那么痛苦地折磨自己，已经不相信任何别的了。

不信任何别的男人们，在队长甸秋的带领下，拿着铁锹镐把奔赴了飞土包。消灭鬼怪，保卫家园，是男人们的担当。

当人们接近飞土包的时候,里面突然传出一声"倒！"没错，是一个孩子的声音。这声音就如魔咒，把外面的人都定住了，除了头皮发麻，连心脏也不动了。接着听见里面有奔跑声，还有类似叽叽咕咕的声音……有先缓过神来的人，起身就往回跑，边跑边喊有鬼啊，有鬼啊。有人腿脚像被绊住了一样，一边跑一边摔跟头，像被摄了魂。

队长甸秋一边跑一边回头看，这时他看见从飞土包里出来一个小孩，站在入口处，定定地盯着他们看。甸秋的魂都飞了，腿一软，跪在地上。

到底是队长，甸秋跪下去的一瞬间意识到这是个活孩子，鬼是不敢见阳光的，老人们都这么讲。

甸秋立刻站起来，虽然还晃了两晃，还是镇定了。他吆喝住其他人，一起朝这个孩子走去。

至此，谷江子在麦屯，一举成名。

谁也不知道他怎么会找到飞土包，他把冻僵了的死孩子们，全部立起来，列成队，有的互相倚着，有的用棍子支着。孩子们的小脸一律是青紫的，头上顶着各种东西，有花花绿绿的布口袋和嘎拉哈，还有用树杈和线绳铁丝什么的绑成的弹弓等，无疑他成了这里说一不二的"王"。

当时，他正拿着弹弓瞄准一个死孩子练准呢，已经有几个死孩子被他用弹弓射倒。他满眼恨怨，怪大人们打扰了他的游戏。

甸秋二话没说，照着那张小脸就是一个电炮……

麦屯人有一条不成文的习俗，惹了祸的孩子会被送回家由老子教育。被告状的家长一律不分青红皂白先把自己孩子揍一顿，以示对别人的礼让。麦屯人永远不为孩子伤和气，坚守着良好的民风。

谷江子被送回家的时候，已经被打得鼻口蹿血，不只甸秋一个人动了手，没人拦也没人给他擦，整个小脸跟他的小鬼队伍差不多，他们认为这个恶毒的孩子如果不是得了失心疯，就是个恶魔。被吓死人的家属们用他们仅有的力气上来撕打他，要他偿命。只要有出口，四面八方的恨怨就会不请自来。

谷江子的父母和他一干姐姐，无地自容。

队长甸秋一边挡着泄愤的人，一边威严地问谷江子他爹："你说怎么办吧？"

按常规，他的父亲应该先把孩子揍一顿，然后赔礼道歉，过后再送点青瓜绿枣什么的，事就算圆了。但这个事显然不同寻常，超出了所有人的臆想，连问话的人自己都不知道应该怎么办，看热闹的人捂着干瘪的肚子满眼期待，猜不到答案的闷儿才更让人着迷。

谁也想不到谷江子的父亲突然挤出人群往外走，边走边回头指着谷江子的母亲，说："你们问她吧，反正也不是我的孩子。"

谷江子的母亲和众人一起愣住了，很快她就用灰白的眼珠子狠狠地剜了谷江子一眼，然后一字一句地说："孽障，你不得好死！"

等大家都醒过腔来的时候，孽障的母亲已经撞死在水缸上。

这个装聋作哑的女人藏了什么秘密，成了谜中谜。

荡妇菊英

麦屯的春天，像冬天怀的私生子，拖拖拉拉地尽可能遮捂，不到万不得已，便不肯脱身，扭捏得不成样子。"春暖花开"用在这里，连它自己都不好意思呢——当人们感觉到暖的时候，差不多已经是初夏了。蒲公英被叫作婆婆丁，长在大道旁，院墙边，田埂头，以卑微的锯齿咬着硬碱地往出拱，刚冒出个头，就被孩子们用小刀剜走了。但它的根很深，一半埋在冻土里，不怕千刀万剐，层出不穷，最后开出黄花，无论如何都告诉你这是春天。

猫和狗没那么矫情，阳气一上转，就成片地叫春起秧子，鬼哭狼嚎地兴奋。闲了漫长冬天的人们，嘴里咒骂它们不识好歹，心里却蠢蠢欲动，嫁娶便在这个特殊时节顺理成章。

菊英便是这个时候，以 30 岁高龄嫁到麦屯的。

到了这把岁数才出嫁的老姑娘，绝不是因为丑俊之类的有关审美的东西。体格好，能生孩子、能干活才是最重要的。不光是麦屯，整个东北娶媳妇都是这一门心思，你就是貌似天仙，谁有空看你呢？麦屯人不管男人女人，都有共同的懊恼，男人总是感觉累，女人呢，总有操不完的心。不如意比天上的星星还要多。

菊英一嫁过来，就受到了精明的麦屯人的怀疑——在当地嫁不出去了。要知道她的身子是多么粗壮啊，她的个头显得略矮，那完全是因为腿有些短，但那么结实，往那一站像两根檩子般牢固，重要的是她的胸脯，鼓囊囊的……就好比还没有侍弄的土地，就已经无比肥沃了。这种五短身材用在男人身上就是车轴汉子，力气过人；用在女人身上，她就变成了老黄牛，吃苦耐劳无样不行的金不换啊。

麦屯人用好几年的时间打听她的出处，那种天生的猎奇雅兴，激励着他们特别是她们把生活过得有滋有味儿。不尽如人意的是，菊英所说的娘家，全麦屯的人都不知道在哪里，有猜是辽宁的，有猜黑龙江的，有猜内蒙古的，都被她连连摇头了。一个东北娘们，从外省嫁到吉林，难道还成了天女下凡？得不到答案的女人们不服气，就天天跑到新媳妇家以逗乐子为由，千方百计要弄出个口实。被逼得无奈，菊英才叹了口气说，那个地方哪都不算，是"三不管"。什么是三不管，再往下追究，女人们就失了耐性，她们对那遥不可及的地方不再感兴趣——她们知道，她的不可告人的身世，肯定就像茅楼里的石头，又臭又硬地拿它没招了。

菊英的丈夫虎子比她大五岁，原本是天生的光棍料，一穷二白，老实得一杠子压不出个声。走南闯北的麦屯第一媒人高春福把菊英带给他的时候，他扑通跪在地上，激动得老泪纵横——那副拖沓窘迫的样子，让人以为他已经是个老人了呢。

菊英用四年的光景，赢得了麦屯人的尊重。她是那么热爱自己的丈夫，眼睛总是抽空就瞅向他，那温柔的少言寡语的样子，和她的外表很不相称。虎子幸福得每天脸上都亮亮堂堂。他舍不得菊英下地干活，把她宠得又白又胖。菊英用她的肚子回报着丈夫，就像连蛋的母鸡，眨眼间给丈夫生了三个丫头，她用那硕大的胸脯把姑娘们哺育得豆芽一般水灵，她自己则成为一片真正的沃土，任谁都能看出，是种子就能在里面生根发芽。

就在虎子自己都不着急生儿子，认定那是早晚的事儿时，他没有再看到那丰收的景象，可恶的疯马拉着它的"滑车"，把这个踌躇满志的可怜人，碾了。正像人们常说的，明天和意外哪个先来，谁知道呢？

寡妇菊英在悲痛欲绝中意识到，她粗壮的身板只剩了一种用处：干，而且要挣命地干。

起初她像男人一样出工下地挣工分，回家喂猪打狗哄孩子，慢慢地，整个人就有些松垮了。好心的邻居万莲劝她把娘家老妈接过来，帮她拉扯拉扯孩子，她的脸一下变了，有些狰狞。万莲没敢再吱声。家家都有难唱曲，人家自己不说，是不能再问的，况且，菊英本来就带着秘密。万莲是一个懂深浅的女人，比菊英大几岁，在麦屯很有人缘。

菊英在身板松垮下来后，常常睡不着觉，想她和丈夫的命。

在她看来，人的命是天上早就拿捏好了的。老天高兴的时候捏的泥人就是有福的，老天生气的时候，捏的泥人保准是受罪的。她和丈夫的祖先被捏的时候，老天十有八九是在发脾气的。菊英这样想的时候，就很可怜自己和丈夫，会哭一会儿，很想他。想够了哭够了，心里就舒坦了很多。有时也会哭一会儿，恨一会儿，恨丈夫扔了她再也找不着。她从来都不认为自己的命贵，老天把她送到虎子手里后，她才觉出福分。可老天为什么让她在福窝里只打了个盹儿呢？虎子你对我那么狠狠地好，就是为了狠狠地再要回去，让我狠狠地受苦遭罪呢，你不是我的恩人，是我的冤家……爱恨交织的菊英，混混沌沌地思考起形而上的问题，已经不单单想自己了，想自己有什么用呢？现在，自己除了对三个孩子有用，自己对自己没有任何用处。

麦屯的老人们讲，公鸡打鸣的时候，一些游荡的小鬼儿就归位了。对菊英来讲，公鸡打鸣的时候，她也得回到眼前。那种冥冥之中的东西，就跑得无影无踪了。她知道那些个云山雾罩的想法，在日子中一分不值，天该黑得黑，该亮得亮。

说到底，自己的梦自己圆，是每一个受苦人应有的鞭策。

穷苦，是麦屯大多数人的命运。但麦屯人没有因为穷苦而少了乐处，苦中作乐是他们看不起的，他们自有心底里的乐。比如爱情，在婚姻中，你是无论如何也难遇到的，但在别处，你总会不小心地碰上。

麦屯每隔一段时间，就会出现一对不合时宜的倒霉蛋，要么在场院里，要么在苞米地里，总之在众目睽睽之外，被开了天目的人发现。狼狈不堪的男女，就会磕头作揖地求恩人替他们保密，那种可怜足以打动全天下最狠心人的心肠，也会让狠心人起誓发愿，说出会烂在肚子里的话。但基本不会超过三天，那些烂在肚里的话会自己长出小手小脚，顺着嘴巴就溜出来，跑进别人的嘴巴。谁都曾说过"千万别跟别人说"，但这"千万别跟别人说"就像那叫作爱情的帽子，戴到哪儿走到哪儿，或说走到哪儿戴到哪儿，很快就明晃晃地遍地流行了。

呸呸呸，这样的声音在人们嘴里发出来，在表达自身名节的同时，多少有些幸灾乐祸，至于还有没有别的喜悦，只有自己知道。这样的时候，麦屯是快乐的，男女老少都掩不住兴奋。

世界上还有哪种事情能让旁观者在愤怒的同时又欢快呢？没有，根本没有。

菊英在豆腐坊被抓现行的时候，是个例外。

当时她倚在碾子上，一只手向斜处举着盆，盆里的那块豆腐生动地颤动，冒着热气。已经老得快瞎了的李二扯，哼哼叽叽地趴在她胸前，咂奶呢。

当"千万别跟别人说"这顶帽子在麦屯飞扬的时候，人们都有些若有所思，除了骂李二扯老混账老畜生外，大都叹了口气，没有受到兴奋的刺激，善良的麦屯人都明白，是寡妇的日子过不下去了，给孩子换块豆腐罢了。虽然这也是破了纲常的事，可她不是花花心肠，不是图自个乐——自个不可能乐，显然他们不会有"爱情",那就当黄鼠狼给鸡拜年,为点吃喝吧。

队长甸秋的媳妇喜雨,以"母仪麦屯"的责任,先后两次去给菊英说亲,她希望菊英走个人家,要知道,说不上媳妇的老光棍有的是,麦屯没有相中的,别处也还是有的,结果都没成。菊英把头摇得拨浪鼓似的,表示决不改嫁。"吃一口井水的女人,都是烈性的",这是麦屯老人对菊英坚守贞节的夸赞,但如果他们知道接下来发生的事,就得怨自己老糊涂了。

菊英不断地去豆腐坊喂奶,让可怜她的人越来越耐不住性子,她在去豆腐坊的路上,就不那么顺畅了,经常有人指指点点,有淘气的孩子们就跟着她一直跑到豆腐坊,偷看她喂奶。开始的时候,她羞愧得无地自容,隔了很多天没去。再去的时候,不知道谁给她长了胆,她连门都不关,就用那奶子蹭正在干活的李二扯,李二扯就抬起那双乌蒙眼冲她乐,把豆腐给她装好。有大人们端着黄豆来换豆腐时,她还会麻利地接过盆把黄豆倒进麻袋,往盆里装上豆腐。人们一点看不出她有什么不好意思,有时她还倚在豆腐坊的门框上,一只脚踏着门槛,咧着肥厚的嘴唇,一边嗑瓜子一边跟人唠嗑。这个不要脸的女人,终于把麦屯人气着了。

队长甸秋让会计通知李二扯,不用他做豆腐了,不管他豆腐做得有多嫩,大伙不稀罕了。那天李二扯很伤心,他做的豆腐在麦屯周边远近有名呢,外屯的人家办个红白喜事都要赶车拉着黄豆到这换,听说撵他走了,那浑浊的眼睛里有要哭的意思,不知道是没有眼泪还是别的，他擦了几把就过去了。

毛驴卸磨的时候，菊英帮着把蒙眼睛的黑布摘了。李二扯从菊英手里拽过黑布条，在手里揉搓了半天，把油渍渍的有些僵硬的布条扯开，从里面掏出一些毛票递给菊英说"还有这些"。

菊英接来过半天没说话，从里面拿出一少半揣进兜，把剩下的又还给了李二扯，就头也没回地走了。

李二扯没有怪她狠心，他把一辈子打光棍积下的钱，都用在了菊英身上，他不后悔，这个女人终归是无怨无悔地让他尝到了除母亲以外的女人的味道。当他牵着唯一的家当，那头跟了他好几年的黑毛驴——队长甸秋用它给他抵了工分，走出麦屯还没想好往哪里去的时候，天已经黑了，连他自己都不知道去哪儿，别人就更猜不着了，也没人有那闲心，要知道，越到晚上，人才越觉得不如意呢。

菊英以她的伎俩，又先后用了十五年时间，跟几个六七十岁的老男人重复了李二扯的故事。她的三个姑娘个个如花似玉，身上一点没有受苦的影子，全都找了好人家。唯一不尽如人意的是，她们都离麦屯很远，她们都愿意远走高飞，都不愿意再回娘家，一次都不愿意。母亲菊英的不堪早就丢尽了她们的脸，她们没有一个不是掐着手指头盼自己长大，嫁到没有人知道的地方，过本分正经的幸福生活。

菊英 60 岁的时候，成了麦屯的祥林嫂。她逢人便讲她的故事，她说她要早知道后爹起了歹心，就会整宿不睡觉，用麻绳把裤腰捆上。她恨那个养活他们全家的男人，但可怜那帮弟弟妹妹，也可怜她妈。她说天下的后妈最狠，比后妈更狠的是后爹，后爹打起老婆孩子下死手也不算最狠的，最狠的是……她不由别人不信，压低声音，摇着灰白的脑袋，伸出食指在耳朵旁比画着，信誓旦旦。

其实麦屯人早就明白了，知道她嫁来的时候身子已经不干净了。但她仍然乐此不疲，仿佛那不堪成了她的影子，而她在自己的影子里跟大家愉快地藏猫猫，且不时地提醒别人"我在这儿呢"。要命的是，麦屯人集体狠了心，就算她怎么吆喝，人们都装作没听见，他们早已失去了当年的兴致，懒得理她。发生在一个枯槁得就要死了的人身上的事，谁还会在乎呢？

有人故意恶毒地问她想不想闺女时，她的脸会瞬间黯淡，但很快就亮起来，就像有浮云掠过太阳，接着会咧咧已经不再丰厚的嘴唇，有些神秘地压低声音说："我没让一个男人进过门槛，你信不信？总有一天，闺女们想明白了，就会回来看我。"

每在这个时候，菊英的眼里就充满慈爱甚至是荣耀的光辉，这个名声烂透了的女人，心里有着自己的恩典呢。

邻居李河和白云天

大年初三的晌午，麦屯发生了一件血案。这等凶险的事情从来没有过，因此让整个屯子蒙上不祥，人们张口结舌，手足无措。

那时候，队长甸秋正领着来拜年的外甥们看小牌，屋里烟雾缭绕，暖烘烘的。卫生香和旱烟的味道融合在一起，是过年的味道，大人孩子都喜欢。

霜花像树一样，在窗户上四处招展，有叶也有果。甸秋的老母亲半靠着窗台，在树杈间用指甲画了两只喜鹊，那冻了一整冬的玻璃，就对着外面透了光，喜鹊的翅膀就亮闪闪的。老太太的喜鹊登枝画了一辈子，越画越有模样，夸赞声却越来越少了——你当然越画越像，大家早就料到了，就没有惊喜了。

大家没有料到的是李河来了。

李河进来的时候，甸秋正要打出手里的一张红花，甸秋就把那红花指向炕沿说："太阳打西边出来了？坐！"

甸秋媳妇喜雨过来倒茶。这样来拜年的人从初一开始就没闲着——人们对麦屯的长官多少还是要讨好一些的，甸秋没大在意。甸秋在意的是李河这样一杠子压不出个声的人也知道个好歹了，免不了对自己的权威有一些沾沾自喜。

喜雨的一声尖叫，让甸秋的手一抖。喜雨一向是个稳妥的人，这么一失声，甸秋就下意识地把打出去的红花又抓回手里，就像失手把孩子掉进河里又顺手捞出来一样，伸长脖子等喜雨解释。喜雨双手死死捂着嘴巴，除了堵住那声音继续喷出，没有一丝要解释的意思，一双眼睛瞪着李河的手，眼珠快冒出来了。再看李河，正低着头用手指一心一意地抠炕席的缝儿——手上的血迹顺着胳膊一直爬上帽耳朵。

蔫人李河到队长家摆了这么个谱后，啥也没说就走了。在人们眼里，这差不多就是李河最后的样子了。

李河把白云天砍死了。

李河被县里带走后，很快就枪毙了。杀人偿命，欠债还钱。就是让甸秋判，让全麦屯的人判，也是这么个理儿。但全麦屯的人就是不得劲儿，憋屈，堵挺，包括白云天的老娘——她被李河媳妇接到自己家里住了。据说白云天还给李河求了情，说他把自己送到了医院，还去自首了，应该轻判。但李河说他没自首成，他本来去找队长甸秋想告诉他，看他全家过年都挺乐呵的，就没说出口。

世上的很多事，如果你相信宿命，就会有一些解释，如果不信，就只有天知道。

麦屯老一点的人，心眼都长实诚了，遇事装聋作哑，故意犯糊涂，就算不故意，人到一定年龄也不过是明白地糊涂着，为自己讨个太平盛世。真显明白的人就不那么好对付了。他们四处打听，为了个啥，李河就把白云天给砍了？人命关天的事啊，光猜是不够的，得有杀人动机，得追根寻源。故事才有了开头。

麦屯的最南边，有两处挨得格外近的土房，东边三间住着李河和老婆孩子共八口，西边住着白云天和他的老母亲。李河与白云天同岁，两家共用一道泥垒的院墙，墙上有一处来回过人，磨出了一个光秃的豁口，显示这对邻居是互相往来的，而且还不错。

李河是麦屯天大的老实人，一天也说不出一句半句的话。所谓老实人，不是你不说话就老实了，是你心眼好，做的比说的多，已经日久了，见了人心了，才被虽然老眼昏花却心知肚明的人给个盖棺定论。麦屯人一般不大跟老年人计较，所以老年人的权威，就一直作为"老吾老幼吾幼"的标志，在麦屯显示着好的民风。他们大都与人为善，有自己的逻辑——随大流，大家说行，那就行吧。所以李河是老实人是被麦屯集体认可了的。

老天有眼，给他配了个手急嘴快、霹雳闪电的女人。在李河看来，他的幸福完全来自于天意和媳妇，所以他对天意和媳妇的顺从就像麦屯人对他的认可一样，都是水到渠成的。李河从不反对媳妇——他不喜欢违逆——只是少说一句话而已，对了错了，有什么要紧？你再有脾气，还能让太阳月亮说圆就圆说扁就扁啊？李河把所有的话都埋在肚子里，只一味地辛劳，做他自认为有用的事。李河的媳妇每次大吵大叫，跟他论兵对阵时，他都仓皇而逃，扔下他媳妇把满腔咒怨发泄在孩子们身上，于是满屋鬼哭狼嚎，看上去就像一个女巫领着一帮小矮人在上蹿下跳，自作自受。

李河媳妇常常在这种时候，翻墙过到白云天家，和他老娘控诉李河没长舌头，舌头上辈子舔了阎王爷的屁股，被小鬼拔去了，这辈子托生就是个摆设。老太太听罢，会耐着性子劝她慢慢消消气儿，最后不忘嘱咐她口中积德，别糟践老实人。要是赶上白云天在家，他就会哈哈大笑，说嫂子要是真看着那舌头多余，用不着等小鬼儿，等他睡了，用钳子拔下来就是，煮了，腌了都行，给孩子们解解馋，要是下不去口呢，给我送过来，就着李河口条喝酒……我 ×，这也真是太恶心了，还是给你留着亲嘴吧……如此这般一顿打趣，李河媳妇就咧着大嘴乐呵呵地回去了。

李河每看到这种情形，心里都很不痛快。觉得媳妇过于不知好歹，就有些泄气。"我又不是哑巴"，他会这样嘟嘟囔囔地给自己找安慰，把手里的活计推到一边，躲到仓房或后院歇着，其实是赌气。在赌气的过程中，他会一百次地在心里说"虎老娘们儿家丑不可外扬"。当他重复一百次的时候，基本就进入了昏睡。每每醒来，又十分惭愧，惶惶地挣命干活去了。一个庄稼人，跟媳妇不乐意了，懒也偷了，在心里也把她怨了，还想咋地？知足的人，想想又乐了。

李河与媳妇有心没肺的日子，就这样过得风起云涌而又波澜不惊。穷是穷了些，但麦屯谁家又敢说富呢？他们从没让队长操过心，一年不缺咸菜酱，这在别人的眼里就是好人家。

江湖上说的冤家路窄，不知道是归了什么样的宿命。跟"没长舌头"的李河相反，白云天天生话多。他从小就习惯躺在被窝里听书，据说他爹在搬到麦屯前是个说书的。白云天凭着一肚子的故事和一张好嘴，在麦屯很有人缘。

白云天在 21 岁风华正茂的时候，被叫作命运的东西绊倒了。他和一帮年轻人出民工挖河堤，住在离麦屯四五十里地的老乡家里。他每天晚上给大家说书，受到老乡全家的热爱。谁能想到呢？谁也想不到。民工出完了，他把人家闺女给拐跑了。一边劳动一边歌唱，他爱我我爱他，做一对幸福的人儿立业成家——多么简单而又美好的前景啊，结果却是那么不尽如人意，人家来了十来号人先把他家一顿砸，然后各个拿着家伙当院一站：要人！好脸的白云天父母早就无地自容，又觍着脸去求队长甸秋，发动了麦屯的男女老少四处去找，最后在猪圈里把一对亡命鸳鸯揪了出来。暗无天日的人心啊，比暗无天日还让人绝望。白云天的浪漫爱情，燃烧了不到一个月，便在人们的唾沫星子里，灰飞烟灭。

白云天的父亲也是识得字的人，这等丑事直接要了他的命，他临死前指着丧家犬似的儿子数落：给你起这么好的名，呸呸呸……你配也不配？老人家说了一段绕口令后蒙垢而去。

白云天的悲怆，哪里是辜负了"白云天"这干净的名字而已？他整天呜呜地像牛一样在屋子里四处乱窜，停不下来，也坐不住，他想哭，想大声地号，但是没有眼泪，就觉得胸腔里有东西往出冲，却找不到出口。他转到锅台前的时候，那把菜刀映入了他的眼睛，他就像受了什么启示一样，一把抓起来，冷笑了一下，朝自己的手腕剁去。好在他的刀落到了旁处，他母亲昏昏欲睡的眼睛从来就没曾离开过他，她像头母兽一样扑向那把菜刀，再没有什么比母亲更能嗅出儿子的危险，她的命是时刻用来为保护儿子而拼的。

走投无路的白云天，喝了父亲留下的第一口酒。酒入愁肠的辛辣很快变得温润，缓缓地，暖暖的，让他终于安定下来。他慢慢地感觉到灵魂出窍，整个人都松散下来，轻得像根飞上天的鸡毛，无比舒服。美丽的鸡毛在天空飞翔，七十二变后回到现实，白云天年轻轻地当了酒鬼。

生活作风不好，又是个酒鬼,这样的男人谁肯嫁呢？没有人。年复一年，年复一年。三十年过去了。这娘俩不知道在盼望着什么，或是守着什么。母亲头发白了，眼睛瞎了。儿子的头发也白了，但眼睛越来越看得远，心也豁达了。

横竖就一死一活罢了。这就是白云天看透的世界。

白云天生活得十分逍遥，天天与酒相伴，酒后胡言乱语，嬉皮笑脸，甚是快活。他常常对着一棵树，一块石头，一条狗什么的推杯换盏，悠然自得地说上几个时辰，完全是忘我或是神仙的样子。麦屯人见了，也会打个招呼逗个趣，并无恶意。人们最初的正义已经在唾弃中慢慢模糊了，凡聚众而生的东西，总会因个体的分散而瓦解。说到底，别人的鸡毛蒜皮跟自己的千疮百孔没有关系。

李河和白云天的交叉是温暖的，基本来自李河媳妇和白云天母亲两个女人。也不知从什么时候起，年轻的管年老的叫老妈，叫得跟真的似的。当"姥姥"的也疼孙子们，摸索着帮着捻麻绳做棉衣什么的。李家做了好吃的，会打发孩子跨过墙，送到隔壁，有时还直接把老太太接过来。两家的家属打得一片火热，男人却没有什么交往。白云天几次找李河喝酒，李河都没去，理由很简单，不会喝、没喝过、不想喝。白云天说李河这样是对的，喝酒没什么好处，就不再劝了。

李河、白云天。故事的主人公或说双主角，在这样的看上去十分平行的生活走向中，和平共处了几十年后，惹上了血光之灾，双双赴了黄泉。

李河的媳妇和白云天之间保准有问题——这是麦屯人最后的猜测，他们拍着大腿信誓旦旦。你要让谁拿出什么证据，就会自讨苦吃，除了抢白你，没有一个人会理会你的质疑，除非你能解释他们的质疑——他们不相信红口白牙，也不相信白纸黑字——李河的呈堂证供与医院里咽气之前的白云天说的几乎一模一样：

大年初三的晌午，李河第一次喝了酒，在院里喂毛驴。

白云天醉酒后倚在院墙的豁口西边，说："我看你毛驴四个耳朵。"

李河："我看你毛驴四个耳朵。"

白云天："我怎么看你毛驴都四个耳朵。"

李河："我怎么看你毛驴都四个耳朵。"

白云天："我说四个耳朵就是四个耳朵。"

李河："我说四个耳朵就是四个耳朵。"

白云天："我说毛驴四个耳朵。"

李河："我说毛驴四个耳朵。"

白云天："我说你毛驴。"

李河："我说你毛驴。"

白云天："你怎么骂人？"

李河："你怎么骂人？"

……

两个人各自站在自己的院子里，在墙的豁口互相支起黄瓜架，然后抱头扭打，白云天用自家扫帚扫了李河的胸脯，李河用自家扫帚扫了白云天的胸脯，白云天用扁担拍了李河的肩，李河用扁担拍了白云天的肩……白云天用铁锹砍了李河的脑袋，李河用铁锹砍了白云天的脑袋。

扒拉香

在我的家乡，有一种青蒿叫扒拉香。它的叶面泛绿叶底发灰，用手扒拉它的叶子，就散发出一股气味，气味有时好闻有时不好闻。我们小的时候，常常一边扒拉一边用家乡的方言念咒般地叨咕：扒拉扒拉香，扒拉扒拉臭……香的时候，我们就把小脑袋凑上去大口吸气，臭的时候，就轰的一声，捂着鼻子往后躲。因为它时香时臭，变幻不定，引逗着我们对它百玩不厌……

在我的家乡，有个女人叫扒拉香。

扒拉香长得白皙而又十分清秀，直到今天，她也是我见到的所有乡下女人中，最美丽出众的。在我刚学会"出淤泥而不染"这个词时，我第一个就想用在她的身上，她的清纯的气质（她居然有气质），是现在的很多城里女孩都不具备的，而这是在 30 年以前。

她还不是女人的时候，不叫扒拉香，叫林软玉。我想这一定是她那整日顶着角锥似的高帽的老父亲读过《红楼梦》，才给她起了这么个古色古香的名字，可惜我家乡的人大都不习惯把舌头卷起来说话，就叫她远玉了。远玉本来也是很好听的，可她后来成了我的舅妈做了女人后，人们又把远玉改成扒拉香了。扒拉香这几个字叫起来粗粗拉拉实实惠惠的，很适合我们北方人的口感，所以大伙叫起来无比顺畅。我不记得最先叫她的是母亲、嫂子，还是表姑、大婶，总之，是一些妇女们这样叫了她后，她的名字就没有了，连小孩子们也这样叫她。

软玉有一个很不好的家庭，这是她的命根。她爹是麦屯有名的四类分子，每次搞运动，都被带到台上批斗，有时还被吊到房梁用皮鞭抽。她的哥哥17岁那年，工作组命令他上前去抽他的亲爹，他不干，工作组就让他爹抽他，他爹就抽了他，老子抽儿子，天经地义，抽得非常狠。儿子拖着伤回家，自己往脑袋上钉了三根洋钉。软玉收工回家一看，一点也没像她娘那样嗷嗷乱叫，她反身拿过一把钳子，捧着她哥的脑袋拔出了钉子。他哥好了以后，她才流着眼泪，摸着她哥的伤口说，哥，咱命不好，别人糟践咱，咱们自个别糟践，人家有现成的乐，咱们自个拐点弯也能找着乐，好歹也活一场。软玉的话惹得她的爹娘狠狠地哭了一顿，连她哥也像牛犊子似的顶着墙角，哞哞地好一阵踢蹬。

软玉是队里唯一的一个拿过一级工分的地主子女。她的活别人永远挑不出岔来，她一锄头下去，恨不得连把儿都抓进土里，让妇女队长连连叹气，硬是给她记了一级工分，使得大队书记很不满意。后来软玉就主动要二级了，她跟胖胖的妇女队长说大婶你心里承认我就行了，我不求别的。

这年秋天，全国山河一片红。生产队的共青团员们插着红旗夜里搞突击，倡导这个活动的就是我的表舅。

我的表舅是个识文断字的人，批判稿写得很不像农民，抽过香烟，还有一张戴墨镜照过的相片，这在当时我的家乡，是一件了不起的事情。他最风光的时候是领人跳忠字舞的时候，他的节奏感非常好，从来不抢拍也不落拍，让我那些笨拙的家乡人佩服得五体投地。虽然那个时候他已经快四十岁了，个子也小，有一只眼睛还不好使，但他的精神是年轻的，后来我也常由我的表舅想起那句千真万确的歌词——革命人永远是年轻——或者由这个歌词想起我的表舅。我表舅在我当时的家乡，是算得上一个革命人的。

这年秋天的这个晚上，软玉也来了，她有些怯怯地站在我表舅的身后，我表舅正在指挥大家唱歌。等他回过身，她就小声地说，我也想参加劳动。我表舅没有正眼看她，用打拍子间隔的时间说，你是地主子女不用你。软玉说我不要工分。我表舅说你不要工分也不行，影响不好，地主子女这么积极，和我们还有什么区别了。软玉就一下低了头，很没脸的样子，眼泪水似的淌出来。生产队长走过来，吆喝了我表舅，那意思是别扯淡了，多把手多份力，早干完早回家睡觉。队长说完还转身对软玉说别抹眼泪了，地主子女就是矫情。我表舅就用不满的眼神斜了下软玉，说那你就铡草吧。软玉就赶忙蹲下来，把一捆捆的碱草送到机器里。

这个晚上很热闹，团员和先进青年们都一边干活一边唱歌，还东一伙西一伙地拉歌。软玉埋头铡草，听他们唱歌，软玉觉得他们的歌都唱得跑调不说，还个个可着嗓子灌，很不对劲。软玉以为，唱歌是不用嗓子的，软玉随便在茅楼里哼的歌，都比这好听，但现在他们不让她唱，她早就接受了这样的教育，革命歌曲是给革命人唱的，像爹哼的西厢记什么的不是革命歌曲，当然又唱不得，所以地主子女是没有权利在公开的场合唱歌的，要唱，就只能像软玉这样，在茅楼里唱，爱唱啥唱啥。软玉的哥坚决反对她哼拿起枪杆子闹革命呀，打倒土豪和劣绅哪。软玉扭身子偏就唱这样的歌，她说他们没有我唱得好，我愿意听我自己唱的歌，人家都唱我馋得慌，再说这歌儿怪好听的。他哥就没办法地叹气，骂她贱骨头由她哼去了。

现在，软玉一边铡草一边听，听着听着，不知怎么的鼻子一酸，眼泪掉了下来，她觉得她的心里就像装了一只活蹦乱跳的小兔子，直往外蹦跶，可她得死死地按住它，不让它探头，她知道这个小兔子一探头就会有人给掐住，她觉得她对不住这个小兔子，她把这个倒霉的小兔子快掐死了，她的心里一难受，就又掉眼泪了，觉得这样的一颗心是不应该装在一个地主的闺女身子上的，她像刚才一样，抬起胳膊去抹脸，可怜的姑娘，她没有想到，铡草机会把她的左手连同胳膊误认为是碱草，一起铡了。

生产队对她很好，说这孩子心刚命不遂，把她送进县医院，很多人看完她回来，都挺难过，说软玉在医院一点也没哭，只是反复看她的另一只手，还让来看她的人和她一起看，嘴里叨念说，我的手长得多好看啊，看我这小手。那时她才15岁，大家都眼泪汪汪的。

软玉出院以后，在家待了半年，再出来的时候，人们的眼睛就都直了，他们发现她是那么好看，清清秀秀的，像个城里人。

再比自己，黑不溜秋的，就觉得有点猪狗不如似的，心里就不太舒坦，有人还告到大队书记那儿，说地主的子女不劳动，养得白白胖胖的，比贫农还幸福。大队书记就在一个大会上，没点名地批判了她的思想，让她的老爹坐在板凳上，撅着腚连抽了三袋蛤蟆头。好在她很快就决定嫁给我的表舅，大家的心才平和了。

我的表舅本来是要提拔到大队干的，后来不知为什么，大队书记忽然就不满意他了，屯里的人立刻都讨厌起他，说他要不是有一块肉在裆里坠着，能蹦跶到天上去。后来他就蔫蔫地退缩了，他的精神头一没有了，那只不好使的眼睛，就越发蒙了层白雾，有些让人恶心，他就更成了铁杆光棍了。

当他第一次用那只左眼看见一只胳膊的软玉时，没有像别人那样死死地盯着她的白脸和那只断臂来回看。他扫了一眼软玉后，就定定地立在那儿，像乡下任何一个买猪买马的懂行情的人一样，把她从头到脚打量了一遍后，很有把握地走上去，挺温和地说你给我当媳妇吧，我肯定好好待你。

当时的软玉以为我的表舅在跟别人说话，就四处看了一圈，当她确认这个一只眼睛放光的男人是对着她时，就妈呀一声吓跑了。

我的表舅第二次站在软玉家的门口看软玉出来后，就很有信心地又说，你给我当媳妇吧，我一只眼睛，你一只胳膊，谁也不嫌谁。

软玉扭身就进屋了。

我的表舅是一个了不起的男人，他第三次果决地站在软玉面前，软玉一见就赶忙往屋里进，然而我的表舅非常有风度地抢先靠在软玉家的门框上，简直是有些从容不迫地对软玉说你给我当媳妇吧，我是贫农，我能给你遮护遮护。

软玉的眼睛一下就红了，她带着哭腔说，你欺负人。

我的表舅在这个可怜的姑娘面前，重现了以往的英雄气概，他对软玉很大度地一笑，说，你想开了，就去找我。然后他就头也不回地走了。

后来软玉家就不断地传出哭声，哭法是轮换而交叉着的，先是软玉的，后是软玉娘的，后来是软玉爹和软玉哥的，后来就有些乱套，这样乱了一阵子后，就决定让软玉嫁给我表舅了。

软玉按照我表舅的意思，自己去找了他。我表舅很满意，还伸手要抚摸软玉，软玉拒绝了。我表舅知道跑了和尚跑不了庙，也没跟她计较，说把记登了，选个日子就把事办了吧。软玉说同意。软玉说同意的时候，很平静，脸上根本没有什么特殊的表情，甚至嘴角还带着一点笑意，只是我的表舅他的眼睛不太好使，他没有看清楚软玉的笑可有一些不一般呢。

软玉跟我的表舅去登记。

第一次进公社的大院，软玉第一次把身子挺得很直，她很不在乎地四处打量这个让她过去打怵的院子，觉得实在是平常得很，那土墙土坯跟她家的猪圈墙一样，都是用东场院的黄泥圈起来的，她怕它个什么呢？她过去怕这怕那，是觉得她生来比别人矮半截，遇着好事得绕着走，高岗下坡，各占各窝，人们才舒坦。现在她不怕了，命好的吃西瓜，命差的捡芝麻，她已经捡了芝麻，西瓜由着别人捡，她还怕什么呢？

软玉大模大样地往大门里进，她的胸脯挺起来，跟她的下颏一般高，她款款地走着，就如一只浮水的小白鹅。

公社的秘书很年轻，他显然被眼前的这只小白鹅弄走了神，他盯着软玉看了挺长时间，看完以后，想了想说，你们先回去吧，我现在没有登记表，后天再来吧。

后天，软玉款款地又和表舅去登记，换上新制服的秘书又看了软玉一会儿，问你们都是自愿结婚的吗？表舅就连连点头说是，是。软玉没吱声。秘书就用挺温和的声音问软玉，是不是？软玉就把头转向一边，清脆地说是。

秘书就把身子仰在椅子的靠背上，叫我表舅去打一壶开水。我表舅在秘书面前早没了在软玉面前的风度，连忙颠颠地去了。

秘书就站起来，让软玉请坐。

软玉没坐。软玉闻到秘书身上的香皂味。

秘书就走到软玉的面前，用眼睛对着软玉的眼睛。

软玉也用眼睛直对着秘书的眼睛。软玉什么都不想，软玉觉得秘书的眼睛很有神，眼毛也很长，能托起一只头夹。

秘书看了一会儿用手抬起软玉的下颌。

软玉没躲，秘书就亲了她一下。软玉的脸这才唰地红了，但很快，软玉就甩了一下头，就像甩去脸上的水一样，把那片红甩去了。

秘书亲了她后，就慢慢地说登记很麻烦，再说你也不够岁数，但是，秘书微笑着上下看看软玉，接着说你要是愿意让我……我的意思是……不出三天就给你办利索。

软玉就抬眼望了他好一会儿，什么也没说。

你要是同意，后天你就这个时候自己来一趟。

软玉转身就走了。

后天，软玉就自己来了，秘书就像我的表舅当初那样，也很满意,并按着"他的意思"做了他的事。当时满屋飘着香皂味，秘书和软玉都很陶醉。秘书做完了，就一边擦汗一边从抽屉里往出拿登记表，说我说话算话，马上就给你办。说着就连写带盖章地一阵忙活，一会儿就把表递给软玉。软玉就笑了。秘书有些不好意思地说，以后有事尽管找我。软玉就又笑了。秘书有些不知所措的样子。软玉就把脸转向一边说，你不给我登记，我也愿意给你。软玉说完就水一样飘飘地走了。

软玉就成了我表舅的媳妇，我的舅妈。

软玉不是很顺利地就成了我表舅的媳妇的。他们结婚第三天，软玉就被我表舅打得鼻青脸肿地回了娘家。回到家，就蒙上被，谁叫也不吱声。软玉的娘就开始吧嗒吧嗒掉眼泪，他爹就蹲在门槛边抽烟。这么憋闷了三天，软玉就掀去被子无声地回家了。后来我听嫂子跟母亲说，软玉嫌表舅埋汰不让动，总得逼他先用香皂洗，表舅挺不住了，就揍了她。后来很多妇女都嘴里冒着沫子重复这个意思，说她一个残废有人整她就烧高香了，还挑三拣四的，那眉飞色舞的样子，就跟猪冻屎似的脏兮兮地有滋有味。

软玉再和我表舅睡觉时，就十分顺畅了。

软玉我的舅妈是个能干的女人，她像任何一个过了门的勤快媳妇一样，把家里收拾得有模有样，并且很快就下地干活了。

她就是用一只手，也把谷子薅得又快又干净。妇女们都夸她的活好，妇女队长忍不住指着她的垄台让别人学。我的舅妈美丽地一笑，她觉得她是真的一点也不比别人差。可是她的笑很快就不美丽了，因为评工分的时候，她仍是评不上一级，原因是，她一只手要能评上一级，那两只手的人干啥去了？

我的舅妈就又像当年铡草一样，哭了一场。这一场哭的时间长了些，我的表舅不耐烦了，骂了她。她更伤心了，拎着那只空袖筒来回扯拽，哭声都有些尖了。我表舅就更愤怒了，从她手里抢过那只空袖筒狠狠地抖着，大声地数落：你过了门，我亏没亏待你？我是嫌你缺胳膊了还是嫌你少腿了？你迈进这门槛谁还敢拿你当地主待了？我说的三条哪个你没指上，你这么哭丧？我的表舅他斜着脑袋，据理力争地把我的舅妈质问得哑口无言，我的舅妈就不出声了。我的舅妈她一个人默默地哭，其实那不叫哭，有泪无声，那叫泣。

我舅妈她泣够了，肚子也鼓起来了，变得挺丑挺丑的。人哭，就能哭明白点事理，人一丑了，就不知道愁了，也没啥愁的了。她想反正也挣不到一级工分，她就挺着肚子找队长去了，她说我一只胳膊干不了重活了，给我找点轻快点的吧，像到猪场喂喂猪，到豆腐坊卖卖豆腐什么的。队长就瞅了一眼她的肚子，又瞅了一眼她的脸，说远玉你行吗？软玉就说行。队长就咧开嘴笑了，队长笑了以后，软玉也笑了，软玉已经好久不笑了，这一笑，她自己也觉得挺好看的，她想，队长笑了，就差不多了。就补充一句说，我现在跟好人似的，干什么都行。

干什么都行？队长的笑就有些模糊。

软玉就觉得有点不对劲，就一下想起公社秘书，就红了脸。

软玉脸一红，队长就把她搂进怀里，用嘴巴拱她。队长的力气很大，拱得软玉有点把持不住，要倒，队长就扶住她的腰，压着声说这么软了吧唧的你能干啥，你去看仓库吧。

队长说着，就从裤腰带上摘下钥匙，在软玉眼前抖了抖。软玉眼睛盯着那钥匙，恍恍惚惚地却觉得看到的是一张雪白的登记纸，她奇怪那薄薄的一张纸怎么就会哗啦哗啦响，就把眼睛看直了。队长用锉一样的大手轻轻搓了搓她的脸，走吧。软玉就像给拍花了似的跟他走了。

他们就打开了仓库门，里面的粮食味和麻袋味就很香地扑过来。队长回手把那香味关在里面，把阳光隔在外头，他们就看不见外面了，外面也看不见里面了。

队长用手捏了软玉的奶子，软玉看不清这个拍花人的脸，她想这个人他一点也不凶，他还笑，这满屋飘着的粮食味，它和香皂不是一个香，香皂味一闻，心就飘飘地升天了，粮食味一闻，心就实实地落底了。队长见软玉没动，就捏了半天，后来就扑了扑麻袋，让软玉把身子伏在上面，软玉伏上了。

队长后来一边系裤腰带一边说，这整个仓库就你管了，连我用东西也得找你呢。

软玉忽然咯咯笑起来，笑的声音又响又脆。队长慌了，去捂她的嘴，急急地制止她，你要干什么？

软玉说我不想管仓库。

队长就停了系裤腰带的哗啦哗啦声，说你不想管仓库你想管啥？

软玉一字一句地说我想管你。软玉想了想又补了一句，像你媳妇那样。

你这个小老婆儿，队长声音黏黏的，又把裤腰带解开了……

后来，队长就有些卖乖地说多少老娘们上赶着给我，我都不要，你还真就有点不一样呢。

软玉半天没吱声。

你哭了？队长在黑暗里问。

软玉抽泣了一声。

你觉得吃亏了？

软玉忽然又笑了，她说我没哭，我得了天大的便宜。

队长就呵呵地乐了。

软玉就成了保管员。

软玉成了保管员，屯里就一下炸开了。他们觉得让一个四类分子子女当生产队这么大的一个家，队长是不是昏了头。她那缺胳膊少腿的，就是有人撬开仓库，她不也瘸子打围干瞅着吗？再说她挺个大肚子看着就趴窝了，挣命啊干这几天？话又说回来，她凭啥呀？八百只眼睛盯着的肥缺，她就攥上了？她凭啥呀？事怕颠倒理怕翻，这么颠来翻去地一折腾，人们的眼睛就亮了，敢情，敢情……人们心里就明白了，心里有数却说不出来。没边没影的，谁也不开这个头，他们觉得和队长逗这个哏，无疑是太岁头上动土。

软玉每天像将军一样挺着肚子在队院里晃，她比过去进公社还要扬眉吐气。她的脸上再没有了过去的清秀，浮肿的眼睛里再也找不到闺女时候的怯弱。她对现在的日子很满意，嘴角荡着多余的笑，就像一个暴发户一样，对她飞来的横财恣意地挥霍。

屯人们气愤了。

软玉很喜欢他们气哼哼的怪模样，她装作什么都看不明白，还笑吟吟地跟他们说话，就像过去他们对她一样。

富于心计的人们想起队长老婆。队长老婆有点缺心眼，别人这么一点拨，她咧着大嘴就号起来了，逮人就说，自那家伙管了库，连她老爷们的"库"都给管了，晚上硬是抖搂不出东西来。逼得队长给了她两大巴掌。

她就更号起来，把软玉数落个底朝天，引得大伙兴致勃勃来劝架。

队长就觉得有些没脸了，就对软玉说仓库，你就别管了吧。

软玉意味深长地看了一眼队长，爽快地说，行。

队长就有些感动，在仓库里最后一次抱了软玉。

队长回去就把老婆打回娘家去了。

队长假装取钥匙，到软玉家有些讨好地告诉了软玉这事，软玉听后，淡淡地一笑，说这是你自个的事。好像跟她没有什么关系似的。搞得队长有些失落地又说了句曾经说过的话，你真是不一样啊。

软玉回家不久，就生了，是个小子，叫半儿。我表舅忙前忙后地乐得不行，那只白眼睛竟也生出些光芒。软玉生了半儿后，那剩下的半截胳膊竟神奇般的好使起来，她能用它把半儿扶起来吃奶，还能用它垫着半儿的头，腾出手去揉另一只牛奶一样往出喷射的奶子，软玉变成了真正的小女人。

我舅妈软玉变成了更好看的女人。她用一个半手抱着半儿在当院凉快的时候，她那更加圆溜的肩膀就勾了男人们的眼，很多男人在弄他们的女人时，就忍不住想象队长弄软玉时的感觉，就有些拼命，他们的女人就兴奋得直哼唧。有那么一段日子，屯里一到晚上就充满了那种恬不知耻的声音。软玉成了男人们的幻想。

半儿三个月的时候，得了百日咳。她就裹了半儿去大队的医疗站。大队医疗站其实就大夫一个人，房子也破破地歪在屯边，连房前屋后的树也是歪斜着的，形成的景就像电影片子挂斜了照出来，不能四方四角，不过一进门里，却大不一样，清清爽爽的药味，一扑过来，就让人觉得浑身给消毒了，十分舒坦。软玉当时，就是这感觉。

软玉带了浑身给消毒了的感觉，恭恭敬敬地把半个屁股挨在半截木椅上，还没张嘴，半儿就在大夫跟前使劲儿咳起来，咳不上来，就哭。软玉不好意思，就掏出奶子喂。大夫就看见了软玉肥硕的奶子，就把脸拧向别处。大夫用手反复擦拭一只粗壮的针管，那是给牲口用的，他还是个挺不错的兽医。他边擦边问孩子咳了几天了？软玉就说有十来天了。大夫就有些嗔怪地埋怨她，看你这粗心咋不早来。软玉就觉得大夫挺亲近的，就笑了一下。

软玉笑了一下。

大夫也笑了一下。四十多岁的大夫笑起来，就像一个小伙子似的，牙齿很白，嘴咧得很大，很生动。

软玉就把半儿递过去，大夫就说别动你别动，就从椅子上走过来，伏在半儿的小脸上看，看了一会儿，就用手翻了下半儿的眼皮。他的手就碰上了软玉的奶子，他们就都有点不好意思。半儿哇地哭了，把奶头吐出来。大夫就连连说没事没事，是百日咳。软玉就忙问得打针？大夫就说要是别人就得打，你就不用了，你抱孩子不方便，我有祖传的秘方，给你配了拿回去吃，保准好使。软玉就赶忙哈腰，想要道个谢，大夫就用柔软的手摁下了她的肩膀，说用不着外道。还说其实你们地主家的子女最有教养，脑筋还灵，比那些傻了吧唧的贫农强百套。我爷爷就是地主，但我不是，到我爹那儿就不是了，抽大烟抽的。

软玉从来没听过这么贴己的话，有些感动地说，可别这么说，现在地主哪还是人了，我就觉得和人比不光少半拉胳膊啥都少半拉，你看我就叫他半儿，软玉说着就把孩子的小脸扭过来。大夫就说我可不这么看。大夫说完就起身给半儿配了药，还帮软玉把孩子包好放在软玉的怀里。

软玉走的时候，大夫还起身送了她，说要是好了，就不用来了，不好再来。软玉就抱着半儿走了，走出几步，回过头说去串门啊。

大夫就倚在门边笑了笑。软玉觉得大夫也像树一样有些歪，她很想把他扶一下。

半儿后来果然就好了。半儿好了就不用去医疗站了。软玉就用一只手给半儿织毛衣。软玉一边织一边想，大夫说得果然对，地主家的孩子就是灵性，她在墙上挖个眼，把一根织针插在眼上，用半截胳膊夹着，用另一只手织。久了，织得飞快。她就是这么飞快地织毛衣的时候，大夫到她家串门来了。

软玉就有些不知所措，她家里还从来没来过外人，连那些最喜欢走门串户的妇女都不来。现在，人家一个有头有脸的大夫带着一身的消毒味来了，她就觉得有些不知如何是好。就停了手里的织针，傻愣愣地看他。大夫挺随便地坐在炕沿上，问她孩子好了没有。她就连连点头说好了好了。说完还是没话，大夫也就有点不知说什么好了，他们就半天谁也没吱声。

后来我表舅就回来了，他看见大夫在炕沿上坐着，就一下堆出卑琐的笑脸，车轱辘话反复说软玉念你好呢，半儿你真治得好。大夫的眼眉就皱了一下，有些索然地站起身，说好了就好。软玉没有送他。我表舅回来就说软玉你不懂规矩，也不送送人家？软玉没理我表舅。她不想送他，她就是不想送他，她觉得她不送他他也不挑她。

后来冬天就来了。冬天一来，软玉就不出屋了。她不知道，这年的冬天，屯里的妇女就不叫她软玉了，叫她扒拉香了。

原因是一连串的。据说那个大夫在他媳妇的身上起劲的时候，喊出了软玉，他的媳妇就把他一脚踹到地上，就哭喊着要找软玉好好算账，隔院的队长的媳妇知道了就跳着脚助威，两个男人就分别揍了他们的媳妇。两个女人就披着头发跑到门外用嘴把软玉连同她娘 × 了个够，两个男人一红眼就像逮小鸡似的往回逮她们，她们就满院子飞，于是就乱了套，引了一院子人，就有个妇女在人群中说远玉这个小娘们外头臭里边香成了扒拉香了，大伙就哄地笑起来，夸她说得对，并连连咂嘴重复这个名字，他们叫惯了的远玉就成了扒拉香。

这个冬天，妇女们像种种子似的，把"扒拉香"的话题种在一家一户的炕头上，扒拉香在北方温暖的土屋里，有枝有叶地长得十分茂盛。

软玉不知道她是扒拉香了。第二年春天她去地里挦猪菜的时候，总是碰上一帮小孩不远不近地喊扒拉扒拉香，扒拉扒拉臭，扒拉扒拉香，扒拉扒拉臭……她还想，扒拉香还没长成，他们喊的什么劲儿。就冲孩子们笑呵呵地问，这么早就有扒拉香了？孩子们就哄笑着跑去……软玉瞅着他们鬼头鬼脑的样子，就多少有些奇怪。回来蹲在地上用一只手咣咣地剁猪菜，有闲没事儿地就跟我表舅说了，我表舅就唔唔着，脸不太好看，她再说，我表舅就一跺脚说，骂你哪，你还有脸问呢。我表舅说完就弓着背出去了。我表舅有点儿像老了似的，另一只眼睛也有点儿浑浊了。这个冬天，我表舅的身体很不如往年，连对半儿的亲情也少得很了。

软玉就呆呆地立了好一会儿，她的眼睛是有一些湿的，她也是想哭一哭的，可心里干难受，她终于没有哭出来，她只是在哄着半儿睡觉时，把哼着的小曲哼得像磨一样，似有似无，又慢又沉的，听得人不好受，我表舅还为这骂了她，骂她吊魂呢。软玉不搭理我的表舅，哼得很固执。孩子早睡了，她也仍是哼个没完，直哼得她自己也困困地闭上眼睛。就是这样的一个晚上，我表舅用那一只眼睛流了一些眼泪，并发了一句文人似的感慨——心是明镜啊，啥都能蒙住，心蒙不住。即使到了现在，这样的一句天机般的话，仍是让我无法诠释。但是，我相信我的舅妈她是听懂了，她后来就不哭了。

夏天，软玉仍去捋菜，脸上很平静。她在土豆地捋，这里的灰菜红山谷苣荬菜疯长，又肥又大。她用半截胳膊夹着袋子，用另一只手捋菜，把菜顺着垄沟摆得一溜溜的，又快又整齐。挨着土豆地的是甜菜地，一些妇女们在甜菜地捋菜，有说有笑的。软玉知道她们的袋子里都藏了甜菜缨，那东西脆生生的，猪贪吃得很。软玉不馋这个，软玉多少馋她们的疯笑，觉得那才是劳动呢，她记得小时候她造的一个句子，就叫一边劳动一边歌唱，她们虽然不像过去团员们那样歌唱，但她们疯笑也是快乐的事情，可她不想掺和进去。她知道从她当了保管员以后，妇女们就用眼睛剜她了，现在，她已经是扒拉香了，她就更明白她应该怎么做了。

软玉一个人捋菜，让汗在脸上身上乱爬，想着一些别的妇女不肯想的事情。忽然她的身后传来一阵笑声，她直起身，看到一些女人围着队长媳妇在起哄，她一回身，她们就都把嘴闭了，只把眼睛歪斜着往她这看，她的脸一下就涨红了，她看见土豆地里独挺挺地立着的一棵向日葵，秆上挑着一个麻袋，麻袋像衣服一样折出一只袖子，另一个袖子只有一半，袖头吊着一只鞋……

软玉明白这意思，屯里游斗搞"破鞋"的，都是这办法，只是还没有人像这些妇女们这样，心灵手巧地不用写名字就标明了是谁。聪明的软玉她红涨着脸，赶忙转回身，匆匆地把摆在垄台上的菜一把一把地往麻袋里装，她装得太急了，把土豆秧一片一片地压倒了，后来她的眼睛就分不清哪是菜了，只把那土豆秧往袋里扯，扯不动就用脚踢，像踢长在地里的茬子似的……女人们的哄笑把她搞蒙了，她把袋子扛在肩上的时候，竟弄错了方向，她低着头像一头小疯牛一样，朝人群冲去，差点没把向日葵扑倒。

女人们轰地散到一边，队长的媳妇没动，故意大声地朝大伙咳嗽，粗着嗓子嚷咳哟哟，有抢便宜的还有抢骂的，真是不知道香臭哇，做贼了还是养汉了？

软玉就像给人当头敲了一棒，这才明白过来，她想掉头走，却给人围住了。

大夫的媳妇有些阴阳怪气地尖起嗓子，你心虚个啥呀，心里有鬼呀？大夫的媳妇说着恨恨地往前挤了一下，故意把软玉的麻袋撞到地上。软玉赶忙弯身扶麻袋，大夫的媳妇也跟着弯下身在软玉的胳膊上捏了一把，啧啧啧，这肉咋这么软和呀，怪不得叫软玉哪……女人们再一次哄笑起来，队长媳妇也来了情绪，蹲下来去摸软玉的半截胳膊，软玉叫了一声你别碰我。队长媳妇咧着大嘴笑起来，男人都能摸我摸一下管啥的？大夫媳妇不由分说拎起软玉的空袖筒，朝女人们抖着，大伙说说她也不搬块豆饼照照，就这半拉吧唧的还配养汉？

我的舅妈她一定是疯了。她忽然紧紧地抱住麻袋，就像抱着她的半儿似的，咯咯地乐起来。

女人们更兴奋了，又蜂子似的嗡嗡起来。

我的舅妈就像老师向学生提问似的把眼睛看向大夫的媳妇，简直是和颜悦色地问她，我连养汉都不配了？我不配养汉，嫂子你说啥样的配养汉？我的舅妈她是故作镇静，她的眼睛里已经有很多眼泪。

大夫的媳妇没想到我的舅妈会这样问她，呆愣了一下，忽然尖着声音喊起来，你们听这个娘们还要不要脸了，啊？你们听听！

就是要这个脸，我才不要×的，连×都不要了，我还要什么脸！我舅妈蹿起来，一把扯下那条挂着的麻袋，眼泪忽然没了，眼睛锃亮，脸上红艳艳地照人，我的舅妈在情急之中，竟道出她可怜的逻辑。

天哪，这是哪劈出来的不要脸的狐狸精，咋不让男人整死你。大夫的媳妇叫出了哭腔。

我的舅妈高扬起她的笑脸。

扇她，狠狠地扇她。队长的媳妇跺着脚喊。

队长媳妇的话还没说完，大夫的媳妇早已照着那张笑脸打了个响亮的耳光。

我的舅妈她晃了一下，脸上立刻浮出几条红印，她甩了一下头，好像不疼似的说我打不过你，你看我就这一只手，说完把脸又朝大夫的媳妇扬了扬，但很快那脸就白了，那血一定是流到她的眼睛里，她就用一双着火了似的眼睛定定地盯着大夫的媳妇看，见大夫媳妇的脸上像是要哭的样子，才一字一句地说，嫂子你别哭——早——了。说着就把手里的麻袋扔给她，我的舅妈她一直拎着那条肮脏的麻袋，现在，她把手在裤子上擦了擦，没事似的款款摆着她的腰，择菜去了。

我的舅妈扛着菜往屯里回的时候，她的肩膀歪斜着，像秋天的树枝一样，有一些抖，但她脸上平静得很，她不时地弯下腰，一遍一遍地把不断掉在外面的菜往麻袋里捡，一棵也不落，就像捡她一天天撒落的日子。她远远地听见一帮小孩子在喊扒拉扒拉香，扒拉扒拉臭……她一点也没不好意思。

太阳快落山的时候，软玉已经把自己打扮得有些花枝招展，她从家里出来，就去了大队医疗站。大夫看见她进来，就一下站起来。

软玉定定地说，我想让你整一下。

大夫一下红了脸，说这说哪的话。

真的。软玉说着就贴在大夫的眼皮底下。大夫很高，身上消过毒的味很好闻，夏天的落日把屋子照得金闪闪的。

大夫说软玉你的脸怎么肿了？我来给你上点药。

软玉说没怎么的，我不想上药，我想让你抱一抱。

大夫看了下窗外，脸又红了，喃喃地说怎么会呢，怎么会呢，软玉你一定是出什么事了？

软玉很大方地用那只手去解大夫的腰带，能出什么事呢？什么事也没有，软玉像是跟大夫说又像是自言自语，很快，就什么事也没有了。

大夫伸手轻轻拉起软玉的手，你有啥难受的事，就说给我听吧，我能看出来，你心里不好受。

软玉忽然觉得心里一热，忍不住蹲下去，用手遮住脸，哭了。

大夫就把她抱起来，拿开她的手，用柔软的手指轻轻擦去她脸上的泪，低声说我是真的想要你，做梦都想，又觉得有点欺负你。软玉就把脸离开他的胸，有些感动又有些伤感地说你可真傻呀……

软玉这么一说，大夫就把软玉紧紧地抱住了。

大夫十分熟练而温存地做了他想要做的事。

软玉走的时候，大夫又把软玉拥在怀里，说，你什么时候想我，就来。软玉就怔怔地说，我再也不想你了。

怎么就不想了？

没什么可想的了。

说笑话。

我不说笑话！软玉说完竟莫名其妙地生起气来，像是有仇似的从大夫怀里挣出来。我知道我的舅妈是在跟自己生气，为自己最后的美妙的幻想被毁灭而心绪破败。

这年的秋天，我舅妈软玉就像真正的扒拉香一样，随着秋风的扫掠，而慢慢枯萎了，她的眼角也像北方的大头菜一般，布上了一层细密的纹络，那纹络就像工笔画一样淡淡地描在她十九岁的岁月上。

这年的冬天，一辆马车毛了碾碎了我表舅的脑袋。准确地说是县医院的大夫弄碎了我表舅的脑袋。本来我表舅零零星星地还跟我的舅妈说了些话，那话说得我的舅妈大放悲声，那话的大致意思是：软玉我知道我配不上你，所以你故意不给我闺女身，我一点也不怪你，只是你屈了自个，不知道我配不上你别人也配不上，软玉你的心在天上啊……我表舅说了这样的一些话后，我舅妈的眼泪已经淌成了河，后来我的表舅就闭上了眼睛，他闭上眼睛说出了半截话，这半截话让我的舅妈像给雷轰了一样，呆呆地眼望着我表舅被推进手术室，一句话也说不出来……

大夫们把我表舅的脑袋打开了，还没有来得及缝，那留下来的后半截话和他一辈子的感念，便都从那缝里流走了，正是逝者如斯。

这年的冬天，我舅妈人称扒拉香的软玉去找队长领工钱，说要离开麦屯投奔城里的一个叔叔，其实她是要到城里给一个老头当填房。队长长长叹了一口气，说其实你要是不走，我也不能看你受罪，我还让你看仓库。

软玉眼睛就红了，说我知道你。

软玉又去了公社找那个年轻的秘书办户口。那秘书很客气地跑前跑后没一会儿就办完了，软玉迟疑了一下，说那我就走了。

那秘书就赶忙站起来，说那我就不送了。

软玉的眼泪就出来了。

我的舅妈牵着半儿离开屯里的时候，对半儿说："半儿，好好看看这个屯子，你爹就在这里，你要是记不住，就忘了吧。"风雪很快盖住了她们的脚印，没有人送她，他们觉得那是她自己的事情。有小孩隔着窗户冲她喊扒拉扒拉香，扒拉扒拉臭，大人就赶忙把孩子拽回去了。

软玉我的舅妈在茫茫的风雪中苦笑了一下，她自己也不知道自己是香是臭了。她觉得她这一辈子已经过完了，不管猫命还是狗命，都算活一场，命以外的太多的东西，她知道她不能强求。现在，我的舅妈就这么头也不回地一直往前走，觉得这个屯子和这里的人，和她已经没有任何关系了。

天　目

　　江美杨江老太太，准确地说是铁匠林马掌的老太婆林老太太，瞅着太阳光一点点爬下炕沿后，就顺着炕沿躺下了。

　　她的儿媳妇花蛋屋里屋外忙的时候，对婆婆用眼角表示了不满。她是一个孝顺而没有心计的女人，但她知道她对婆婆的好坏直接影响她的已经挺了大肚子的大儿媳妇果珍。她之所以不用眼睛去看她的婆婆，是觉得老太太这么长拖拖地顺着炕沿躺着，多少有点不规矩。你岁数大了就成了老小孩了，你要那么睡，别人是不能也不敢就非不让你那么睡，可你总得稍稍地把身子斜一斜,让别人想歇会儿的时候,把屁股往炕沿上搭一搭。你老人家累了一辈子，功大是没说的，可谁也没闲着啊？别人累死累活的日子还在后头呢。花蛋这么想的时候飞快地从簸箕里挑出石子和草棍，扔到灶坑旁。

　　林老太太这个时候把眼睛眯成一条细缝，一条非常好看的缝。太阳光从她的鼻子上掠过去的时候，留了一道金黄在她的脑门上，这暖洋洋的东西焐得她心里直痒痒，舒服得很。她觉得她的心在这个时候从未有过的彻明，那道阳光就像她刚拍完的 X 光片子似的，把她的所有日子都照个透亮。她在这个时候忽然就想起了人们常说的"天目"，那种不用眼睛就能看透一切的天目。她想，她的天目怕是真的就在这道黄光中开了。她就从这道黄光中，看到她的儿媳妇花蛋把脸背着她出出进进。于是老太太就笑了。老太太用细眯的眼睛，表示了她的笑意。她一辈子都是用细眯的眼睛表示她的喜悦的。她的眼睛就像狐狸一样细致动人，她在年轻的时候冲谁这么一眯眼睛，谁的魂儿就没了。林马掌就是没了魂后才拼了命似的追到苞米地里把她摁成他的老婆的。林马掌当年扑打完身上手上的土后，就粗声粗气地说了一句话，美杨你往后少跟男人这么密头密脑地鬼笑。美杨就扑哧一声又那么眯眯地笑了，就又招得这个铁匠汉子一阵狂风暴雨。后来美杨就听了铁匠的话，真的很少那么笑了，成了林老太太后，美杨就专对铁匠这么笑。再后来又对儿子、媳妇、孙子。她就对她亲的人这么笑。她一笑，就有好事。母鸡冬天下蛋孙子过百天儿媳妇又有喜了，都让她笑。她的眼睛一眯缝，儿子媳妇都跟她逗风，跟她使个小性子，从她腰里抠点小钱花，她一点不恼她知道他们都精得很。日子就这么笑眯眯地过来了。

现在，林老太太从黄光中看见花蛋后脑勺里的意见。就又笑了。她在心里说，花蛋这回你可就输了。待一会儿你准得后悔跟我要小脸子不可。老太太这么一想，多少觉得占了些便宜，就忍不住想乐，眼睛就眯得更细了。

花蛋没有看出婆婆的心机。她的头发在耳前耳后忽闪忽闪地扎撒，脚底下像挂了掌似的铿铿抓地。她端着簸箕一遍遍从她的屋里出来经过老太太的屋到外屋簸黄豆的时候，嘴里不停地爆豆似的说你看这鸡鸭嘁里扑棱挣命要吃食猪拱门槛马叫圈的，十个爪子也挠扯不过来。林老太太觉得她是用脑门上的那道黄光听见花蛋的话的。她还听见花蛋用鞋往灶坑里划拉柴火的沙沙声，她看见那灶坑里的火忽地烧起来那种叫作兔毛烘的草眨眼就成了灰，黑猩猩一样扑到花蛋的裤脚上。老太太就更憋不住乐了。她在心里说活该。我拎着耳朵根跟你说八百遍了，那火是能用脚踢的么？连锅沿都不能用勺子铲子乱磕乱碰，怕冲撞神灵，那火就能用脚踢？活该，难受你就自己受好了，我是不管那么些了。老太太仿佛又赚了实惠，眼睛眯得颤巍巍地更好看了。她觉得她从未有过这么好受的时候，她想她一生出来第一次把小小的整个身子焐在娘的奶子上的时候，一定是这个样子。她想人要是一躺在这么温乎的地方，就满心都是乐呵了，就一点也不会憋屈了。她现在就是这样。要是往常听花蛋这么叨叨咕咕，她就会想她自己成了吃闲饭的人，不能帮人干活了，还哼哼呀呀地让人花钱买针买药的，不听点闲嗑还干啥。想急了，觉得自己像头老驴似的，恨不得自己把自己剁成肉馅。现在好了，花蛋你愿意说你就说你的，你反正会后悔。其实林老太太也知道花蛋是满屯子数得着，叫上号的好心人，满肚子的好心肠，就是好吵吵。花蛋一进林家门就挂在嘴上的吃闲食啊吃闲饭啊什么的，老太太年轻的时候听了也不觉得怎么样，那花蛋也真的就没有什么弯弯绕儿。老太太老了，心眼就多了。到了后来，老太太就觉得有点那个了。心里一合计，就得躺几天，吃点药。等她这次从县医院照完片子回来，一看那一根一条的肋巴骨上有块黑影，她就掉眼泪了。儿子倒是一再说那啥也不是，可那啥也不是是啥？林老太太想，难受在我身上我知道，你们谁也别想糊弄我，我早晚把你们给糊弄了，让你们全都扁担钩眼睛——长长喽。

现在林老太太再这么想时，心情真是无比地好。就像是在洞口下了夹子，单等耗子贼头贼脑地出来，然后吱哇一叫，然后让守着的人，满脸快活。这时她觉得太阳光好像在脑门上爬，她分明听到了一种声音。那寂静中发出的唰啦的声音让她觉得有点像蛇爬过草地，你得对它加点小心。她知道这蛇的厉害，要是在过去，她准得把她的细眼睛瞪圆，但现在她不用了，她就静静地等着那蛇在她的脑门上爬——那分明就是草地，横横竖竖的褶皱，就像蛮荒的垄沟，里面埋藏了数不尽的草籽沙土。要是有蛇这么一蹚，她知道她的脑门上，就快要露出原形了。还会长出春天里、夏天里、秋天里还有冬天里地里能长出来的也能看见的和你看不见的一些东西。那一些曾埋藏得很深很久的有的都快要腐烂得认不出来的东西，都会让她的儿子孙子包括老马掌难受，她是不想让他们再为她不自在的，可这一次，她是管不了他们了，因为连她自己都不想看见那些东西，可她还是更深更透地看了个清清楚楚。那到底是什么呢？那是日子流逝的声音，是日子像泥水一样淌过后留下的东西。是人之初，是人与生带来的让人快活的好东西。可后来，人们就不得不用一些换了自己不想要又少不了的累赘，这累赘就成了人受苦受难的根。林老太太现在看到的就是她用来换东西的那些宝贝，她没想到那些东西每拿去一份，就在脑门上刻一道印迹，后来让你回过头来看得清清楚楚。

林老太太这时候第一眼看到的就是她一生出来，有个穿蓝花夹袄的老女人，把她四处踢蹬的胳膊腿用一根红布带缠起来，捆成直直的一根棍儿。她那时还不知道这是为她好，好让她长成一个标标溜直的大闺女。她太难受了，她喜欢那么刨蹬，她不想让那个老女人绑她，她就拼了命地叫唤了三天三夜。那个穿蓝花衣裳的老女人想了想，就把她的小手指头的第一节，一口咬断了，给她取奶名叫"咬住儿"，意思是这孩子从小不好养活，这么一咬，就咬住了，就长命了。林老太太当时是不知道这些的，但经那么一咬，人说她就真的不再哭号了，她当时是不是就悟到了一些什么，她现在也肯定不知道，反正后来，她就不那么乱蹬乱刨地撒欢儿了。她现在肯定在她的脑门上第一眼看见的那些模模糊糊的东西，就是她用"撒欢儿"换来的。她还用一节一定像小红胡萝卜一样鲜亮的小指头，换了"江美杨"这样一个俊俏的大号，替了"咬住儿"来掩人们的口。老太太看了这第一眼后，不能不把那细眯的眼睛，稍稍地合一点，她感到有点累，想歇一会儿。

林老太太那么眯上一会儿眼睛后，觉得那条黄蛇爬得有点刺痒，想伸手挠一挠。她就是这么想一想，她知道她的手已经成了片子里的一根一条的了，很不好使。她就通过脑门上的那道黄光看了看炕旮旯儿的"老头乐"，她管那叫"痒痒箒"。那还是她的大孙子大林当兵走的那年给她买的，那是纯粹桃木的，三五年功夫就磨得猴腚一般透红。老太太不愿想大林，一想眼睛就热。

　　大林是好孩子，她从裤包里把他带大，她知道坏就坏在他媳妇果珍上。果珍也是好丫头，长大了才妖妖道道地学浪了。跟大林到城里结婚半年，就怀了孩子回来，就成了电影里的将军，手往后腰眼上一按，肚子老远地挺出来，横草不拿，竖草不捡。林老太太觉得孙媳妇实在是自在得过分，就说果珍你用不着那么使劲儿直腰板儿，再使劲腰就弯后头去了。花蛋倒是扑哧一乐，觉得老太太说得在理儿。果珍呢，冰猴似的把身子拧过去，连理也没理她的老奶奶。林老太太就把手里的痒痒笆顺手扔到炕旮旯，以示她的生气。她的孙媳妇听见动静不对，就回过头红头涨脸地说你怀孩子的时候还能站成棍儿不成？说完就扭搭扭搭地走了。她没有发现她的老奶奶一脸褶皱都抽抽到一起，她也没有想到她的大林会从后面噌噌抢过来给了她一个响亮的耳光。她晃着猫一样的毛茸茸的脑袋冲大林顶回来，大林就那么一躲，她就扑倒了，她就哇地尖叫一声扯起裤脚给大伙看那里面咕嘟咕嘟涌出来的血，大伙的脸唰地都白了，好像那血是从他们的脸上淌出来的。

　　他们在那个时候都用跟平时很不一样的眼睛看着老太太，老太太的脸却奇怪地红了。她觉得刚才抽抽在一起的满脸褶皱里，一下被人塞进去泥巴和狗屎，还来不及让人恶心，就又让人给掴了一掌……这屎抹在她刚性一辈子的老脸上，这掌抽在她早就自己剜了一刀又一刀的心窝上。她觉得她用一辈子的眯笑掩藏着的羞愧和卑怯，跟被踹了一脚的花篓一样，支棱巴翘地露出茬口，一种带着血腥味的灰暗的东西就顺着那茬口冒出来……后来她就死死地瞅炕旮旯的痒痒笆，后来就很多年再也没动那玩意儿。

现在老太太脑门被太阳光爬了，她才想起了那痒痒笆。想起来也没有用，她离那东西还挺远呢。要是按她年轻时候的睡法，她现在离它就很近了，说不定就把脑袋枕在那笆子上。她二十几岁的时候，就像一头小毛驴，长着白眼圈儿，又好看又能干。马掌把她送到地里跟她吆喝一声，就背着手回去打他的马掌铆他的铁犁杖。她听了那一声吆喝就能炤开她带劲儿的小蹄子在地里蹦跶一上午。到中午回来又扎了小围裙颠颠儿地干到马掌和前院后院的人都打起呼噜。她这个时候才把身子往炕上一仰，像泥鳅似的一拱一拱地摆着她软软的身子，把脑袋一直拱到炕旮旯儿。她那个时候不知道人活到一个岁数后得有个痒痒笆。她那个时候就是真把脑袋枕在痒痒笆上，她也不用它，她脑袋往那旮旯儿里一顶，就什么都不知道了。马掌说你就像个猪一样，肚子里能囔糠，眼睛里能塞觉。她说马掌你怎么就不说我像那小牲口似的给点料就拉磨，饮点水就干活呢？马掌就嘿嘿地乐了，马掌说美杨我也没少"饮"你了，你还是给我干点人活儿吧。

叫美杨的林老太太后来一辈子都不敢提不敢想这个话茬。因为她就是到了现在，把自己横在炕上的时候，也没给她的马掌干出人活——生个孩子！她知道她一辈子窝在心里的灰暗都积压在这儿。她的儿子不过是马掌的一个远房兄弟的孩子。

林老太太把自己横在炕上的时候，觉得她一辈子就对不起一个人，那就是老马掌，她让他在屯子里直不起腰板。他就是什么也不说，她也感到她心里有孽。为了消这孽，她在老马掌身子底下奋斗了几十年，这孽却讨怨似的讨去了她一脑袋黑发，讨空她一副爹娘给的好身板儿，仍旧还给她一副空皮囊。人老了她死了这份心，这孽也就干了。要不是那天花蛋捅了她的心窝，她以为她的怨就算还完了。后来她就明白了，她一天不闭上这双老眼，她就谁也对不住，这就囫囫囵囵地堵在她的心窝上。

她把这一切都想明白了以后，她就知道她该怎么做了。她就把她的新棉袄新棉裤都接了块布做给了老马掌。老马掌那天用昏花的老眼对那布瞅了半天说我估摸你是越老越回旋，眼里没个准了，这衣裳你再长十年也能当长袍。林老太太听了就把脸别过去，她是觉得心里难受。她一辈子没瞒过他什么，她现在可是要跟他藏猫猫了。老马掌没听老太太说出个什么，就自以为自己高明了，就咳咳地弓着腰到老柜上找药吃了。

林老太太等他窸窸窣窣翻了半天空着手转过身，就从怀里摸出一片白药递给他，这种被她总也改不过口的叫阿司匹林的东西就像大烟一样，在他们浑身不自在的时候，给他们想象不出的精神头。儿子对此常常表示怀疑，说那里面有吗啡，别是上了瘾。老太太挺心酸，但她什么也不说，她心里想，我们两把老骨头要不用这玩意儿顶着，早像两个石头碾子压得你们喘不过气来了。现在老马掌接过来"小月饼"——他常这么叫它，吞进肚里，连水也没用。他甚至连头也没像往常那样往上使劲扬，他觉得他的头像灌了铅，坠得心里发紧，很难受。他是觉得他不该空着手回来。他一辈子挣的钱，要买药片的话，能垒一个猪圈。而在这之前的很长时间里，他们已经不断地重复这个过程了。这常常使他们互相望一眼就没有了话说。这种时候，太阳就总是慢悠悠地在空中晃，把他们晃得心里长了毛一般，又刺痒又扎挺。

现在林老太太的心里却像绑了石头，安实得很。那一道黄灿灿的金光，照在她的脑门上，就像真的给她安了一双眼睛，让她心里亮堂。她把她的脑门往上轻轻抬了抬，她就看见她的满头白发上落下了一层星星儿，她敢打赌她的头发里没有一个虮子花，连个小小的虮子都不会有，她相信，那么亮晃晃的金光一照，这一辈子让她恶心和难受的东西就会全都化尽，化得像一口气一样，吐到空气里，就再也抓不着了。

她忽然觉得这种好事让她一个人受用了，有点对不起老马掌，她应该分一道金光给他，那光照在他佝偻的背上没准他一挺就直了。不过现在来不及了，她的嘴和牙也像那片子一样，变成透明的塑料的了，她把这想法说了两遍都没有一点用，那声音都从那透明的塑料中漏出去了，她知道老马掌根本听不见，他还蹲在仓房摆弄他那堆破铁炉呢。

林老太太有点吃惊自己怎么还没通过那金光，就看见了老马掌呢？不过她没管那么多。她自己偷偷地乐了，她有点乐老马掌愚钝。你那么一堆破东西明明没有用了，你还蹲那儿鼓捣个啥？再鼓捣你就成了那堆破铁了。你要闲着难受你就帮花蛋撵撵鸡狗，你是个人，你老了鸡狗也怕你。你不用老那么咳咳的，你跟你儿子说，你跟他一说，他一准给你买几包喷托维林（咳必清）。你老摆那么一副难受的样子院里院外地走，让你儿子当那个乡村校长多少有些不硬气。你不能跟我比，他是你弟弟的儿子，你们有血缘，你和他亲爹也就差不了多少了。我不行，我满手一划拉，也没有个近边人。

　　林老太太再次感到有一种声音在她的耳边嗡嗡地响。她这次竟然出乎意料地想到一个让她自己都吃惊的名词，速度。这是儿子当年教课时常常挂在嘴边的词儿，她不知道她怎么在这个时候想起它，而且，她相信，这个她一辈子没想弄懂的叫速度的东西，就是她现在耳边听到的声音。这声音让她觉得一忽儿遥远得没边没际，一忽儿又敲在她的耳眼里，她的心也随着这速度来回吊荡……她觉得很难受。

　　林老太太知道她吃下的一百片安眠药起劲了。

　　她看见当校长的儿子像一匹马儿一样，咳咳着扑在她身上，伸手在她怀里摸啊摸的，他的眼泪跟雹子似的砸在林老太太的眼毛上，老太太眼毛就秧苗一样歪斜了，她在眼毛歪了的时候，心里多少有些难过，可她还是眯眯地笑了。她知道她的笑也漏进空气里了。她这个时候满意到了极点，她的儿子当了校长还这么孩子样在怀里乱摸她的奶——那可是一副好奶呵，她这一辈子没用上，是老天瞎了眼。不过她现在不想那么多了，她现在往乐处想，往乐处一想，她就觉得养活人跟养活牲口就是不一样，他知道报恩哪。她把这个要来的儿子按规矩连襁包一起从她裤腰里塞进去，再从剪开了口的裤裆里拿出来，就跟生了自己的孩子一样。她当年这么做的时候就反复想着养儿防老。现在好了。她没白养他。她看他那么咳咳的时候，十足得很。她一辈子都害怕她有一天到"那边"去看不见道的时候，没有引路的人，现在她就跟定了这咳咳声，她知道这咳咳声就是给她当娘的引路呢，她的眼泪止不住要流出来，可她没让它流，她让它淌在心里，在那块干硬的"孽"上，化了那恶根。她想跟儿子说你别那么使劲儿咴咴，那路可长呢，你得咴咴多久，你放轻一些，我也能听见。你得这么咴咴三天呢。我就是怕你连摆三天宴席太花费，怕你太长时间不好受，才在太阳落西的时候躺下的。我见了太阳再过一宿就算一天，明天是怎么也躲不过去，后天呢，太阳一出来就又是一天，我踩着露水珠去，实际上，我就占了你一天。我知道你不能犯了规矩，准会让我见过三次太阳才引我上路，我才这么算好了时辰自己走的。妈是有心人，就是不知道你这兔羔子明白不明白。你教了二十年的书，都当了校长了，我看你未必就真懂这片苦心的，你像个木桩子一样，就知道看书，看书。你的后背跟你爹似的弓得像个犁杖，我知道你是让你这帮孩子熬的，让我们这两副棺材瓢子累的。你整日愁眉吊脸的，活得不自在，连个卖货的都不如，我明白，我是一天也没怪你，就看以后花蛋果珍他们了。你别老摸我怀，那奶跑不了，我这奶还不就给你长的？你一摸，妈心里舒坦得很，有你这么一摸，妈没白托生一回女人呢。你说什么？心跳得不对劲？那就对了。老太太觉得这个小猫猫真藏到地方了，他们根本猜不着她在哪儿。

　　她听见儿子扯着嗓子喊：花蛋，花蛋，妈不行了。她就把那被雹子砸歪的眼毛又眯直了。她留了些笑意在上面，她笑花蛋像一个老母鸡似的咯哒咯哒地扎撒着膀儿跑过来，脑袋砰地往她怀里一放，又哭又听。老太太就想劝她别这么傻里傻气的，这么又哭又听的你能听见个啥？你傻呵呵地干了半辈子了，连我都心疼你那双老爷们似的大手，你什么时候能多点心眼呀？那果珍吊吊个眼梢儿鬼精似的，养老别靠她，在小二小三小四上用心选一个，选个厚诚的。你就自个留心吧。我那新线衣昨天早上我就偷着放进你柜里了，你穿的时候别嫌弃就行，我这么大岁数了，穿什么都行，我眼前黑咕隆咚的，没人能看见。看你的人可多，大小你也是个校长家的。咱们娘们处得不错，我还真舍不得你。可花无百日红，人无百年香。我这一身的病再也帮不了你什么了，活着只给你添累赘，还是走了你好我好吧。

林老太太感到有什么东西压在眼皮上，很沉很重。她想再抬一抬，可就是抬不动。她想要是有片阿司匹林就好了，这么一想，就又忍不住想乐，你就是不想再用那玩意儿了才这么横在炕上，你要是又想吃，你不是成了说话不算数的喊大灰狼的小孩子了么？柜子里的那些自己舍不得吃的药，留给老马掌一个人够他吃几年的了，他再也不用空着手找不着药往脑袋里灌铅了。

林老太太觉得给所有的人都想好了后事，她再无牵无挂了。这一辈子，挺好。她想让笑在脸上摆得再多一些，以显示出她的满足。可她自己不知道，她的笑已给哭号的人弄得很不成样子。她的眼睛被人挺用劲地扒了一下。她不猜也知道那是屯里有名的兽医三拐子，他手狠但眼准，看人病比看牲口还灵。他就那么扒牲口似的扒了一下，就对校长说张罗后事吧，这老太太吞药了。校长和花蛋立马就像给人宰了一刀的猪，号叫起来，那可是实实在在的伤心，哭得老太太心疼。花蛋大嗓大门儿地叫妈哟——你这不是折煞花蛋吗？我哪儿不好你吱一声，你这么糟践自个，这不是让我拿脸当屁股给人看吗……老太太听出了那其中的愧疚，这正是她要的，她这一辈子就是愿意别人愧得慌，不能让自己对不住人。现在，她听了儿子媳妇的哭号，心里变得温温乎乎。兽医说校长你号个毛，别明白一世，糊涂一时，让老娘死在炕上。校长没去计较兽医对他说话的变味，他很快把声音卡在嗓子里。他是觉得老娘吞药，就意味着白养了他一场，他心里难受。他觉得他的脸上给揭了一层皮。校长再说话时，老太太用很长的时间才听出那是儿子的声音。那声音悲凉而喑哑，像是饿了几天几夜的乌鸦，强支着耷拉的翅膀对风哀鸣。老太太有些心酸。但她很快就觉得心里熨帖起来。她听见儿子以校长的风范，一字一顿地说要给老太太办全屯最体面的丧事。

林老太太想对儿子说你有这份心就中，不用动真的。可她办不到，她觉得脑门上的黄光烤得她难受，她想吐。可她知道她吐不出来。她的嘴和她的眼睛一样，早就闭得没了缝。花蛋一次次试着掰她的嘴，是想往出抠肚里的药。可花蛋你可真是个傻蛋，你除非用痒痒笆，要不你有多长的手指头能掏到肠子里。你不用再这么哭哇哭的，你得赶快给我穿衣裳，再晚了我把最后这口晦气吐在炕上，你就不吉利了。我的装老衣裳早就做好了，现在就放在柜里的上面，你一开就能看见那包黑不溜秋的东西。那里子都是旧的，你平时买给我的新布我都给小二小三做了棉裤。你这人心粗得像个缸似的，你儿子穿了新布做的裤子你也看不见。现在你准知道了这些，知道了也就知道了，别上火，这也算我临死留个念想。我那几个孙子一顺水，牛犊子似的疼人，真想再看看他们呵。

六十八岁的江美杨林老太太在越来越多的人的嘈杂声中。听到了男人女人们对她的种种惋惜和赞叹。他们把她从小到老

的所有德行一遍遍不厌其烦地互相重复，没有一个人说她一个
不字。倒是她自个想起来年轻时她不止一次地偷过生产队的甜
菜缨子，藏起过邻居的小鸡崽还为孙子跟别人骂过很多架……
现在这些人都不提这些了，这让林老太太多少觉得有些受不住。
人活着是泥人，死了是金人，和活人顶杠不和死人较真，这话
可一点不假呵。林老太太很感动。她想她是掉眼泪了，因为她
觉出谁给她轻轻地擦眼睛。这一擦，老太太的眼睛就更湿了。
她知道这是她的老马掌，他的手就像他钉给牲口的铁掌一样硬。
这么长时间她还没听见他的老马掌一点声音，她知道他什么都
不想说了。她也不用他说什么了，他就这么定定地坐在她身边
就行了，几十年的人了，心里想什么还用说吗？只是他的手怎
么这么湿，这么凉，像是没有活气的痒痒筢。老太太这个时候
感到了她真正舍不得的，就是这个人啊。我是抽了他的筋骨，
死了他的心了。

　　老太太不想再听那些乱哄哄的声音了。她觉得她很累，浑
身散了架。校长儿子一趟趟出来进去地吆喝和花蛋手忙脚乱
地碰东撞西，她都不想听了。她觉得这些都已经和她没有关
系了……

　　林老太太在这个时候，感到脑门上的黄光忽悠一亮，一条
宽敞的大道出现在眼前。那大道白晃晃的又直又远，有红的绿
的粉的各种颜色的花或是纸在空中摇晃，还有一股她十分熟悉
的香味馋得她张大了嘴去闻，那味就像阿司匹林一样，逗得林
老太太浑身是劲，她就追着那味顺着大道跑。后来她感觉她飞
了起来，她是穿了一件蓝花衣裳在空中飞，在那些花中飞。那

可是一件上等的蓝花衣裳，是她娘留给她的唯一的纪念。想到娘，她就觉得亲切，她就觉得她的蓝花衣裳比空中的所有的花和纸都显眼，都新鲜。她万分满足，觉得天地都成了她一个人的了，她忍不住哼起来，后来她明白了，原来这是她十八岁的时候，是她被老马掌摁在地里时的感觉。那可真是一种说不明白的好受啊，死马掌做起事来好没道理，你也不问一问我愿意不，你就那么下死手，你也不看看天老爷在天上笑话你哪……天哪，天哪去了？怎么变成个大窟窿，没遮没拦的，太阳也没了，云彩也没了，什么都没了，自个也没了。我上哪去了？我是谁呀？什么时候有的我呀？是不是真的有过我呀？我怎么什么都记不住了？这亮晃晃的光怎么这么刺人眼啊，晃的人什么也看不见……

　　林老太太在她自己幻觉的天堂里迷失忘我的时候，她感觉中的脑门上的那道黄光，忽地灭了，她的眼前一片黑暗，铺天盖地的哭声直朝她身上压。在哭声中，她感到她的身子被人托了起来，又落在一块冰凉的地方。一股熟悉又陌生的气味把她的身子紧紧地裹起来，裹得她心里瑟瑟发抖。她还听见了一阵唰啦啦的声音在她的头顶上响，这声音也一样带着那种气味，让她觉得发瘆。

　　盖棺吧……是老马掌颤颤的声音，哭声再一次铺天盖地响成一片，凄厉哀惨的喇叭声拔着高儿地叫起来。林老太太一下清醒过来，她马上明白了她是躺在什么地方，她也一下猜出了她头顶的声音，那是挂在棺头串成串的烧纸。她在这个时候清清楚楚地听见孙媳妇果珍正哭着嗓子喊奶奶躲钉，奶奶躲钉呵……

随着三声锤响，林老太太的眼睛湿了。

按照这个屯子古来传下的规矩，在死者下葬前，还要重新启开棺盖，查看死者是不是还有气脉，然后再将棺材钉死。这只是一种形式，意在生者对死者的最后挽留。

林老太太不糊涂，她知道随着喇叭的哭叫和头顶上那串"买路钱"纷纷扬扬地飘落，她在人们的心中已经上路，她在这个世上已经不存在了。于是在她重新感受多余的同时，在棺木里完成了她一生一世的又一次壮举——当下葬前的天日重新照在她的脑门上，那灿烂而温暖的早晨的黄光再次让她更加眼澈心明的时候，她用了最后的气力，眯起了那双令她一辈子骄傲的美丽的眼睛，定定地瞅了瞅探进棺木里的他的老马掌的脸，整个过程，她没有喘息……

屯　事

　　我不知道城里的人，我是指那些特别年轻的城里人，是不是见过乡下的露天电影。就是把屏幕——乡下人叫片子，挂在谁家的后房墙——乡下人叫后房山上，头发支棱着或肩膀耷拉着的放映员把机器支在离片子大约十几米的地方，对着片子反复摆弄一堆机器，直到影子全部晃在片子上，然后用几乎都是平舌的发音说："广大的色（社）员同字（志）们，今天黑天给大家伙演的片子四（是）自（智）取威虎三（山）"广大的社员同志们就像开锅的粥里浇进凉水一样，一下把话息了。这时谁要蹚了下拖在地上的电线或是碰了下那台机器的桌子，片子上的杨子荣小常宝什么的就一下挪到土墙上，满脸便长了粗粗糙糙的毛，那是泥墙上的麦秸什么搞的。广大的社员同志们这时就会"轰"地哄起来，开心得很。

　　我关于样板戏的知识，全都是从这儿得来的。我曾在一年里，连续看过五遍《红灯记》，连鸠山的唱词都能原版唱下来。

　　我在那个时候，常常在一听说黑天演电影后，就一跃而起，叫上三五个伙伴，早早地在片子前占领阵地，用树枝砖头破木板什么的，把足够自己家人坐下的地盘圈起来，等大人们吃过晚饭扛着凳子拖着狗皮来时，就站起来可着嗓子喊我在这疙瘩——于是一家围坐在一起很有点小团体的意思。其他的人也一家一堆地坐着，还跟别人家互相唠嗑，跟过日子似的。

那时的乡下，实在没有什么可以逗乐的，也就是这种露天电影或是耍戏法的来了，才热闹一下，所以屯子里的人不管怎么累，也不放过这样的机会。把家门一挂，连锁都不用，男女老少倾巢出动，满屯的人就都堆在这里了。

如果没有本家三哥国昌和嫂子百芳的"爱情"演绎，我想，我关于乡下的露天电影，一定会像忘却乡下狗撵毛驴鸡上炕妇女们蹲在羊圈里和羊一起叫着剪羊毛一样通通忘了。可事实上，我越是对国昌和百芳的乡婚野曲穷追不舍，就越深越透地记下了乡下这种城里人无法想象的在蚊子的突然袭击和粪坑臭味持久的围攻中，广大的社员同志们有滋有味地忘我地用现在的话说是"投入"地看电影的场面。那实在是一种让人不敢往深处咀嚼的娱乐。多少年后一想到那些乐在其中的人们，我都止不住有一种挺酸楚的东西，在心里来回搅动。

我很清楚地记得，在一个放映《红色娘子军》的晚上，我因为看不懂那种不说话的叫作舞剧的片子，就有些坐不住，就跟母亲说我渴，就跑到后房山挂片子的本家哥哥国昌家。我是噔噔噔地跑过窗户的，我在经过窗户的时候，往屋里看了一眼，这一眼一下就勾住了我。我看到 17 岁的国昌和 15 岁的百芳互相隔了一段距离背冲着窗外站着，把身子都趴在靠在北墙的大木柜上，一动也不动，还不说话。

我觉得挺有意思，就站在那看他们。很长时间过去了，他们就那么一动不动地趴着，不说话。我越想越有意思，就耐不住他们跑去开门。跑到门口我就又停住了，我想了下，就冲门敲了一下，这是我刚刚从课本里学来的，在这以前，我从没有过这种别扭又不一般的念头。我太清楚地记得我那时是多么装模作样。我是准备敲第二下的，可门在那第一次敲击中，就被震开了，我显然是个生手。

我看到国昌和百芳同时飞快地转过身，把后背靠在木柜上。我说你们干什么呢？我看到百芳的脸就一下红了，国昌的眼眉往上挑了挑，眼里止不住要笑的样子。他们互相瞅了一眼，又很快地把眼睛瞅向别处。国昌说我们在准备出墙报。他那时是生产队的团支部书记，我知道他是被全屯的女青年一致同意当选的，我曾经为此对他很是敬佩。我在当时听了国昌的话后，就瞅着百芳说国昌大班长假积极，脑袋扣个西瓜皮……我说着就嘻嘻哈哈地跑了。这一年我11岁，念小学二年级。

第二年国昌就跟百芳结婚了。他们结婚那年都不够登记年龄，但所有的大人都帮他们说话，说让他们早点结婚吧。生产队长是一个偓得头皮发青的五十岁的山东人，她的女人在临死前的第三天里还领教了他的胶皮乌拉。他在这件事上也表现得无比通人性，给他们开了假证明于是他们就结婚了。

国昌在18岁的时候，长得身材高大，英俊得像个画上人儿。谁都看出百芳配不上国昌，细声细气，瘦瘦小小的。出奇的是她却有一对鼓鼓胀胀的奶子，很扎眼地往胸脯上那么一挂，看了让人心痒。母亲就说过去那是金奶子，值钱。结了婚就是银奶子了，就贱了。有了孩子一拉扯，就是狗奶子了，看都没人稀看，百芳就没人样了。我看国昌早晚得跳槽。

国昌管母亲叫六娘。国昌满屯子的人都看不起，就信得过母亲。他说这老太太神道道的，满眼是准。

现在想来，国昌或是百芳后来的每一步都被母亲料个正着。国昌对他的六大娘更佩服得五体投地，索性就直呼她六娘。我想，母亲是凭了她一辈子的摔摔打打，咸咸酸酸的岁月，才练出了一副火眼金睛。

我在那个偏远得一年年也不见一个外人的屯子里，以 12 岁的乡下小丫头的狡黠，在妇女们不防备的时候，从她们的诡秘的眼神和歪撇的嘴角中，知道了一个神秘的词——恋爱。她们那时把它叫作"连耐"。当我一点点懂得了"连耐"的意思的时候，我就想起了国昌和百芳在那晚演露天电影时的样子，想起他们带着笑的眼睛和嘴，就觉得，他们才真配这个挺洋气的名词——连耐，我很为他们高兴。

可是后来，就是他们结婚不久，百芳却忽然跑到我家，对母亲嘀嘀咕咕说了些什么，然后就开始掉眼泪。母亲说这个畜生。然后就低声跟她说了些年轻老了之类的话，百芳就不哭了，就走了。

过一段时间，百芳就又来哭。母亲就又骂这个畜生。我觉得她们这么哭来哭去的，没什么道理，就在她走后问母亲她哭啥。母亲就说小孩子家家的别啥都打听。但我分明看见母亲在跟白胖的王华表姐谈起百芳时，表姐的眼睛里，有一种亮亮的东西。

我那时就想，如果将来我有什么难开口的事，一定不跟别人说，因为我在那个时候太强烈地感到了王华和别的女人说百芳时的畅快淋漓。我看见王华表姐听了那话以后，像一只肥鹅一样，嘎嘎地笑得晃来晃去。笑过就说不识好歹，看她有哭的时候。

我知道我不能再问她们些什么，就把这事压在心上。百芳再来哭时，我就屋里屋外地没事找事做，支棱着耳朵差不多像一只警觉的猫吧。我这么走进走出时听见百芳带着哭腔说我身子不利索，他就让我用嘴………六娘你说他还是人吗？

母亲照旧大骂这个畜生。

在我的记忆中，百芳就是在这样连续不断地跟母亲哭，母亲连续不断地骂畜生的日子里，生下后来叫小白的男孩儿的。那时他们结婚才5个多月。

小白满月那天，我清楚地记得母亲一边给百芳找治小孩肚子疼的药，一边说国昌还算是个人，我老估摸他在媳妇的月子里得犯点事儿。母亲的话还没说完，国昌就一头扎进屋里，扑通给母亲跪下说六娘帮我。母亲一下就坐在炕沿上，她分明什么都明白了。

我一辈子也不会忘记母亲在那时的精明和从容。她没有拉国昌起来，她只弯下身问是谁。

国昌说是老屠头的二姑娘。

母亲的脸就一下沉了，说你真敢动土啊。

后来我想，母亲一定是在那个时候真着了急，就把"太岁头上"给省了。老屠头要往狱里送我，六娘你得给我求情。

国昌在那个时候，满脸满头都是汗，脸上被划得一道道淌血，别人在那时一定猜到是老屠头二姑娘干的。但我不知道，我说三哥你受伤了。国昌看了我一眼就开始呜呜地哭。那声音就像老牛一样，很难听，把他俊美的外表全毁了。

后来老屠头就领了一帮人挤到我家。我第一次看见他的手里没有酒葫芦。他的肩膀上也没吊那个肮脏得苍蝇跟着起哄的黄书包。那天，是我见过的老屠头的最有人样的时候。他先是冲母亲说大妹子，你侄儿犯法了。

母亲就冲老屠头一笑，那笑笑得很有分寸，不软不硬的。然后就冷了脸对国昌喝道你这畜生还不冲你老屠大爷赔罪。

国昌就跪着在地上转了半圈，把脸冲向老屠头。

老屠大哥你看这畜生来了就说跪着等你来，这不就这么跪了半天了。母亲用手指点着国昌就从炕上抄起笤帚，把炕上的破布条什么的往下扫。

老屠头耷拉惯了的眼皮，这时猛地往上一抬，把头也扬了扬，极其清楚地重复：他犯法了！

我在当时无论如何也想象不出这个平时连小孩子都敢朝他扔土坷垃的人称"老不死"的老屠头，怎么会一下就有了这么清醒的头脑，而且还把他那不知哪年从葫芦秧上硬揪下来的青蒿蒿的酒葫芦也丢下了，那是他一年到头也不离手的宝贝。他常常为了听清那里面哗啦哗啦的响声，把那颗白花花的脑袋摇得像颗猫头。

我从小就听惯母亲说他的坏话，我觉得母亲说得一点也不错。我小时玩的时候或上学一路过他家门口时，总能看到他的肩膀上松松垮垮地吊了个黄书包，叉着细腿，捏着他那宝贝站在那大骂，乡下人管那叫"绝"，应该是把咒骂的话都骂绝了吧？我一直也不知道，别人也应该不知道他在绝些什么。我知道他的大姑娘二姑娘三姑娘都是精神病。所以我很听母亲的话，从来不惹他们的麻烦。母亲常说，有能耐就跟有能耐的人使，光棍儿。这里的"光"字发二声的音，我想这"光棍儿"可能就是指母亲这种又能说又明事理的人吧。因为我在那天分明领教了母亲的"光棍儿"。

母亲听了老屠头重复第二遍他犯法了的时候，就用笤帚又把炕沿划拉了一下，挺亲近地用手轻轻地按按炕沿说老屠大哥，你先坐下解解气。

老屠头把脖子一梗，我看见了那又黑又松的瘦皮下，有一条血管还是别的什么东西像虫子似的在里面一扭一扭地爬动。我觉得恶心，就把头别向旁边。

老屠头看我把头转到一旁，故意把头转向我，用眼珠子在松垂的大眼皮下盯我，我当时不明白为什么，后来一想，一定是他的二姑娘和我同岁的缘故，就觉得有些可怜他了。这时他第三次一句一顿地说：犯法了！

母亲听了第三遍才开始搭茬。母亲不慌不忙地说谁说不是。咱二姑娘又有病又没成人，这罪还重呢。

老屠头听了，脸上就有点挺难受的样子。

母亲又用笤帚疙瘩比量着跪在地上的国昌说这畜生从小缺爹少娘的没人教，要不老屠大哥你先绝他一顿，揍他一顿也行，先出出气，就当他爹管教他了。揍完，你说咋办就咋办，我做主。

老屠头说卖酒的找提拉瓶子的要钱——到底没离开酒，我不给你大妹子添麻烦。老屠头子这么说着,就把屁股搭在炕边上。

　　母亲后来又跟老屠头子一来一往地说了很长时间,越说声音越小,有时就贴在老屠头子的耳朵上。我想起老屠头子脖上的虫子,猜想母亲一定很难受,觉得她为她的侄子可真不易。

　　后来母亲就冲趴在窗户上的一些人笑着说你们没事就进屋里坐吧,大晌午的。那些人就嗯嗯啊啊地都走了。我听不出母亲和老屠头说的子午卯酉,也跟出去玩了。这时我听别人说国昌这叫强奸幼女,得罪加一等。我不知道什么叫强奸幼女,但我隐隐觉出国昌干了一件见不得人的事,犯了罪,得戴手铐脚镣,像李玉和那样。我这么想着就唱起了"似狼嚎,狱警传,戴镣出监……锁住我双手和双脚,锁不住我雄心壮志冲云天"。

　　我在那天很晚才回家。我唱完李玉和的歌,就把家中的事忘得一干二净了。等我回到家一眼看到老屠头子正盘腿坐在炕上,用瘦骨嶙峋的手指捏着白瓷缸往嘴里灌酒的时候,我的心一下就变得很难受。我想我在那个时候如果不是为这个好酒如命的人难受,一定是为那个整天淌着口水的永远穿着黑衣服的二姑娘。

　　我看了母亲一眼,我觉出这是母亲的阴谋。母亲看我看她,就把脸扭向旁边。我看见她很不自然。

　　老屠头子看见我进来,就把头埋在裤裆下,用没了牙的嘴一瘪一瘪地咕哝些什么,脸上一紫一黄的。母亲就给他夹菜。那实在是一顿可以称为丰盛的菜。许多年以后我也想象不出母亲当时从哪里弄来的油炸虾片,大盆的焐肉,而且居然还有黄花菜。我只记得老屠头毫不挑选地把肉用筷子划拉到一起,再把筷子分开很大的叉,然后一夹,送到早就张开的空洞洞的口里。那是我至今看到的一个人吃东西吃得最香的场景。我猜他的肚子一定像个无边无际的场院,足以装下全世界所有的好吃的和好喝的。

他再次转过脑袋看我时,就说他们家二姑娘这一辈子就更没人样了。母亲就用二大碗盛了一些肉说给他家二姑娘带回去。老屠头的脸就温和了许多,后来就趔趔趄趄地走了。临出门对母亲说,我就看你大妹子面子了。母亲说那还用说,凭那小畜生,非让他蹲监狱不可。

于是我知道关于国昌和老屠头二姑娘的事,就这么完了。

国昌在最初的那段时间里,天天都到我家坐一会儿。有时什么也不说,看上去跟母亲显得格外亲近。后来我知道母亲为那天留老屠头吃饭,连家里的大黄狗都吊死了,弟弟回来哭闹了好几天。母亲说我也舍不得,可你三哥总比狗命值钱吧,再说国昌是个好小子,满屯子也找不出的仁义,我猜他是鬼迷心窍了。母亲后来的话,就不像是跟我们说的了。

事实上她也确实是在跟自己说。因为这事不久,她就把百芳找来,跟她说出自己的怀疑。百芳那时正是烂事钻心时候,国昌的事让她又惊又怕又气又恨。孩子不到两个月,两个平时鼓胀鼓胀的奶子就瘪塌下去。别人"下奶"送的鸡蛋也都孝敬给老屠头子了。于是她就和小白一起哭。哭她自己没长脑袋,怎么就和畜生看对了眼。

母亲跟她说出自己那个意思。百芳的脸上一下就有了笑模样。

那六娘你说咋办呢？百芳知道六娘为他们操了不少心。她很感激六娘，就格外听六娘的话。

六娘就伏在她的耳朵上，说了很长时间的话。百芳一边听一边点头，后来就说我说国昌好好的人怎么这么下三烂呢，说完就乐呵呵地走了。

后来我听说，百芳听了母亲的话，就借了钱去北面的一个屯子，找到那个据说远近闻名的老太太。老太太一头白发，满面白光，说话的声音像从外面传进来的，听了脑袋嗡嗡响。这是百芳回来时跟母亲说的。接着又把母亲的猜测大大地恭维了一番，说老太太一张嘴就说国昌冲了风流鬼了。

再后来百芳就按照那神老太太的指点给国昌做了红背心红裤衩红衬衣红衬裤。说是能避邪，那风流鬼上不了身。

可是百芳没有想到，国昌说死不穿那些红东西。他是那种屯子里数得着的最俏皮的小伙子，长得好，爱干净。一样的衣服别人穿在身上窝窝囊囊的，一上他的身，立马板板正正，人都说他长得像洪常青。他把那堆红东西里外翻了翻，就笑着冲百芳说你肯定犯了什么邪，要不哪来这么些红头红脑的东西。这是人穿的吗，这是活见鬼啊。百芳不死心，就千好万好劝他。国昌就急了，就把那些东西都撇到窗外。后来，百芳就把那红裤衩的松紧带抽出去把它缝在国昌的棉裤裆里，把红衬衣拆了缝在他棉袄里。可国昌是个精明人，他一发现衣裤里的这些红东西，忽然觉得不对劲儿，就问百芳你到底要干什么。百芳不说，他就很生气地把棉袄里的那块红布扯下来。后来百芳就跟他说了，他听了以后，就怔怔地坐在那儿好长时间，然后就趴在炕上哭了。

百芳眉飞色舞地把这些话学给母亲听后，母亲好久也没吱声。我觉得母亲并不像百芳那样很高兴，她似乎有些难过。

母亲问百芳那裤衩他没拆吗？

百芳说他没拆。她的声音听起来很快活。

后来百芳的奶子就又鼓起来。小白过百日的时候，国昌和百芳还请母亲去他们家吃饭。百芳只随便地让了让我，我就像个小尾巴似的跟去了。

我从小就喜欢跟在大人的后面，听他们说话，看他们做事。很少和小孩子们在一起，我觉得他们都太立事了，整天翻来覆去地喊一些鸡蛋壳鸭蛋壳谁要倒了小老婆和红布绿布海棠果树什么的，倒是那句有钱喝酒没钱就走让我感到有点意思。那是因为我觉得这是说给老屠头听的。老屠头有钱喝酒，没钱也喝酒。有钱不走，没钱也不走。我那时常常看见他帮供销社的店员卸货、扫地、分冻梨什么的。那个黄书包在他弯腰的时候就吊在脖子上，随着他左右用劲，晃来晃去的。那里面鼓溜溜地来回窜动的东西，就是那个酒葫芦。他在这种时候，一定是葫芦里听不出哗啦哗啦的声音了。他这么忙上一上午或是一下午，就是为了那里面重新有动静。我每看到他像个孩子似的那么卖力气地弓下他的老腰时，就对那些趴在柜台上瞅他哧哧笑的那几个店员生出恶意。因为我知道一会儿他们定要让他伸出他的葫芦，让他接准他们在距瓶口很高的地方给他倒的酒。他们不用漏斗，故意用那种量散白酒的提斗从空中成溜地往下滴。老屠头就捧着葫芦小心翼翼地左右接着。很多酒洒在他的手上和葫芦上。接完酒后，他就啧啧着，在手上葫芦上用黑紫的舌头来回地舔。有时表示出一种感激，有时表示出不满足。然后他的表情很快就变得有些模糊，靠在柜台上，就着黄书包里或是柜台缝里抠出来的爆米花碎花生蘸半片海带什么的，瞅他的葫芦喝到一定时候，他就开始用白花花的猫脑袋听里面的声音，然后开始绝。

我说过，我一直也没听明白他到底绝的啥。但他的表情，分明十分气愤。他越气愤，柜台里的人就越笑。我总是看到这时，就不看了。我会在走的时候把脚上的泥抹在门上或是用手随便扯下墙上的画什么的，以示我对柜台里人的恶意。

那天我像个小尾巴似的跟母亲去百芳家吃百日饭时，正好遇到一些孩子在玩游戏，他们围在一起，扯住中间孩子的衣襟，中间孩子正用手指挨个点着孩子的人头，大家一起在喊"红布绿布海棠果树，有钱喝酒没钱就走……"最后这个"走"字落在谁的头上，这个"谁"就得撤出队伍。我每听到"有钱喝酒没钱就走"，总是不自觉地想起老屠头。

其实，我在那天也就是下意识地想起老屠头。可在我把面条在嘴里弄得像是面糊时，老屠头突然把那颗白头从窗户伸进来。我看到国昌和百芳的脸同时撂了，只有母亲很稳地把嘴里的面条嚼完，咽下去，才说老屠大哥屋里坐吧。我看见母亲的表情完全没有了当时给老屠头做狗肉的热情。

老屠头就说大妹子你也在啊。这就好这就好。他这么说着，就把黄书包和里面的葫芦一起抡到窗台上。然后说，大妹子你腰里宽绰不，借我两个。我那二姑娘从那事以后，成天病病快快的，一圈一圈地瘦，再瘦就露骨头了，我得抓两副药给扎咕扎咕。什么时候有了，我就还你。老屠头说完，看了眼国昌。

国昌这时的脸缓了过来。闷了半天，说老屠大爷，我前天把家里的7个鸡蛋都给你换了酒，再没办法了。国昌把头低下去说。

大妹子你听国昌的意思好像我逼他什么了，是不是？老屠头的毛茸茸的脑袋在母亲和国昌中间来回摆了两下。

你先回去等着，我凑齐了晚上就给你送去。

百芳的脸一直就那么沉着，听了国昌的话，就忽地涌上了血，把手里的筷子叭地就摔在桌上，抱起孩子进了里屋。

老屠头子看也没看百芳一眼，把手里书包一抢，吊到肩膀上。后来想了想就冲母亲一撇那塌下去的嘴，用眼睛瞅向桌上的酒壶。那是国昌特意给母亲买的，只买了一点点，国昌都没舍得喝。母亲一笑，就抬身把酒壶拿过来往老屠头早就准备好的葫芦里倒，我看见母亲一边倒一边大声地和老屠头说笑话，那酒就随着母亲的笑，洒了很多，我在那时那么强烈地感到，这两颗白花花的脑袋装了多少我们小孩子不能理解的东西啊。

那年的秋天，就是在我对母亲和老屠头的懵懵懂懂的揣测中来临的。我觉得母亲从给老屠头倒酒后，冷下的脸就再没暖过。我想她是光棍了一辈子，在老屠头这儿有了闪失。后来的时间里，她常常偷偷地给国昌钱，去灌响老屠头的酒葫芦，那一定是因为她觉得她没帮国昌做成事，辜负了她的能耐和国昌对她的依托。于是，她在那年的秋天对百芳说过很多挺伤感的话。百芳是一个懂事的小女人，她说遇上这样的事是她的命，要没有六娘出面，国昌早下大狱了。现在就当老屠头是爹了，答兑死拉倒。百芳每说到这儿时，就止不住眼圈发红，像是被捆绑的羊，任人宰割的样子。

我看到她的乡下女人常穿的那种盖到肩头的带小蓝花的背心上，一些细碎的小窟窿像是让鸡叨了一样，露出里面圆形半圆形的黑红的肉皮。她坐在炕沿上，毫不遮挡地坦露出胸脯，任小白拱在怀里一边哼哧哼哧地吃奶，一边用胖乎乎的小手把另一个肥长的奶子拉上拉下。我这时就不由得想起母亲说的狗奶子，觉得真是十分有道理。百芳在那个时候一定不知道她自己有多难看。她在把从小白头皮上捋下来的油痂蹭在她肥大的黑裤子上，再不时地拎起裤子抖一抖的时候，就像一个稻草人一样，谁也进不到她的眼睛里去。

我记得我在那个露天电影的晚上看到的百芳，和现在已经完全不像一个人了。她在那天晚上分明冲我红了脸，那脸红得又害臊又好看，还有些扭捏，真像个新媳妇似的。从那以后我再也没见她那么笑过。她除了跟母亲抽抽搭搭地哭，就是怪自己瞎了眼怎么就找了个畜生。其实，我知道乡下的男人女人是远没有城里人的小心眼的。他们生气就绝，绝够了就动手，打过了就哭号，累了就开始做饭、吃饭、喂猪、打狗、睡觉，醒来就什么事都没有了，开始新的操劳。我从小就生活在这周围或是这其中，我不觉得谁家摔盆子砸碗有什么乐子看。但我却十分留意国昌和百芳，这在当时，我一点也不是故意的。我就是莫名其妙地觉得他们与别人是不一样的，替他们难过。

我对他们加了小心，我就总是最先知道他们家里发生的种种怪事。当我把我连续几天在中午时偷看到的一些事告诉给王华时，王华表姐又一次像只肥鹅一样左右摇晃着嘎嘎地笑起来。

笑过就翻来覆去地让我重讲。我一遍遍地给她说，她就一遍遍地笑。笑过她就冲我神秘地一抿嘴说，他们在搓小人呢。我用很长的时间也想不通搓小人到底是什么意思，但我感到了那是一件极其难受的事情。我看到国昌趴在百芳的身上脸上像是要哭的样子，而百芳一直在哭。

以后，我再没去过国昌家。因为我从王华表姐的脸上看到了某种让我很不舒服的感觉。我觉得那感觉一定跟她要我重复的国昌的事有关。而且，我尤其不喜欢她像鹅子一样地嘎嘎大笑。她那种笑声就像我听姥姥讲过一万遍的老母猴子一样，充满快感和恶意。

百芳和国昌留给我的最后那幕我没有跟王华说，但那记忆怎么也驱除不了。百芳用很尖厉的声音骂国昌我 × 你妈呀！你饶了我吧……然后一挺，把国昌掀翻了。我实在想不出她哪来的那么大的力气，她一定是真急眼了。我看到国昌满脸通红，像一只斗败的公鸡一样。但他躺那儿喘了半天气，就起来喝了碗凉水，拿起草帽要出去干活了。我知道他一出门，就跟别人是一样的人了，但在家里，他和百芳在一起的时候，有他自己的秘密，但别人不知道。而这个秘密对他们两个人是痛苦的。我想替他们守住这个秘密。

所以王华表姐再找我问这问那的时候，我一概说不知道。我讨厌王华表姐，讨厌她跟别人说话时，故意把胸脯挺得老高。她结婚两年连孩子都生不出来，我想一定跟她老是挺胸脯有关。母亲看不上她也是一定的。母亲说王华要在过去非得当婊子。我知道婊子可不是好东西，让她当婊子就对了。后来发生了那么些让我难以想象的事情，就算让她当了婊子也是不够的。我不得不承认，有些宿命是天定了的。

我说过，我和母亲都讨厌王华表姐。可王华表姐在那年秋天的第一场清雪后，却开始成为我们家的常客。并且开始管母亲叫六娘。母亲说死王华没近没远的你得叫我姑。王华就嘎嘎大笑地说我听着国昌叫你六娘怪好听的。说完就还叫。我们和王华用乡下人的话说是八竿子打不着的亲戚，母亲和我们就都没在意。

后来，她又跟百芳亲近上了。从此，我们家就真成了三个女人一台戏了。

那个冬天，我们家的炕上，总是热乎乎的。炉子整天整天地烘着，炉灰被热烘烘的暖气托浮着，飘上飘下的，看上去就分外暖和。

我在那个冬天很少出屋。我一心一意地喂养我的大花猫和她的四个小崽。我听到百芳又怀了孩子的话时，就想，她早晚也得生四个。像这大花猫一样。可事情远没有我想的那么简单随意。

王华表姐先是张大她那双美丽的眼睛，我不是因为我在那个时候只会说美丽这个词才说她美丽的。我到什么时候都得承认，王华的确长了一双相当美丽的眼睛。她用那双相当美丽的眼睛对母亲表示出疑问。她说她在哺乳期怎么可能怀孕？我就是从她那儿学会了"哺乳"和"怀孕"这两个名词的。她居然还知道这些。以后我才知道，她的爷爷是从一个很大的城市把她的父亲带来的。

非常简单，早晨国昌用毛驴车把百芳拉到县城的医院，晚上回来，百芳就像个好人似的。我和母亲端着一小盆面去看她时，她还把我们让到炕里。母亲说百芳你自己疼惜着点。她说没事儿，庄稼人泥捏的没那么金贵。说这话时，是冬月份，我很清楚地记得那是母亲生日后的第二天，母亲是冬月初五生日。

可是，我们怎么也没想到，准确说是母亲怎么也没想到，百芳在腊月二十八的时候，又被国昌用驴车拉去县城医院一趟。

国昌哭丧着脸跟母亲借钱时，我看见母亲的眼睛一直死死地盯着国昌，国昌就把脸埋下去，说六娘我是畜生。母亲深深地缓缓地叹了口气，说你这孩子让我说什么好呢。我觉得母亲再说下去一句，国昌非得哭不可，就拽了拽母亲的衣襟。

腊月二十九的早晨，我和母亲去看百芳的时候，王华表姐也在那里。我看见百芳的脸像肿了一样，泛着黄光。头发像柜上的鸡毛掸子似的，全都扎撒起来。她看见母亲进来，就别过身子要哭的样子，我看到她的消瘦的肩膀一抖一抖的。王华表姐就伸手拉她说，你也别太气，他是对你好，是爱你，才这样的。王华表姐总是会抽冷子说出一句半句的城里话，谁让她的祖上有点城里的东西呢？"爱"这样的字，麦屯人是根本就没人用过的。停了一会儿，她又说了一句这也是你的福气。她说这话时，好像还叹了口气，听上去不像在夸人，而是挺无奈的。

母亲又一次骂了国昌这个畜生。

母亲的骂还没完，老屠头就领着他的缩着膀的二姑娘推开了门。

他这次连看也没看母亲一眼，就直奔百芳问，你是舍钱还是舍人你得给我一头热乎的!

百芳把晃着大脑袋的小白扯出怀里往炕上一蹾,你还成了黄世仁了不成?是不是给我们送点卤水把我们一家都点了得了!

我真不能相信百芳在节骨眼上,能说出那么有水平的话。但我很快就发现她的脸上冒出了一层汗,并且变得红头涨脸的。

老屠头一脚门里一脚门外地骑在门槛上,破口大绝。

我永远不明白,我怎么就听不懂他绝人的话。我只要一看到他把没有牙的嘴唇弄得像是窗户纸一样忽嗒忽嗒地里外扇动,我就觉得我的头开始迷迷糊糊地乱成一锅粥。除了呆呆地看他把手里的葫芦一会儿举过头顶一会儿在耳边晃晃外,什么都听不进去。

我就在那种混沌中,看到母亲伸手去拽老屠头。看见王华去拽老屠头。看见他们全都满脸通红。全都破口大绝。世界在那个时候到了末日,最后国昌像老牛一样吼了句什么,百芳就脑袋一挺,横在炕上,人事不省了。国昌吼过后连头也没回就走了。

那是一个阳光明亮的上午。太阳很温暖地照着家家户户窗户上的塑料膜,整个屯子照出一片明晃晃的白光。冬天的太阳其实是很温暖的。我在那时刚好在学校参加完辩论课,是有关的"冬天的太阳离我们近还是夏天离我们近"的什么辩论,我在当时很强烈地感到,冬天的太阳离我们是远的。

我在那个白晃晃的腊月二十九的上午,和我的母亲还有王华表姐一起站在国昌的小院里,看着国昌向屯外走去,他的背影在阳光下，显得很模糊。

这一年的正月，天气无比暖和。国昌的存在和不存在，在起初和人们都没有关系。如果不是正月十五全公社各个大队的秧歌队都到我们屯比秧歌，人们就把国昌忘了。可那年的灯节人们的心不知怎么就都活泛了非要好好耍耍，他们就都到我们屯来了。这种没有组织没有挑头的全凭兴致来的赛事，比的和看的都格外过瘾。西屯的一个画着红脸蛋儿的60多岁的老头儿，踩着高高的木跷十分灵巧地一次一次地往地上扑，去捉另一个人用竹竿挑着的拴在细钢丝上的纸蝴蝶，蝴蝶颤巍巍地忽上忽下地飘飞，老头就蹦起来伏下去地随着鼓点扑蝴蝶……人们一声接一声地叫好，把全秧歌队都看傻了。

其实他们是来挑战国昌的。国昌在全公社的秧歌队中，是名角。

他们不知道国昌已经进去了。大家也才在这个时候想起了国昌。整个屯子的人全想起国昌。

麦屯一左一右的人，没有不愿意看国昌扭秧歌的。国昌一直是大队秧歌队左边那排打头的，他把自己扮成小姐的样子，描过的眼睛是丹凤眼，眉毛自然地漆黑整齐，鼻梁挺挺的，红嘴唇里含着雪白的牙齿，微微地笑着，还时隐时现地有着两个酒窝，粉色的绸衣和头上的大红花饰在白雪映托下，格外鲜艳，他总是款款地摆着腰肢，动作一点也不夸张，两把扇子在他的手上颤巍巍地抖动，就像仙女散花……直到现在我也没有再见过比他更美丽风情的女人。所以我总怀疑世上最美丽的女人一定是男人扮的，而最漂亮的男人一定是女人装的。因为他们太知道怎么笑怎么走路男人女人才招人喜欢。我在当时抄着手跟着秧歌队跑来跑去的时候，总是忍不住骄傲地对人说他是我三哥，他管我妈叫六娘。我想我的虚荣心就是从国昌我三哥那开始生出的吧。

现在，国昌走了。人们在用到他的时候想起他了。母亲说人都是这样，谁也别怪谁。国昌能让人念道，这场人也就做得不容易了。母亲说话时没有看我，她是跟她自己说。我觉得母亲莫名其妙地越来越显出老来。国昌是坦白从宽抗拒从严去了。母亲在那年三十的晚上，给我往腰里扎红布带时，又一次重复她不知说过多少遍的话的时候，我就觉出母亲老了。我纠正母亲不用把"抗拒从严"连上，母亲说反正都一样。我说那你就说吧。母亲其实并不能完全搞懂每一个字的意思，这句口号式政治或说法律用语，是她听熟了，硬记住了而已。但以她的精明，意思她是完全懂的。

那一年我13岁。我在13岁的时候，国昌开始他监狱的日子。他穿着百芳给他做的里面是红衬衣的棉袄，被判了七年徒刑。后来我知道，多亏王华表姐的一个在城里的亲戚说话，才弄成这样。

从那以后，我就不太厌恶她了，似乎再稍稍早一点，我也不那么烦她了。不过我还是不愿意和她说话。她到我家的次数也一次比一次地少了。后来她就不来了，我就把她忘了。

我说过那年的正月很暖和。可到了春天，风就猛地大起来。那个山东汉子生产队长，吆喝了半辈子的"烧火啦——烧火啦——"的声音，从那年春天开始，变得含糊不清。我从一岁起就听惯了那沙哑的动静。每天早晨母亲总是听了那吆喝后，睁着眼睛看一会儿房棚上的檩子，然后说不早了，就开始起来做饭。那天队长第一声变调，母亲就说这老山东心里装事呢。

我把头拱出被窝说母亲，别神道道的，我们同学都说你能掐会算的像个巫婆，早晚被专政了。母亲说你懂什么你什么都不懂。母亲在腰里系了围裙就烧火去了。

我重又把头缩回被窝，想队长的声音确实变得有些怪。想完了又想国昌蹲监狱是不是光蹲着不让站着。我这么想着就把腿在被窝里蜷起来，挺了一会儿，感觉十分难受。后来又想了些别的乱七八糟的东西，就开始睡回笼觉。

我在梦中，听见百芳来了说要去看看国昌，跟母亲借点钱。

母亲就领她进屋了，打开柜盖，伸进胳膊，在里面摸。我在被窝里想一定是这个样子。

母亲把柜子里弄得窸窸窣窣响了一会儿后，就把柜盖合上了。

就这些了。我听见母亲说。

够了，六娘。

国昌在里面也不知道成了啥样。

挺好的，六娘。

国昌在里面静静性，也好。

我把那红棉袄给他送去了。

我知道。你往后有什么难处就跟六娘说，别人要跟你过不去就过不去，你千万别和自个过不去。

没事六娘，国昌不在我觉得更好，消停。

净说傻话。

真的。

她们说到这儿就都停下了，很长时间一点动静也没有，我以为她们走了，就从被窝里探出脑袋。这时，我听到队长扯着嗓子喊"下地啦——下地啦——"，我知道这是叫大伙下地干活啦。

百芳说声我也得走了，母亲就把她送出去了。

那年春天，百芳天天到我家里来。我以为国昌走了，她一个人带死不活的，不靠母亲，靠谁。

可到了夏天，她就比过去来得少了。那年夏天，她被妇女队长月兰子分派到生产队的养猪场喂猪。月兰子是一个看上去很难分辨出是男人还是女人的四十来岁的人，整天整天地把水洗蓝的衣服袖子挽在胳膊上。在外面呼风唤雨，在家里却大气也不敢出的，和她老爷们是卤水点豆腐，一物降一物。

我早就从母亲和百芳她们的嘴里知道月兰子，她们说她多亏少块肉儿，要不非嚼瑟掉了不可。我还知道她非常积极，总是代表麦屯参加大队的文艺演出，能说快板，还能表演唱。她跟百芳谈完喂猪的意义后，就说百芳你能不能白天在这喂猪，晚上就住在这里，反正家里外头都你一个人，还能照看照看老母猪下羔子。

百芳问给不给加分？工分在那个时候对百芳实在是太重要了。

月兰子就打了百芳一巴掌说觉悟忒低，是老队长相信你才点名让你去的，别人抢破头。

要这么说我就去了

去吧。贼自儿。

百芳回来把这事学给母亲时，我就问"贼自儿"是什么意思？

百芳笑着说"贼自儿"就是特别自在的意思。我看她笑呵呵地，挺知足的样子，母亲也是。

后来我才知道，那可不光是"贼自儿"的事。

百芳去喂了半个月猪，熟悉了猪吃猪叫后，就开始隔三岔五地用鞋或小碗往我们家送黄豆、豆腐什么的。在那个夏天的很长时间里，我们都变得白胖白胖的，整天脸上都挂着笑。

现在很多人都看中了我的牙齿，说白得透明。我想这一定是跟我长骨骼的时候吃了百芳送的太多的豆腐有关。

可是这样的好日子很快就完蛋了，因为百芳在一天夜里挠了队长的老脸。百芳在跟母亲重复她"挠了队长的老脸时"，很开心很兴奋的样子。她不断地用手当梳子扒拉她的头发，最后我看她扒拉出一张艳红艳红的脸。我惊异于她还能复原出这样一张动人的脸，那的确是一张动人的脸，我在那时想，豆腐对于人是多么重要啊。她扒拉完头发就说我就是活不起了也不能卖屁股呀。

我说你说话真恶心人。

她瞅瞅我笑了，然后说我像你那么大的时候也恶心这样的话。现在完了，说说解解乏呗。她说完头一歪，朝我挤了挤眼睛。我觉得她在那个时候，不仅生动，而且又调皮又快乐。我猜想她在当初一定常对国昌用这个动作才让国昌相中了她。其实当时看上国昌的大姑娘哪儿都是，光秧歌队里的人都打破头——这是后来国昌自己说的。

百芳挠了队长的老脸的第二天晚上，妇女队长月兰子来到我家做母亲的思想工作，准确说是求母亲做百芳的思想工作。大意是让她别到处张扬，原因是队长也没怎么样她。她在我们家坐到了半夜，我想，差不多是这样。那是一种何等的忘我精神。直到现在我仍然十分敬佩乡下的干部，我是指那些比较出色的乡下干部，他们才真正地把思想工作融于了日常生活之中。我曾经工作在一个常常需要探讨思想工作方法的岗位上，我在那个时候，每写一篇有关思想工作的论文前，总是忍不住想起月兰子。她在那天晚上是多么自然地坐在我们炕头上，一遍遍地用手搓她的脚丫子，后来又把一个一个手指头按着顺序一个一个地插进脚指头的缝里。她在这么反复摆弄她的脚时，不断地把唾沫星子喷到母亲的脸上。我看了母亲很长时间，母亲居然没有擦一擦的打算。我想母亲要不是不好意思当她的面擦的话，一定就是没听她的话。我太知道母亲的这种本事了。她的很多好主意都是在别人跟她说话时想出来的。

后来我问母亲你那天到底想什么了。母亲说她在想是不是让百芳搬到咱们的偏厦来住。我说那个月兰子可真能说，还贼能玩脚丫子。

母亲瞅我一眼就笑了。说她白话一宿也不值个豆钱，我和你嫂子早就这么想的，还用她脱裤子放屁费二遍事？

我把头一扭，对母亲的粗话表示抗议。

母亲就笑了。然后仔细地瞅一会儿我，认真地告诉我你长大了准不能待在这个憋死牛的地方，到时你想听都听不着了。屯里人不说屯里人话，隔楞子。

母亲的话总是百说百中。我现在真是很难再听到那种粗粗咧咧，特别赶劲的乡下话了。城里的电影倒是有骂人的，可少了太多自然的东西，听了只感觉是虚张声势让人别扭。

百芳没有搬到我们家里来。她说她没事。

母亲说百芳是一个烈性人。

母亲就是在后来百芳出了那样的事以后，仍然肯定地说百芳是一个烈性人。我想母亲是把人往骨头里看的。

百芳在那年的秋天，开始把她的大脑袋晃悠悠的小白送到托儿所后，到生产队等着队长派活。开始妇女队长月兰子总是派她去收拾仓库，缝补麻袋这样一些轻活，好准备秋后回粮。慢慢地就一点点加重了。到了秋后的时候，她夏天的活就都白干了。她咬着牙不吱声。

她那天到我家，吓了我一跳。我看她的眼睛全眍进去了，嘴巴瘦得像耗子让夹子夹了似的。

母亲问她月兰子她欺负你啦？

百芳说她敢！

那天小白拱在百芳的怀里吃奶的时候，我第一次感到，百芳她还差不多是个孩子。她才17岁，可分明已经捧打成一个完整的女人了，完全懂得了大人的事理。我后来才知道月兰子曾经想把她当成桥，让老队长帮助她自己加入组织。我在那个时候不能理解，到现在，我仍然不明白，妇女队长月兰子她那么要求进步到底要干什么？

　　后来我就不再掺和她们的事了。母亲说你好好读你的书，别咸吃萝卜淡操心了，你有你的一辈子，别人有别人的一辈子。我就开始好好读我的书了。

　　但我还是知道百芳在春天种地前给国昌送去秋衣和夹裤，把棉东西换回来拆洗。种完地就给国昌送去夏天和秋天的穿戴。放下镰刀再送去那干干净净的带红衬衣的棉袄。百芳成了狱里人人眼气的媳妇。她就这样来来往往地在这条路上走了六年。那是一条铺了一层厚土的乡下的路。我们屯子离哪都偏远，居然就离那个地方很近。百芳从来不到县城里去坐不到一个小时的小火车，她就从我们家那么硬往那里走，后两年有时还带上小白。百芳在这段日子里，总是让我想起课本里蚂蚁啃骨头的精神，她那瘦小的身子里到底藏了一股什么力量，我无法猜出。她就像那种老母牛一样，欱毛欱刺的，又瘦又犟又有劲。小白却是胖乎乎的，脑袋越发圆溜，在 5 岁的时候，有一天突然跟我说了一句让我无比辛酸的话，他说要是住在监狱里就好了，我们全家就总在一起了。那一句从 5 岁孩子嘴里吐出来的话，直到今天想起来，仍让我忍不住眼睛湿润，有种要哭的感觉。

　　就是在我听了小白的那句话后的夏天，我走出了母亲说的这个憋死牛的屯子。

　　我在临上学的时候，正赶上乡下包产到户。生产队里人心惶惶，每天都不停地抓阄，家家户户都由"手气"好的男人女人或孩子去队长手里抱着的箩筐里抓阄上的犍牛老母猪木头椅子胶皮胎什么的。生产队在几天时间里，就成了空空荡荡的大破院。最后就剩下男队长和女队长，他们一个手里抱着破了边的空箩筐，一个手里操着钐刀。

队长用纯粹的山东话说这么个大家说散架就散架了。

月兰子张大嘴巴想了半天队长很少说的山东话，在心里弄准了意思后说看来过去大伙的觉悟都是假装出来的。

看现在跟土改那阵子差不多，再往一块堆圈拢就费事了。

我这算看明白了，自个的地自个拾，手指头卷煎饼自个吃自个了。觉悟再高也不能当粪撒，这组织我是不育（入）了。

老娘们家家的，我看你早就不该有这份花花肠子。

你这人咋这么说话？

我这人就这么说话。

他们这么说完站了一会儿就都走了。

我当时就抱了一堆破麻袋站在他们后边。我曾经说过，我从小就愿意偷听大人们谈话。这是一个很不好的习惯，我到了18岁了还没改掉。我回家以后就很是自检了一番。这时百芳来了。

百芳已经23岁了。我相信再也不会在她的身上看到过去的红艳艳生动之类的一些东西了。她变得泼实，却又慎言慎语。

她一进屋就穿着鞋盘腿坐进炕里。然后一欠屁股，从裤兜里掏出塑料袋烟口袋，把两个手指头尖对尖地放在卷烟纸上，往两旁一拶，纸上就出了一道小沟，百芳麻利地从塑料袋里捏出一捏烟末，均匀地撒在纸沟里，开始卷。她在用舌头把唾沫往纸上舔的时候问我什么时候走。

我说就这两天吧。

她就低下头想了会儿什么说你早晚得把我们忘了。

我说土生土长的，哪能呵。

她就又笑了，点着烟火说你还记不记得你小的时候常趴我们家窗台的事儿？

我脸红。我感觉到我的脸一定像一只红萝卜一样，很是羞臊。

其实我早就知道你趴窗台。

我觉得挺丢人。

我就是想让你知道。

我用眼睛表示我不明白她的意思。

我也不知道我怎么就想让你看。百芳把脸扭向别处，吐一口挺浓挺浓的烟，我想她是怕呛了我。我看到百芳脸色枯黄，让我想到黑黝黝的大田上晒着的土豆。

许多年后，我终于想明白，百芳是一个人实在受不了那种苦难，才让不谙世事的我陪她一起度过那个可怕的过程吧。

百芳在那天还给了我两元钱。城里的年轻人，谁也不会想到在那个时候，在百芳的手里，拿出两元钱给我，那是一份多重的礼。我当时很感动，眼睛也挺热的。可没有想到我会哭。我是听了她在里屋和母亲说话后，才止不住眼泪的。

我说过那时正是生产队承包的时候。百芳家里没有劳力，她抓到了一头只有一只角的小牛。母亲当时对她说了很多话，大致意思是让她和别人家插伙，就是几家人组成互助组。但始终没有听见百芳吱声。

母亲就又说。

百芳就还是不吱声。

母亲再说。

百芳哭了。

她只说一个字"不"。

我就是听了那个字后流出眼泪的。我从那个字里感到了一种模糊的类似拧、挤、按、绞，这种种看似无声，却分明响在你耳边的声音。腹部插着尖刀的蛇爬过软乎乎的沙土地，留下的是什么，我那时在心里感觉到的就是什么。这种十分痛楚的感觉，让我在一生中的无论任何时候都不会忘记，并且永远宽恕百芳所做的任何事情。

我在那年秋天的早一些时候，进城上学了。

走过小学校时，看见老屠头用那一种永远也不更换的姿势——叉着腿站在那！他的悠悠荡荡的黄书包，沉甸甸地在脖子上吊着。那宝贝已经从很久很久前，就兑上水了，或者说是往水里点几滴酒。我在那个时候突然有了非常非常想用百芳给我的两元钱，给他装满那葫芦的念想。可我不可能那么做。我知道这两元钱还有更大的用场。

我在坐着老牛车经过大片大片田地的时候，看到了成块成块的土地就像田字格一样，上面写了各种各样的字——稀稀拉拉的人都三个一伙两个一串地在各自的格子里干活。

我在那些格子里看见百芳一个人远远地离了大田，在一块小边角地上铲地或是追肥。她干得很快，头和半个身子都朝前探出很多。一个边上补了块灰布的黑黄的草帽总是要掉下来的样子。我不知道她的这种坚忍的无边无际的劳作，应该解释成什么意义。我只是反复想到蚂蚁啃骨头。

我现在对于家乡田野最后的最熟悉的记忆，就停留在那成片成片的田字格上。那些家乡人留给我的印象，是他们都成了电影《艳阳天》里的人。

我在那个早秋坐着老牛车走出屯子后，就成了那个屯子里人后来常说的大城市人。但我清楚我骨子里到底流着的是什么。虽然季节的变化在以后的日子里越来越模糊，我还是能准确地感觉出春耕夏锄秋收猫冬在我生活背景中的影子和意义。

在我后来几年一次回家探亲的日子里，总是一遍遍地问道百芳、国昌、王华他们。虽然对他们日后的很多幸事和苦难都乐过叹过，可回到城里就远没有在家时那么热切地在意他们了。如果日子就这么实实在在地平和地一直延续下去，我想我早晚还是要和他们生分下去的。关于屯子里发生的许多事情，最后会真正地成为我故乡的影子，再一点点地模糊。

可就在去年那么一个很暖和的秋天的中午，我忽然强烈地感到了那影子在我生命中竖了起来。那影子在瞬间的立体化，让我突然瞪大了眼睛，我甚至听到了心跳的声音，是那种非常规的怦怦跳，显然我那平缓的记忆出了大坑，让我几乎跌落。

当时，我正在母亲的大树下站着，我看见国昌从外面进来。我想我在那一瞬间没有很好地掩饰住脸上的惊讶，我看到国昌的脸上像树影一样飞快地掠过一片不自在，然后才被另一副卑琐的、知天命的样子完全遮住。

我故作镇静地说三哥你今年三十几了？我自己都怀疑我的声音居然如此平静，把张大的嘴角不露声色地合上了，这就是我在城里学到的教养。

唔，40岁出头了。其实他不过41岁，我只是转移某种局促问问他罢了。可我分明感到他的那一声"唔",就像一个年迈的老人一样,露出了无言的沧桑。他说40岁出头了的时候,就像他已经过完了他所有的日子,就等着某一时刻的来临。我的心无比酸楚。我没有再去理会我刚才还在担心的带给国昌的尴尬,因为国昌很快就忽略了我的存在。他只淡淡地问一句啥时回来的,就站在院里喊六娘,他甚至都没听我的回话。

他在顺手捡起一棵秫秸,把它扬手扔进母亲园子里的时候,我看到了我从小就看熟了的爷爷和姥爷们的背影。他的瘦瘦的肩膀在弯下腰的时候,从破开口子的灰秋衣里露出一截来,黑黢黢的,完全没有了小时候我趴窗户时看到的结实和健壮。他那一贯整洁的衣领里露出一圈乡下人喜欢穿的杏黄色腈纶线衣,长长短短的线头悠荡着,像蚯蚓一样。

国昌在喊他的六娘的时候,我再次听出了那里面亲切的东西。那种完全是在一种老人的语调中包藏着的东西,听了让人顿生感动。母亲在国昌的喊声中走出来,她的白花花的头发,就像熬过的碱,饱受了时间的晾晒,看了就让人感觉咸涩。

我没有听国昌和他的六娘说了些什么,我只是十分专注地对着国昌已分明有些驼了的后背,想起了我成为"大城市人"这些年里,断断续续地听到过的关于国昌和百芳和别人的一些事情。我在不自觉地把这些故事像串豆腐串一样串起来的时候,被某种深重驾驭着,脱离了城市抽象的楼群,使我的感觉完完全全地走回到18岁。尽管我知道生活是多么实在,可我还是相信我完全看到了他们后来的日子。

在那个1978年的秋天,百芳戴着补着补丁的草帽,很吃力地在田字格里向前探着身子。太阳和秋风一起争着穿透她的草帽，往她的头皮里灌热气。她一声不哼地往前铲，铲，铲。后来她实在受不了了，就把那帽子扯下来，让闷乎乎的风和火辣辣的日光去烘头上的有些发酸的头发，她就是在这个时候，看见国昌从远处朝她走来。

她停了一会儿。

她不相信这是真的，就把衣襟撩起来，擦净了眼角上的眼屎，然后她就一下坐在地上，大哭起来。

国昌就捡起百芳的锄头，接着百芳铲过的垄，铲。

百芳后来就反复念叨你怎么回来得这么快。怎么就没提前捎个信。国昌没有回答她，只是在铲到洼地，把自己完全隐进苞米里的时候，回身把跟在自己身后唠叨着的百芳拦腰抱起来放到沟里。

再起来时，两个人就都笑了。

后来百芳和全屯子的人就都知道了国昌在狱里立了大功，就提前释放了。说那功可不小，要是早失那场大火早点立功，早就出来了，现在是狱里欠国昌的，因为国昌本来也快出来了。大伙都挺为国昌惋惜的，还说国昌要再犯点啥错误，就不用进去了，两顶了。

国昌回来后，变得很稳重。脸色白白的，手背爬着青青的血管，指头瘦长，像城里人。

可是不久，实在是不久，就发生了完全不同的变化。先是百芳的脸一天天地红起来，国昌的手一天天地硬了黑了，两个人像刚结婚似的，坐在一起就憋不住乐。后来有一天百芳居然唱着"为革命砍头，只当风吹帽"到母亲家里，跟母亲说她要计划生育。

母亲听了，就用手拉过烟笸箩，摸出个烟头问百芳国昌身子赶上原先不。

百芳的脸就红了，说和过去差不多。母亲就把烟点着了。

六娘我有了，我要把孩子打掉搞计划生育。百芳瞅着母亲说。

我不知道你们俩哪来的花花心。母亲没看百芳，用手卷她的烟头。

是国昌的意见。百芳把"国昌"叫得很重。

我看你们得好好合计合计，庄稼人哪养得起独秧啊。小白要有个三长两短的……

我也说是，可国昌很坚决。他说他已经让人看不起一回了，他要给大队做个样子。你说这年月谁用谁带头啊。百芳伸手从母亲腿边拉过烟笸箩。

国昌这孩子是心刚命不遂啊。

我相信母亲在那个时候一定说了这样的话，不然她那一头黑发怎么会花得那么厉害。她是用了太多的心给眼睛，让它来看透将来的日子。

百芳从母亲的房子里出来，就坐上国昌借的马车，去县医院带了节育环。他们本来是想做绝育的，是一个胖胖的女大夫趴在百芳的耳朵上说别那么往透里傻。百芳就临时换了主意。

后来他们就领了独生子女证和一笔挺让人欣慰的独生子女费。百芳用这钱焊了一个铁大门，还给小白买了一个皮球，虽然小白现在已经不太需要玩皮球了。

百芳和国昌成了屯子里的新鲜人物。百芳在跟在国昌后面去田里做活的时候，就格外觉得熨帖。用她自己的话说她这一辈子还没有一次像现在这样让人用大喇叭在全屯子里喊。她现在无比佩服国昌的英明，如果不是国昌想到计划生育，他们怕是一辈子也别想在人群里有个人样了。她不知道她自己到底要的是什么了，但她愿意这么做。麻烦是在他们比翼齐飞的时候来的。

百芳从冬天的最后一个月起，到转过年的三月三，每个月都必须坐着国昌借的马车到县医院做一次流产。原因非常简单，百芳试遍了医院所有型号的节育环，结果统统失效。

百芳的身体彻底垮下来。就像被小孩揉扯的布娃娃似的，黑黑的干瘪。她终于忍不住又跑到母亲那去掉眼泪。

百芳那天在母亲家掉眼泪的时候，遇到王华表姐。王华表姐先是伸出鲜红的舌头对百芳的接二连三地流产表示惊讶，后来，就肯定地说百芳有两个子宫。不然这么一次次地刮宫怎么能受孕。母亲和百芳本来可以不信人有两个子宫，可王华表姐说了"受孕"这个词的时候，她们就都认可了。就都问王华表姐有没有好法子。王华表姐就又开始像鹅子一样嘎嘎笑起来，说我还瞎忙种别人的地呢，我这田里还荒着呢。王华表姐指着自己的肚子说完就眯起那双美丽的眼睛逗百芳说，国昌是不是像吃奶的孩子一空也不落呀。

百芳黑黑的脸就又重了颜色，倒是王华表姐在把着门框往出走的时候，脸先红了。她走到窗户前把头伸进来说百芳你就吃避孕药吧，几个子宫也管住了。这年的春天，百芳瘦得不足80斤。铲二遍地的时候，她却圆了起来。她在跟母亲说她害怕听医院流产室里电箱子的呜呜声—听那声音就抽筋时,她的衣襟已经有些往出鼓。

母亲在那个时候一定没有给百芳更好的主意。因为百芳是哭着走的。她报了独生子女,领了独生子女证,最主要的是还领了独生子女费。他们要是再让孩子生下来,那世界还不都成了他们的了?不用屯里的人说,他们自己都这么认为。

百芳从母亲那哭着走了以后,就自己去了医院。后来被人送了回来,据说她在做完引产的时候,昏迷过去。

百芳这一次一下就躺了3个多月。国昌白天死命地割麦子,晚上,就头冲里呼呼地睡大觉。百芳知道国昌为什么,他是怕和她一挨着,就又遭风流鬼上身。百芳心里明白国昌的好,就一个人掉眼泪。掉够了再睡,慢慢地就变成了纸人儿,走路晃晃地,像得了痨病,连大门也很少出了。

百芳觉出国昌的变化,是在麦子收了以后。

国昌在那个演完露天电影带着月亮光的夜晚回来以后,一进门就冲百芳笑了。笑完,就开始洗脸洗脚,还哼着歌儿。

百芳当时正坐在炕上,弯着身子剪脚趾甲。她剪得很用心。她在不断地用指尖挑出炕席缝里的趾甲屑时,对国昌的鸭子似的在水盆里扑棱,有些莫名其妙。就笑着说国昌你结婚那天也没这么涮过。

国昌坐在板凳上,从水盆里翘起两只粗大的但十分周正的脚板子,咧嘴笑了。那笑有些特别,百芳弄不清是冲她还是跟他自己。

百芳拿起身边的围裙扔给国昌,又埋头剪手指的"倒戗刺"。

　　国昌擦完脚，把水盆往外蹬了蹬，就咣当跳上炕，把百芳拽进被窝。百芳使劲推他，他没有收回手，反倒像拍孩子睡觉一样，慢慢地拍百芳，拍着拍着就睡着了。

　　国昌睡着了。这让百芳无比惊讶。她从成了国昌的女人那天起，用她自己的话说就和国昌开始了老鹰抓小鸡的游戏。这么些年来，不管她怎么躲，怎么求救，都免不了小鸡在老鹰翅膀和硬爪下哀鸣的结果。所以，这天晚上，百芳对国昌的安安静静的酣睡，表现出了一万分的不理解。但她没有想太多。她对国昌很感激地笑了。她认为这是国昌在体贴她呢。就用刚剪过指甲的手指在国昌的肚皮上来回摸了一会儿，然后拉过被角盖在国昌的肚子上。

　　百芳和国昌在这个晚上，一夜无梦。就算是有梦，那也一定是相当满意的美梦。

　　第二天早上，他们都无比有精神头。百芳还硬跟着国昌去地里搂了麦子。他们用草帽扇着风在金黄的麦地里直身歇腰的时候，嘴里都哼着歌儿。

　　在以后相当长的一段光景里，他们就这么乐呵呵地去地里打垄，送粪，种地，卖粮。他们从没有影响村里的任何任务，用母亲的话说是一等农民。国昌甚至在这两年里还当上了积极分子，别人笑他傻到家了，去了趟监狱还当去念大学了，自己跟自己摆上谱了。他自己却有他自己的念头，他从当年当团支书时起，就明白一个道理，人非得跟上社会，才活得精神。

　　百芳把国昌满脑子的上进，看成是在狱里受了教育，满心欢喜。百芳对这种日子无比满足。她有好几次在晚上主动要和国昌操练老鹰抓小鸡。都是国昌自己提出等两天。等他们到了一起的时候，百芳很强烈地觉出，国昌不像从前那么凶了。她甚至有些不好意思地告诉国昌，他不在家的日子里，她其实很想他，她还扭扭捏捏地说了她也爱他的话。这是她接着王华说过的"国昌他爱你"的话茬说的。国昌听了也很感动，向她表示，以后就会永远这样。百芳向往的爱情终于在风雨中见到了彩虹。

百芳的心情很舒畅。百芳在有一天去母亲家里时，还从兜里掏出一盒香烟给母亲抽。说是村里没有现钱，就用烟顶了小白这个月的独生子女费。

百芳在给母亲从盒里往出捏烟时，一再重复说村里的小卖店黄了，东西都拍卖给村里有头有脸的人了。她自己能得到这样的便宜，全是得了小白的济——这种十分满足的感觉，在百芳哧哧地用手指扒拉母亲的打火机的时候，很明显地罩在了脸上。

母亲接百芳点的烟说百芳你真像个孩子乐了就笑屈了就哭。这些日子看你们怪好的。

你不知道六娘国昌他这回可成人了。百芳说着就把脸贴在母亲耳朵上小着声说国昌开始体贴她了。

母亲就撇嘴笑了。

百芳问母亲笑啥。

母亲就仍旧笑着，啥也不说。

百芳没有在意母亲的笑。百芳那天乐滋滋地用胳膊夹着母亲给的黄烟，抬脚翻过母亲的后院墙时，看见老屠头正提溜着土篮子，捡粪。

百芳不愿看老屠头吊儿郎当的黄书包，心里骂了一句老不死的还知道捡粪，就掉头往回走。

老屠头在她转身的时候，麻利地抢上几步，用粪叉子拦住百芳。

借我五毛钱。老屠头用没牙的嘴做出笑。

干什么借你钱？百芳大声斥责他。百芳觉得他是无赖。

你让这葫芦响了，就有说道给你。老屠头掏出青葫芦，摇给百芳看。

百芳没理他。国昌从进了大狱那天起，她就不欠他什么了。百芳用脚拨开粪叉子就走。

你汉子让人偷了！

老屠头从地上捡起被百芳踢倒的粪叉，就地一蹾，把它竖在地上，开始绝起来。他绝包产到户，骂驴打江山马坐店。绝他那片地里长不出庄稼，人屎不如狗屎有劲，人越现眼越旺兴狗越来越少。绝他自己绝户，是高山长青草洼地养糜子。百芳看他满嘴唾沫自己绝自己，就忍不住笑了说，你大声绝！

百芳没听老屠头的话，也没给他五毛钱。以致才不可避免地让后来的事一步接一步地发生。但我们都得原谅她。是老屠头自己把自己放在了一个不让人信任的当口。倒是百芳她自己不原谅。她在后来的每一次的号啕大哭中，都一遍遍地诅咒没把老屠头当人。

事实上，当那种事情真要发生的时候，谁也没办法阻拦。母亲后来多次对我说。百芳就是听了老屠头的话，还能把国昌拴在裤腰上吗？再说，国昌走的时候百芳也不是不知道。

我说是。我对母亲的话极为认可。可百芳不认可。她说我要早知道，我还揣着崽子大肚咧咧跟头把式地跟他挣命似的奔日子图什么啊……

我们听了百芳这一长串话后，才想到百芳肚里的孩子已经8个多月了。她这回是宁死也不去医院了。说她去一次就死过去一次，她早就吓破了胆。她认罚。她要把孩子生下来。她说她和国昌都年轻，有的是力气，滚爬几年就过去了。她就是带着这样的决心和希望，由她的肚子和地里的两垧地西瓜，一起滚圆起来的。她也就是挺着这样的一副装满盼头的滚圆的肚皮，在自己家的西瓜地的窝棚里，看见了国昌和王华在一起。

她当时一句话都说不出来，是王华坐起来的时候看见了像段木头戳在那的她，王华啊了一声抢出门的时候，撞醒了她。

百芳后来就给国昌跪下了。她腆着肚子就反复问他一句话，问他从什么时候开始的。百芳这时想起了老屠头的话——你汉子让人偷了。她现在明白了，她幸福了多少年，她的汉子就被人偷了多少年了，自己真是傻透了腔儿啊！国昌拉不起来百芳，自己也跪下了。蝈蝈的叫声和蚊子的嗡嗡声在两个半截人周围响个不停，窝棚外的艾草味苦香苦香的四处缭绕，不知道那些狡猾的蚊子是怎么躲过包围，进入窝棚的。艾草绳头的火，忽明忽暗，时不时有一丝丝的微风飘过……

月亮出来的时候，国昌哭了。他告诉百芳说那个演露天电影的晚上，他看着看着就受不了啦，他补充说为了体贴百芳已经忍了很久了。他当时觉得他要再看下去的话他就非得爆炸不可，就回家来了。他在走到王华家门口时，看见王华出来泼水，就打招呼说还没睡啊？王华就说进屋坐一会儿吧，这是屯人们最常见的礼节。可没人让屋里坐就真去坐了，但国昌顺着这声音就进去坐了，王华就把灯弄灭了，他就和王华一起了。

百芳飞快地想起国昌那天看完电影回来洗头洗脸的晚上。百芳没有听他说完。百芳用乡下女人最好使的武器，手指，在国昌的脸上狠狠地抓了一把，她立即觉出她的指甲里进了一些黏湿的东西。

国昌攥住了百芳的手，颤抖着声音说百芳你听我说，王华乐意做这事，我也乐意。这也是为你好。

为我好？

百芳把唾沫吐在国昌脸上的时候，恶狠狠地咬牙站起来说看我不撕烂王华这个浑蛋。百芳那时的表情就像一头被捣了窝的母豺。

国昌再次攥住百芳的手，用犁铧子一样的又冷又硬的声音说百芳你听着，你要识好歹，惹急了我，别后悔！

百芳没听他的话。她就挺着大肚子去了王华家。她伸手去撕王华的时候，王华说百芳你冷静点。

百芳破口大骂，边骂边过去撕王华。

百芳我待你不错。王华退着身子躲百芳。

百芳自然没有撕成王华。她的肚子像气球一样，看着都要爆炸，它隔在她和王华之间，让她们同时对它产生畏惧，都没怎么敢轻举妄动。百芳后来就挺着大肚子，哭着走了。

百芳没有去母亲家。她是觉得母亲和别人一起，蒙了她。

我问母亲是真的吗？

母亲说，是。

我说怎么不说说国昌。

母亲说劝赌不劝嫖。

我知道母亲和世人一样感到了无奈。她是自知劝不了他，母亲很少做没用的事。

百芳那天晚上一个人来到西瓜地。那天晚上的月亮，又圆又白，像个盛满了汤的二大碗，不偏不斜地在空中悬着。风一摇晃，就洒了一些在外面，地上便白花花的了。

百芳在这个时候，和几个女人一起瞅月亮。

母亲本来是领了一些女人来劝百芳的，可百芳就是不说话，只扬着脸看月亮，手一个劲地摸西瓜，摸完西瓜摸肚子，后来女人们才一起和她看月亮的。

女人们一起看到一个女人连打了三个哈欠后，就都走了。母亲这个时候才坐到百芳跟前。母亲用手像百芳一样摸了摸百芳的肚子后，又看了一会儿月亮，说百芳你可不要打孩子的什么主意啊。

百芳这才哇的一声号啕起来说六娘啊，我咋就没把老屠头当人，老屠头早就跟我说了，我没把他当人啊。

百芳你别和自个过不去，我们也都不把老屠头当人啊。

六娘你也早就说过王华长个婊子样，她动不动就到我们家今儿借个镐明儿借个锹的，我咋就没往心里去呀。百芳用她臃肿的脚后跟使劲蹬搓地里的土。

百芳你别伤了肚里的孩子，往开处想，别自个遭罪啊。母亲也不知该怎么劝了，只能说些不痛不痒的车轱辘话。

国昌他说他这是为我好，这是人话吗，他是不是寻思这是省着我体贴我啊，六娘啊，国昌是我的人儿，我不用他也是我的人儿，他用了别人，就不算我的人儿了……

母亲在那个晚上对百芳毫无用处。她用尽了一生一世的感念和光棍儿，也没能让百芳接上她的话茬。百芳就那么一边哭号一边数叨地一直闹到天亮。她是觉得天塌了房子倒了没有依靠了，百芳她是太害怕没有了男人做靠头的日子了，最主要的是，百芳享到福了，这福一下就破了，还不如不享。国昌伤了百芳的心了，这回跟上次那个疯丫头不一样，王华这个浑蛋可了国昌的心。母亲那天早晨顶着白晃晃一头露水回来的时候，对人说。

我们得承认，国昌是鬼迷了心窍。国昌在第三天晚上，就在百芳坐了一宿的地方，给百芳用石头压了130元钱，然后这个人，就在屯里消失了。他在一张会计用的表格纸上，写明这是卖西瓜的钱，还留了行字"黄鹤一去不复返"，又在下面画了个图案，那是他自己反写的名字，冲光亮处看纸的另一面，才能看出是国昌这两个字，这是他曾津津乐道的把戏，我想他能用这么浪漫的方式跟他的百芳"诀别"，跟他的心性是密不可分的。别忘了他不只是秧歌队里的"名角"，被众星捧月过，还是一个进步青年，只是母亲说的"心刚命不遂"罢了。

王华在国昌出走的第二天，也在屯子里消失了。她远没有国昌浪漫，她带走了家里的所有的她自己的东西，从他男人的手里要回她自己的上海19钻手表，然后对他说这日子我过够了。说着要走人。他的男人拉着她不放，她就低着声说了句什么，那男人就犹豫了一下，但还是没放手，接着她就大声说你要敢站在屯子里大声喊你是个爷们，我就不走了，那男人就放了手，王华就走了。后来听说她男人没有生育能力，不知道是真是假。

百芳第二天就去了医院。

百芳回来的时候，就被母亲直接接到自己的家里。她笑嘻嘻的，脸色居然十分红润。

母亲说百芳你不要这么苦自个，要难受就哭出来。

百芳就笑了，笑得十分好看。她说六娘我不难受。那孩子一出来，我就一点也不难受了。我知道我所有的难受都跟那孩子一起生出来了，又一起让大夫扔到大壕沟里。百芳说着就伸手抓过烟笸箩，随口朝地上使劲吐了一口唾沫。

母亲在那个时候，什么都没劝百芳，就反复骂国昌这个冤家。我相信这个精明的老妇人，在那个时候一定预见了百芳将来的日子。她知道劝不了百芳就像劝不了国昌一样，对百芳那天的满脸不正经和满嘴疯话，表现出一副任其自然的宽容。

母亲以侍候月子的规格，在家里给百芳做了一个月饭，并指使了我的所有能干活的亲戚，帮着百芳把地里的西瓜全都收了卖到集上。百芳攥着一把票子说六娘我当你是亲娘，你以后别当我是百芳，也别替我瞎操心了。我这回要好好享享福了。我说过母亲早就预见了百芳的日子，所以老太太就说了句我知道。就送走百芳回屋了，倒是百芳站在母亲的后院墙边，一个人呆呆地站半天。

百芳在这时，再一次遇见老屠头。她毫不犹豫地从手里拽出一张票子老远张手给了他。老屠头满脸花纹就一下舒展开，说我过去骂你骂得不是地场。

百芳张大眼睛看了看老屠头眼睛，她发现这个"老不死"的老屠头的确是老不死，他的眼睛好像蒙了一层塑料膜，雾茫茫的，分不清黑和白了。他怕是根本就什么也看不见了。

百芳说老屠大爷你绝点什么给我听。老屠头就叉开两条细腿——一条已经歪斜了，开始绝。那苍老而混沌的骂声，使这个偏远的小屯子，充满了人情味。

老屠头那天绝到什么时候没有人记得了。百芳并没站那儿去听。百芳看见老屠头满头的豆腐渣在空中晃动的时候，就默默地走了。

除了母亲，没有人会想到，百芳卖了她所有的家当，就留了一个铁门框。然后就拖着铁大门奔到山东队长的家里，和他搭伙过起了日子。

百芳的脸上从这个时候开始长肉，到第二年的春天，就像当年吃豆腐一样，那软软的细白贴了一脸一胸脯。这个山东老光棍儿，用攒了大半辈子的细软，把百芳养活得风调雨顺。她把这年的冬天猫得暖暖和和。百芳后来跟母亲说，她过去多傻，那年要不挠了他的老脸她肯定能少遭挺多罪。

母亲没再问什么，她闭着眼睛比问到的知道的都多。母亲只是很亲近地拉百芳在炕上多坐一会儿。母亲的眼睛，开始花了，原来她总是跟别人夸她的眼睛像孙悟空。到了1990年的秋天，百芳的很鲜艳的衣服，常常给高翘的奶子鼓鼓地支出来。她像王华那样左右晃着笑的时候，脸上便爬了一些小水沟似的纹络，看上去完全不像有着那样一副好奶子的人。我知道百芳这个时候在屯子里的名声已经很不好了。百芳的第一次偷人，是在一个演露天电影的晚上。我说过，我完全是因为百芳和国昌的缘故，才对乡下的露天电影如此记忆犹新。我至今也不明白为什么他们所发生的种种幸与不幸总是和露天电影有关。我唯一的解释是，这是能触及他们生活深处的和精神有关的机会吧。

百芳在和山东队长搭伙过日子的第二年夏天，和小白看完电影回来后，就一个人坐在炕上给队长做棉袄。她在反复比量是不是把国昌的有红布的棉袄拆了给队长做里子的时候，村里的会计来敲窗户，他说他要借电钻。

百芳当时就穿着花裤衩，她说大哥你知道队长去城里拉石头了，我找不着他的东西。

会计就走了。

百芳把红布从棉袄里扯下来的时候，会计就又站在窗前咳嗽。百芳就把窗户打开。百芳跟母亲说她原本是想问他怎么不走，他就从窗台跳到炕上，就把灯闭了。百芳说她怕小白醒了，就没吱声。她还补充一句他比国昌和老队长都强。母亲也没大明白她那个"强"是从哪方面讲。从那以后，她们家的农业税和往来账也就不那么清白了。屯里很多人开始骂杂。

百芳说，我痛快了，想别人骂，我难受的时候谁想我了？我不管他们。百芳把一只手夹在另一只胳膊下，用夹手的胳膊擎着烟大口地吸吐时，一点也没觉得她自己有什么地方让她不好意思。她能在母亲的家里一坐就坐到太阳照到炕沿上。母亲看见太阳光一到地方，就说百芳你坐着我去做饭。百芳就坐着，抽烟，等母亲做饭。母亲把围裙解下来的时候，她才站起来说，我也得回去做饭了。

母亲说百芳是个烈性人。母亲在知道了百芳挺多闲话的时候，仍然这么认为。这让我多少有些认为母亲固执。

直到百芳后来又拖了铁大门回家，母亲点点头，什么也没说，我才深深地感到了母亲就是一棵树，把盘盘错错的枝丫，都扎在了日子里。枝丫越是糟枯，就越是知道日子的深度。

国昌在1992年阴历二月初二，骑着火红的幸福牌摩托回到屯子里。他的价值1000多元的皮夹克让屯里的所有的小伙子们用手摸了一遍。他的摩托车两旁都吊了满满的东西，有人说那都是钱。也有人说谁能有那么些钱。但有一点大伙都认可，那里面肯定是值钱的东西。国昌这几年一定见了大世面，现在，发了。

国昌是一个人回来的。人们就自然想到王华。国昌不说，别人就谁也没问什么。他们觉得国昌也成了大城市的人，跟他说话得有点咬头，讲究一点了。就谁也不说关于百芳的事，国昌回到过去的老房子兜了好几圈。谁也没想到国昌第二天就去队长家找了百芳。当时，百芳正晃悠着奶子从井里往出提水，宽宽大大的红腈纶衫，把百芳搞得很臃肿。队长穿着二大棉袄蹲在门槛边上钉犁杖，嘴里还叨叨咕咕地说着一串一串的山东话。

国昌站到百芳看见他，就说百芳你跟我回家。

百芳就把手里的井绳一下掉到井里。

百芳你跟我回家。

国昌再说的时候，队长就直起了腰，用手掫着后背说我估摸也该回来了。然后从屁股后掏出烟袋跟国昌比画了一下。

国昌从怀里摸出一根烟扔给队长，两个男人就各自用自己的火，点着了烟。队长抄袖靠在门框上，国昌倚在摩托车上。

百芳把一股很粗的带铁钩的麻绳，竖进井里，吊刚才掉进去的绳子。

两个男人都抽烟，不再说话。

第二天，百芳就拖着铁大门，跟国昌回家了。

直到这个时候，我才相信母亲的话。百芳的确是个烈性人，这烈性实实在在地埋在骨子里。当百芳拖着和属于她自己的日子紧紧相连的铁大门回到国昌身边的时候，她一定是哭了一夜，她的眼睛，像是用盐卤腌了一样，又肿又丑，找不出一点放浪的痕迹。

他们又买回原来的房子，这让人开始怀疑国昌是不是真的混出人模狗样了。不过国昌确实是变了。

他每次去母亲家里时，都让母亲觉得像是看见了他小时候的样子，又仁义，又勤快。他坐在地上一只脚踩住柳树条，手指像弹琴似的在颤悠悠的树条中起舞，他一连着给母亲编了三个土篮子，再一次让母亲想起一等农民。

母亲在把针和线远远地支出去，对着太阳光往针眼里穿线的时候，问国昌在城里都怎么过的。

国昌停了一会儿说在建筑队搅水泥搬砖在火车站卸货扛东西后来开始倒腾鱼卖鞋什么的。

城里可花花。母亲像自己刚从城里回来似的不露声色。

我是能遭的罪都遭了，能挣的钱都挣了，能开的荤都开了，能受的气都受了，后来就想回家了。国昌说了这一长串话后，从柳条中站起来，坐在母亲的身边，从怀里往出掏烟。

母亲就把烟笸箩递给国昌问他是不是当城里人不如乡下人舒坦。

国昌眼睛直直地瞅着手心的茧子，想了一会儿说咱们和城里人不一样。母亲半天没吱声。等国昌再去编筐时，母亲就叹了一口气，用针在头皮上划了划，一边缝破了指头的手套，一边哼起曲来。

在我的关于母亲的记忆里，从没有她唱歌的时候，我相信她从来不会唱歌。一支也不会。但她会哼曲子，那完全是她根据自己心情，随便哼的曲子。那曲子慢悠悠地在她的周身绕缠，好受和难受相当分明，别人一听就能听出来。所以国昌在那天一定是听了母亲哼的难受的曲子，一定是母亲用一辈子的沧桑，哼了她对不管是城里人还是乡下人，苦难挣扎的明白和辛酸。

国昌听了一会儿就哭了。国昌说六娘你别哼了，心里不好受，我知道你什么都明白。国昌把头深深地埋在柳条里说，六娘，咱们到底不是真的城里人，我穿着仿羊皮的衣服回来，大伙的眼睛就直了。可我穿着一身真羊皮衣服往城里一站，人家就把眼睛挪了，他们一眼就能看出我骨头里的东西。连王华都看不起我了。这个婊子一到城里就像酱缸里的蛆，乐得浑身拧劲。她是死也不肯再回来了。后来我就把那身真皮衣服烧了，开始穿假的。我就图个透亮给他们看吧。

母亲没有仔细去听国昌的话。母亲停止了她那在我看来千古不朽的哼唱后，对国昌说国昌啊，兔子绕山转，最后回老窝。好好待百芳，那是家中宝。

国昌很用劲地点了头。我相信他是比我更深地理解了母亲的话，是明白了很多事理，真要重新垒窝了。

可是，我们怎么能够想到，后来会发生那样的不幸呢？

在国昌和百芳把他们家的土墙用红砖包起来，把铁大门刷成银灰色，买了四轮车，插了足能装下几十头牛或马的牲口圈，成为真正的一等农民的时候，老屠头二姑娘死了。我们都能想到老屠头会做什么。他用黑旧的破布把他的二姑娘裹起来放在马槽子里后，就去了国昌家。他拄着歪斜的棍子，用昏花的老眼对着国昌说可怜的二姑娘她死的时候，死死攥着拳头就是不撒手，大伙硬从他手里掰出这个东西。老屠头伸开枯枝一般的手，亮出一颗黄扣。这二丫头是疯人没疯心啊，她生是你的人，死是你的鬼……

国昌没让老屠头说下去。他从怀里掏出一沓钱，从老屠头手里换过黄扣。老屠头就颤巍巍地走了。老屠头酒葫芦在空了不知多少日子后，又重新哗哗响起来。他再开始绝人的时候，两条细腿比过去直了很多，气力大得完全不像一个80多岁的老人。

国昌在老屠头走后的这天晚上，喝了很多酒。他喝酒的时候，百芳就穿了让全屯子女人眼馋的像枕巾一样的大红睡衣，坐在炕上瞅国昌喝酒。国昌就红了眼睛说百芳你也来喝一口。

百芳说你当我不敢喝？我现在可知道了，这酒可是好东西，喝了就想笑，咋想咋高兴，想啥来啥。百芳说着就从国昌手里夺过酒盅，喝了。你别想老屠头事了，连我都不想了。

国昌没吱声，也没问百芳什么时候学会喝酒的，对于过去的日子，国昌很不想再翻来调去了。他们这么你一盅我一盅地喝到后来，国昌就觉得他的裤裆里的东西支棱起来，他别过身子不去看百芳的红衣裳。他早就下了死心，一定别让百芳在晚上总用看牲口的眼神看他。他回来后一直压制着自己，轻易不去碰百芳。他觉得他已经过去了为做那种事情低眉顺眼讨好百芳的时候。他每想到百芳惊恐的眼神就觉得自己对不住百芳。他现在要好好让百芳满意。他知道这大多不是为百芳，而是为他自己，为他这些年在外面的无依无属，空空荡荡。他太想有这么一个家了。可是国昌他自己都没有想到，他这么想他自己的时候，他已经扑倒了百芳，扯她的裤子，国昌在扯下百芳裤子的时候，看见了百芳红衣服下鼓起的肚子和百芳红红的眼睛。

国昌愣了半天，就揪了自己的头号叫一声什么，把百芳用劲抱在怀里，他把百芳抱在怀里，满眼悲怆的时候，他的裤裆依然被高高地支起来，股股冲动让他浑身燥热……他恨他自己，感到自己无比的恶心，他在这一瞬间看清了他这半辈子难受的根源，他毫不犹豫地从饭桌上操起筷子，朝他的裆下，狠狠地敲去……

百芳坐着四轮车去医院里做完了最后一次流产。我相信这一定是她最后一次。国昌在那个酒后的晚上，结束了他自己雄性勃勃的半生。我们后来所见到的国昌，就是我那次回来探亲时看到的样子，他当时衣领上的红线头像蚯蚓一样在脖子上悠荡，而他整个人连蚯蚓的活力怕是也没有了。这时如果谁要提起国昌曾经很会扭秧歌当过团支部书记自愿搞计划生育还写过入党申请书穿过真皮夹克等等，不知道的人一定会哈哈大笑，以为你在出国昌的洋相。

1993 年的秋天，我探亲回到麦屯。我说想见见百芳。母亲就唤人把她叫来了，她胖得似乎脑袋直接长在肩膀上。她一屁股坐到炕上，磕去鞋，往炕里拧了拧，顺手抄起烟笸箩里的一把指甲刀，一边剪她又长又硬的手指甲，一边问我在城里都干些啥。对于我的回答，她根本都没有听，这就对了，她只是跟我客气呢。她怎么可能对我那与她八竿子打不着的生活感兴趣呢？这样，我们半天就没有什么话说了，我盯着她的手指，个个像个小水萝卜，想象着那个背靠着窗外谈"连耐"的 15 岁少女，被生活如此脱胎换骨，心里万分感慨。我说，三嫂，我写了一篇小说，是写你的，你想不想听一听？她一听，乐得哈哈的，说写我的？我有什么可写的？快念给我听。于是，我就给她和母亲念了这篇《屯事》。

我在念这篇叫作《屯事》的东西给她们听的时候，总是被她用指甲和剪刀共同弄出的声音所打断。她就像《屯事》中所写的那样，不断地从炕上仔细地捡起指甲屑，不过她这时是从地板革上而不是从炕席的缝里。

我用了整整一上午念完这篇东西时，母亲说我得去烧火了，我听出了母亲声音里的别的东西，母亲在外屋用树枝划拉柴火往灶坑里添的时候，又哼了她的老牛拉车或是破磨碾转似的曲子。

百芳却一个劲地问我你咋知道的？这么多破事你不说我都忘了。你说你咋知道的？她的眼睛里充满兴奋和好奇。

我笑着说我会算。

百芳就一撇嘴说敢情你跟六娘一样啊，我也得回去烧火了。

说着就伸脚在地上划拉到鞋,伸进脚去踩着鞋后跟,跋跋地走了。

这就是我见到百芳的最后一面,她的头发乱蓬蓬的,紫衣服上别了一个亚运会标志的红熊猫圆章。我几次想提醒她弄去牙上粘的什么黑东西,终于没好意思说出口。

我不知道百芳和国昌将来的日子是什么,他们都才刚刚四十出头。国昌的卑琐和百芳的大大咧咧,都让我看出了太多的很虚的东西压在他们的身上,他们无法挣脱也不能挣脱。日子就像太阳的影子,在他们的身后,拖了一地。我在1993年秋天离开家里的时候,是坐了刚通的大客车。当时很多亲戚都来送我,给我带了些鸡蛋鸭蛋什么的,我再三谢绝,都毫无意义。我就带了那么一些怕挤怕碰怕撞的东西上了大客车。我很注意了一下人群里是不是有国昌和百芳,可我一直没有看见他们。这让我的心里生出很多酸楚。

我很想把后来知道的告诉他们,有一种病叫"性亢进",完全由不得自己,但对于这时的他们,除了雪上加霜,让他们更加不堪,已经毫无意义,就忍住了。惯性是岁月安好的最好保障,无知无觉很好。

客车开起来的时候,母亲和那些人又一次在我的眼前变成某些电影里的镜头,只是我这一次说不出他们到底像哪个时代的人,他们在很多方面都让我感到了陌生。倒是老屠头叉着腿,顶着雪白的脑袋,揪着脖子上的黄书包,使劲朝着大客车摇晃他的酒葫芦的时候,让我感到了某种亲切。

但我相信,他绝不是为我送行。他只是以他特殊的生存方式,在向人们展示着他不屈不挠的生命力——绝!

土的梦园

唐二拐棍活到 82 岁的时候，成了两个儿子的香饽饽。

金土和木土为争得赡养权还专门开了个碰头会，甚至还动了手。金土不小心把木土的"狗腿"敲断了，木土本来想跳起来掰掉他哥的爪子，可那条腿已经不听他的了。他就坐在地上扬起一只大一只小的眼睛，冲金土说，你当真说敲断我的狗腿就把它敲断了？

金土张着也是一只大一只小的眼睛，瞅着地上的木土，想了想，说那爹给你了。

木土用手支着地说你得给我拿药费。

金土不乐意了，抹搭下那只大眼睛说爹都给你了，我再拿药费不是太土瘪了吗？

木土寻思了一会儿，也抹搭下那只大眼睛说那你把我扶起来吧。

中，金土就伸手把木土往起拽。

木土龇着牙说轻点你。

　　金土狠狠剜了木土一眼，把手里的铁锹把横给木土，木土就拄着铁锹把自己立起来，拐着，一瘸一瘸地走了。

　　这是 1996 年 12 月 3 日，这一天对麦屯人很重要。乡下人是从不计较阳历牌的，那上面的红日子都是给城里人预备的，屯人们好问的是今天几儿了？那都是指八月十五腊月初一什么的，到什么节令得心中有数，不能给落下，就这么的。可 1996 年的 12 月，阳历日子史无前例地排在麦屯人的日程上。再过两天，就是 12 月 5 日，麦屯将把所有的土地分配完毕，在这之前，家家户户是有一头算一头，按头配地，过期拉倒，三十年不变。

　　麦屯无疑是开始了历史上第三次土地改革。第一次土地改革是革命的结果，屯人们是光顾着乐了，给一亩是一亩，从无到有，穷汉子捡狗头金，三扁四不圆都行。第二次是包产到户，队长一夜间做了一箩阄，大伙把心思都用在扒着箩筐抓牛抓马抓集体上了，着眼活生生的大物件，责任田的分配就稀里糊涂地结束了。这次不一样了，屯人们是一门心思地用眼睛盯着七梁八谷，哪片抹斜大，哪块有碱巴碴，哪疙瘩土豆面，哪场西瓜起沙，屯人们心比眼还明镜。从分地开始想的就是怎么能摊上好的，怎么能摊上一等地中的一等地，二等地中的二等地，就是三等地中也能摊上好的。不过一般来说，这都是做梦。屯人们也明白，屯人们做点关于土地的梦，他们自认为是不过分的。就像城里人爱追求个理想什么的，能不能实现是一回事，想不想是另一回事。光想，就挺美的。虽不能至，心向往之。

　　木土想的不一样，这个 60 多岁的老农民想的是一个大大的梦想，他想的是怎么能有大片大片的土地。土地好坏没关系，土地就跟女人一样，打到的媳妇揉到的面，你一拾掇，一扎咕，那地里就长红高粱长黄麦子长绿萝卜，花花哨哨比大姑娘还俊呢。他喜欢在那大姑娘堆里走来走去，美美地东张西望，随便地摸她们的手捻她们的腰亲她们的脸，那高粱穗比女人的脸还红艳呢。用唐二拐棍的话说，木土你跟你那死爷爷一样，对土地比对儿子还亲，小心也让人给崩了。木土不理他，他想的是，比亲爹还亲。

现在，木土迎着阳光一拐一拐地往前挪，眼睛眯缝着。冬天的太阳，亮晃晃地，照得各家各户的门窗一闪一闪地放光，就是窗上的塑料布也白得刺眼，木土用铁锹把和另一条腿在道上蹬起一道道的黄土，他不时地回一下头，看一眼道上的两条土沟，自己跟自己笑笑，我这是在蹬地呢。木土的心情无比的好。木土蹬了一会儿就远远地立在大门外，鹤一样单腿点地，他把眼睛再一次眯成两条完全一样的缝，看着他的怕是有100年了的大小四间房子，厚厚道道地墩立着，在太阳里放着黄黄的光芒，那厚厚的坯墙上，和在泥里面的麦秸小镜子一般，和太阳对射，真是太晃眼了，木土美美地骂了一句。

木土的女人蓬着稀散的头发从门缝里把脑袋伸出来，木土一见就乐了。木土说鸡窝，女人弓着身子歪斜着出来开门，嘴里叨咕什么鸡窝你说什么鸡窝。木土翻了下女人的脑袋，他喜欢这个扑到地里跟小毛驴一样的女人，不过现在老了她下不了地了，下不了地也是好女人，在园子里种韭菜栽蒜苗撅着腚也是头老毛驴。他现在眯着眼睛故意不搭理她，自己往里挪。

你腿怎么了？你腿？这个爱用重复句式的女人眼睛夸张地

瞪起来，使那张过于干瘦的脸更紧缩了。

金土这个浑蛋给敲的。木土推去女人要来搀扶的手，进到屋里。

让八月把偏厦收拾收拾，过午把爹接过来。

不年不节的接爹干啥？不年不节的。女人把木土往炕里推。

爹归咱们了，分地咱家又多了一份。木土想用两只脚互相蹬去棉鞋，那只脚回不过弯，就让女人给他脱鞋，嘴里说金土这浑蛋忒狠。

这腿折没折，这腿？

没有，我不装折，金土能把爹给我？木土有些得意。

划拉这些地能种过来？

种不过来我荒着。木土有些不满地打断女人将要接下来的重复，又挥手吩咐去叫八月。

爹，叫我干啥？叫八月的是他儿媳，一个30多岁的女人，她说着话是肚子先进到门里的，看着是快生了的样子。

你爹让你去把偏厦收拾一下，过午你爷爷来住，你爷爷来。木土忽然打住女人的话，改变了主意，说八月你歇着吧，大肚咧些的，等杏子回来收拾。

我本来就没走。杏子从里屋出来，嘴噘着，爹你怎么变成这样，不择手段。

什么不择手段？木土把那只大眼睛瞪大。

你自己明白，还装蒜。后一句杏子是在嗓子眼里说的。杏子说着，就进了偏厦。这哪是人待的，黑咕隆咚的。

先对付几天，等你结婚了，就住你那屋。木土女人显然在帮男人说话。

我不结婚了，屋里杏子气哼哼地说。

不结拉倒。木土有些生气了，真是闺女大了不能留，留来留去结怨愁。

不就留几天嘛，就几天。木土女人继续帮腔。

杏子在里面把什么东西摔了。

木土家这天的晚饭很丰盛，木土硬逼着老儿子丰田喝几盅。三十多岁的丰田居然红了脸说，爹，不喝了吧。爹说喝，喝点。儿子说爹我脑袋忽悠忽悠的。爹说忽悠一会儿就不忽悠了，就把酒给儿子又倒上了。

坐在炕里的唐二拐棍使劲地把筷子在桌上蹾了蹾，木土连忙又给他爹把盅满上。

八月抿着嘴偷笑。木土就不时地盯媳妇一眼，眼睛红红的，那笑就像水一样可着脸漫，八月啊，木土几次叫了八月，却不接下句。

我看我爷喝多了。八月的9岁的儿子跟他姑姑说，杏子就用筷子打了下侄子的小手，吃你的。

咱们现在可是四世同堂啊，八月扒着饭说。

咱们还有大片的土地，大片的，木土不觉学起女人的句式，明年哪，非好好地种它一家伙，喜欢啥种啥。木土自己啁了一盅。

你喜欢种大烟，你得敢。杏子低着头顶了她爹一句。

木土呵呵地笑着，一点不生气，杏子你别不乐意，爹不就把你的日子往后推了几天嘛，到时候，你看爹给你办全屯最好的陪嫁，乐死个老李家。

爹，我也想养两只小尾寒羊。丰田红涨着脸跟他爹说。

别，别，咱不养那玩意儿。木土连连摆手。

人家省里扶贫白送给村里的，贫困户都能摊上两只，我跟我大舅说说，什么贫困富困的，他村长一句话，咱保准能弄两只。听说那小尾寒羊可连窝了，一窝下好几只羔。

什么大尾小尾的，咱庄稼人有地就行，你没听人说啊，家趁万贯带毛的不算，谁知啥时遭上瘟，就是眨巴眼的工夫。

我大爷家还抓了两只呢，人家还另外买了三只。工作队说我大爷观念新是最有致富前途的农民。

你别听工作队瞎掰掰，那都是虚的，儿子你听爹的，种好地才是本钱。

反正我想养。丰田把脑袋低下去。

木土想了想，叹口气说，也是儿大不由爷呀，要养你就找你大舅白抓两只，要买，那是绝对不行。

木土家这顿晚饭，因为讨论了比较重要的话题，就有了一种工作餐的味道，最后，不觉中桌上就剩下唐二拐棍、木土和丰田。老爷子一晚上没太说话，搁筷前很郑重地说，木土啊，你别跟你那死爷爷似的，拼了命置地，最后给崩了完事。地那玩意儿，又不是摆设，够吃就行了。

木土摆摆手，说别老崩崩崩的，你们这一老一小的，没一个知道我心的。

你那点勾勾心眼我还不知道，上次分地时你咋不养我？你怕政策变哩，现在你看没事了，你就动心了，你不是要养你爹，你是要养那份地呢。唐二拐棍把筷子在桌上点了点。

木土翻了老子一眼，自言自语地叨咕，咳，我真是我爷的孙子，我一想有那么大片大片的土地，我这心里就熨帖，我图啥呀，土埋半截的人了。木土说了这话，竟有一些伤感。八月一见，赶忙说爹少喝点吧，就把桌子往下撤。木土用红眼睛瞅着八月的肚子，在桌边蹭来蹭去的，就回过身对女人说，你下地帮八月拾掇拾掇。女人就在炕上喊了杏子。

1996 年 12 月 3 日，对于木土实在是个值得纪念的日子。他觉得一辈子的智慧的火花在他的瘦扁的脑袋里，历史性地闪个不停。当他脱光衣裳躺在被窝里的时候，他的女人随手将灯拉灭。把灯点着，木土有些命令似的对女人说。

不睡觉你折腾啥，不睡觉。女人在黑暗中摸灯绳，摸来摸去的摸不着，木土就从被窝里探出身子一划拉就把灯点着了。你真是废物。木土把胳膊往回缩的时候，碰上女人的胸脯，木土就把胳膊停住了，用手在那胸上捏了捏。

你干什么，干什么。女人推着，声音竟有了一些扭捏。

木土停了下，把带着胡茬的嘴巴贴在女人的耳朵上，人说60 多岁也能干那事。

去你的，老不正经。女人推着，身子却往木土的身上贴。木土就把瘦瘦的身子靠过去，人说有的60 多岁还能生儿子呢，木土说着声音里加进了一些亢奋，蛮有力气地把女人搂在怀里。女人就有些唔唔地说不出话来，十分准确地把灯拉灭了。

西屋,丰田的屋里当啷响了一声,打断了两个老人家的好事。木土扬着耳朵听了半天。女人用手掐他，木土就坐起来，隔了一会儿问，八月什么时候生？

就这几天吧，这几天。女人又伸手，木土就把女人挡回去，翻身躺在那儿不出声。

你打听这个干什么，你打听这个。女人在黑暗中说。

木土仍是不出声。

你睡了，睡了？女人伸手摸索男人。

明天你劝劝八月，让杏子陪她去县医院，把孩子生了。木土一字一顿地说。

你懂不懂，懂不懂，这生孩子得瓜熟蒂落，哪有硬摘的。女人一激动，就把重复的话用在中间。

木土翻过身，声音更加激动，这八月要在明儿生了，咱就又多了一份地。医院有的是办法，你听我的，没错。木土伸手把灯点着，那只小眼睛张得快赶上大的了，我这一辈子啊，我这辈子，木土好像是被什么感动了似的，眼睛里竟有一些亮亮的湿东西，我做梦都梦见在大片大片的地里睡觉，那地啊，又软又暄的，跟缎子被似的，打把式也行打呼噜也行，没边没沿的那个劲儿啊………

睡觉。女人果决地把灯拉灭。

1996 年 12 月 5 日，60 多岁的农民木土终于如愿以偿，分到了全屯最多的地，整整 7 口人，在屯里排了第一份。

好运的丰田抓了最好的阄，一二三等地全是上好的，乐得木土领着大黄狗在地里又踩又跺地转磨磨，从这块地窜到那块地，又从那块窜回来，来回折腾，累得大黄狗伸着舌头喘，杂种 × 的你也快活吧。木土用手在狗头上撸了一下，那杂种 × 的就咧着大嘴笑呵呵地冲主人摇尾巴。

木土看不累死你。金土从后面对木土说。

木土转过身，嘿嘿地冲他哥笑。

我知道你那点花花肠子，你以为你装三唬四地我看不出来，我让着你呢，反正你从小就犯病，吃土坷垃舔泥巴的，埋汰死人，等我死了把地也给你。

嘿，哥，我要先死了，你就把土直接扬我脸上就行。

你等着吧，看我给你做个泥棺材。金土说着倔倔地往屯里走。

这混账的这回还有个哥样。木土自己跟自己说。他们从小就打架，一直打到老，打得老爹说谁谁翻脸，用现在的话是咋也摆不平，最后，哥俩连老爹也掺和进来，唐二拐棍不想三足鼎立，抽身自己过日子去了。现在木土想着金土刚才的话，不免又想起了金土的一些好处。家鸡棒打团团转，野鸡不打满天飞。兄弟就是兄弟，别人没个比，这道理木土懂。木土领着狗，美美地转悠，想着一些美好的事，就转悠到金土的门前，就进去了。

金土家原本很干净，可现在一进院，就闻到了一股膻烘烘的味，院西的羊圈里，几只黑乎乎的小羊，撅着个小尾巴互相乱蹭呢，木土看着就笑了，就冲院里喊大嫂，你这些宝贝逗死个人，这哪里是羊，这根本不是羊。

金土走出来，板着脸说不是羊是什么。

哥我说你算了吧，这东西我也听说过，咱这气候根本不行，又都是碱草，人说长大了腿瘸，你看那小尾巴，像个啥。

你才腿瘸呢，金土瞪了木土一眼，木土下意识地摸了下腿，反正我是为你好。说着讪讪地想往出走。

你进来喝两盅吧，你大嫂刚炖的鸡。木土想了想就跟金土进屋了。

这年的春天，就像小孩藏猫猫似的，早早地就在冬天里露胳膊露腿了。

金土说得没错，春天一来，木土有些傻眼了，地是有了一大片，满屋子一划拉没有劳动力。杏子一进腊月就嫁出去了，八月在医院里做了手术虚得跟个影子似的，又带着个吃奶孩子，白白折了两员大将。剩下的老的老小的小，就木土和丰田算两个整装人，丰田天生没话，不知道操心，木土掰着脚丫子也打不开播种的点，脸不觉得就有些灰了。

看看杏子女婿能不能来帮帮，杏子女婿。女人支棱着脑袋提醒木土。不用，木土一袋一袋地抽烟，把个脸搞得灰中带青。

杏子改日子也就亲家母说三道四的，亲家还行，我看姑爷回门时也没不乐意，没不乐意。女人扬着脸提醒木土。

亲戚得往好里处，别让人心里憋屈，咱也不能得寸进尺。

你是心里明白腿打摽，你想往好里处也晚了，屯里人早说咱们黑心了，说咱黑心。

你上一边待着去。木土往地上吐了口唾沫。

这么一大片地，那得啥时能种完，春天误一时，秋天就误一大片啊。女人的话有些不着边，木土翻了女人一眼，把烟在鞋上磕了磕，你也能下地吧，干不了重的干点轻快的。我都多少年没下地了，我这把老骨头，这把老骨头，女人说着，心里不是滋味，声音就变得有些模糊。

把杏子的地给人家得了，给人家。女人忽然声音大起来。

那不行。木土像被针扎了似的从炕上蹦到地下。你不下地拉倒，我那地都是好地，还信不着你。木土说着就进了仓房，开始准备他的播种工具去了，看那直挺挺的身子，就跟年轻人一样。

北方平原的早春，其实和冬天没有太大的区别。那星星点点的绿你是只能用眼睛看，摸是休想了的。那风也刮得凶狠，还鞭鞘似的叫唤，老人们给小孩子讲老虎妈子上树什么的，那老虎大抵就是选了这样的风天往树上爬的，所以孩子们要是在天黑时听到这风声，总是吓得猫在被窝里不大敢喘气的。丰田现在也猫在被窝里不敢喘气，鸡打头遍鸣的时候，东屋响起木土的咳嗽声。丰田就翻个身，把被死死地缠在身上脑袋上，像一根檩子，硬硬地挺着。八月搂着孩子吃奶，胳膊时不时地触在丰田的肋上，丰田就整个身子向边上移移。

像个死人。八月不高兴地嘟囔。

丰田不出声，一动不动。

木土后来的咳嗽声就有些规律，有些装模作样。

赶上半夜鸡叫了。八月自己跟自己说。

丰田啊，时候不早了。木土说话的声音已经到了外屋，显然是蹑手蹑脚地，连开门的声音都没有。

丰田仍是不动，睡着了一般。

木土出去了，关门的声音比较夸张。

快起来吧，爹比当年的队长还逼人。八月用脚去蹬丰田。

周扒皮！丰田在被窝里恨恨地咬牙，一使劲把被子踹到一边。

木土每天早上，就拣了这样的时间，带着丰田去滤粪，黑蒙蒙的地里，木土和他的儿子，就如两只蚂蚁，啃着无边无际的骨头。当人们三一伙两一串地来到地里的时候，他们已经干了几个来回。

太阳出来的时候，木土直起身子从腰里解下烟袋，冲儿子比量，来袋烟？儿子不吱声，猫着腰往前干。丰田哪，丰田。木土的声音有些命令。丰田就收住脚，耷着头往回走。你别不乐意，爹知道你比别人累，庄稼人的劲是干出来的，攒是攒不着的，你看这是给地擦胭粉呢，擦匀称了，什么麻子脸啊麻子坑的，全都好看了。你看那地，木土用下巴指了下别处，那是糊弄他爹呢，东一块西一块的，等着吧，长出的庄稼非秃疮似的不可。

要是养羊，就不用这么起早贪黑的。丰田接过木土递过来的烟袋。

羊是死的，地是活的。木土瞅着太阳下的土地，自己说给自己。

地是死的，羊是活的。丰田纠正他爹。

傻小子啊,这羊咋养还能长出犄角生出鳞？羊早晚一死吧？地能死吗？这地可是想让它长啥就长啥，稀罕啥是啥，这地才不死，冬天死了春天活，你看着能不乐？那有啥乐的，养羊一样有收入。那可不一样。羊是给别人养的，地是给自己养的。丰田顶了老子一句——还不都是为了换钱？不光是钱的勾当，养羊和种地心情不一样。木土说了句文绉绉的话,他自己也乐了,他把脸冲着太阳乐,乐得满脸花纹。

丰田不再跟木土较真，他像他爹一样扬起脸往太阳上看，他看到的太阳显然没有他爹看到的内容，他的脸跟脚下的土一样，硬硬的还没缓过生气，毕竟是早春，太阳的光也是硬挤出来的，毫无温暖。

麻烦是随着小苗一点点长起来的。

最先是虚得像个幌子似的八月忽然栽倒在地里。当时，八月正跟在木土和丰田的后面铲地，八月说我迷糊。丰田就说是晒的，把头上的草帽给她扣在头上。八月摘下来扔给他说我不戴这玩意儿，我本来就头沉。丰田就说不戴拉倒，自个又捡起来扣上了。丰田看他爹铲出去挺远了，就赶紧撵。八月拄着锄头站那儿看，看了一会儿忽然挺大声音地说，我说你别撵他，越撵他越逞疯，再说你也撵不上。

丰田就直起腰瞪他的媳妇，你怎么这么说爹。

简直是一头驴。八月不理男人，眼睛死死地盯着弓着背的木土，又补了一句，他咋不钻进地里去。

你怎么这么说我爹？丰田重复刚才的话，语调倔倔的。

我不干了，你去跟他说我天天淌血，我快淌干了。八月说着带了哭腔。

谁要你挣命！丰田顶八月，那话里却有了恨恨的东西。

木土在前面直起腰，用手抹了一把脸，脸上立刻画魂儿似的，黑一道白一道地把眼睛围上了，他张着鬼一样的眼睛冲两个人看了一下，你们嘀咕啥呢。木土说着又得意地嘿嘿笑，丰田你别看你年轻力壮的，你连你媳妇也落不下呢。八月你先歇会儿，到地头舀瓢水，这咋像干摆似的。木土从腰上摘下刮锄刀，一边往回走，一边刮着锄头。他在这时听到扑通一声，抬起头来，就看见八月栽在地上了，压倒了一片小苗。

木土扔了手里的锄头顺着垄沟就往回跑，等爷俩把八月横着抬进乡医院的时候，木土的脸才死灰一样，完全干枯了。八月是严重贫血，贫得不足常人的一半。

八月啊，你要累就歇呗，谁让你这么不要命啊。木土老泪纵横，一只手一直撸着袖子，他刚才是一心要给儿媳妇输血的。

醒过来的八月不理她的老公公，把带着委屈和气恨的脸扭向一边。

丰田你好好照看着你媳妇，我回去让你妈炖只老母鸡。木土有些讨好地把脸瞅向他的儿子，他的儿子没有像他的媳妇那样把脸扭向一边，而是直直地盯着他的老子，眼珠就如一粒顽石冷冷地一动不动。木土只觉一股热的东西猛地堵到胸口上，他是想把它吐出来，可他干咳了两声，只从嗓子里咳出一股烟……

这个晚上，丰田闷闷地喝了一大碗酒，木土先是由着他喝，后来就小心地劝，丰田就像没听见，越喝脸越白。木土就淌了老泪。木土也是在喝了一些酒后淌的，木土说儿啊，爹不是人，你以后，爱养羊就养羊吧，养驴也行，养啥都行，爹不管了。你还算个明白人，明儿个跟村长说一声，他不说要把那地租一些给外来户吗？就分一些去，你是不撞南墙不回头，跟你那死爷似的。唐二拐棍很权威地对儿子说。

木土第一次没有顶撞他的老子，他十分温和地顺着墙趴下了，他还孩子似的把手垫在炕沿上，把那颗花白的脑袋伏在了上面，他是极力想把后背往下铺平的，可展了半天，那背仍是有些弓似的，往上支棱着，整个人就如同一具没有了活气的稻草人。

你把他翻过来睡，我看着难受。唐二拐棍哼着鼻子指挥他的儿媳妇，他这才发现，这个乱着头发的女人，鼻涕已经淌出老长。

谁也没有想到，当公鸡再一次打鸣的时候，那具草人已经重新支棱起来，他似乎比以往更加干劲十足，他在走出房子把门夸张地关上时，仍旧大声地咳嗽几声，只是他没有听到西屋里有任何动静，倒是他的老爹在里屋哏儿嘎地发出了一些驴似的声音。

木土一个人走在土道上，一对燕子叽喳着一先一后地从他的头顶掠过，他扬起脸随着燕子瞅了很久，这对东西是跟着他从自家房檐上飞过来的，它们认识我呢。他想。木土的心情因为这对燕子的陪伴变得有些愉快。他远远地看着那一片片无边无际的庄稼，眼见着自己家里的那片比别处高出个梢，一棵棵秧苗，很威风很神气地在风中摆着，他不觉就忘了前日的沮丧，眯起笑眼，哼起了"王二姐坐高楼……"

木土家的地没有分出去，那日酒后的话，木土醒来一句也没有提。唐二拐棍为自己的权威没有受到应有的待遇而对儿子耿耿于怀，在木土晚上喝两盅儿的时候，拒绝喝酒。木土知道他爹的心思，也不搭茬，只管自己跟自己说，丰田他嫌累他养羊去，爹你怕累你就养你的老，我的地不用你管。他的老子和儿子都没有理他，他们是觉得对这个走火入魔的人，理他也白搭。

丰田照例每天跟在木土的后面去铲地、追肥，八月也耷拉着脑袋远远地跟在丰田的后边，有时丰田还倔倔地走在木土的前边，木土就咳嗽着说，丰田你别老梗梗着脖子，你啥心思我从你后脑勺上就能看出来，你那脾气别人不知道你爹还不知道。

我啥心思，我啥心思也没有，庄稼人，就知道种地，种地！种地！丰田头都不回。

木土知道儿子是说给他听的，他故意不理会，他想儿子到底还年轻。

当瘦高粱胖苞米都蹿起来的时候，杏子的婆婆和杏子的妈在木土家的院子里吵了起来。为的是杏子自作主张做了人流。

杏子过门一段时间后，开始闹喜，苍黄着脸不断往锅台上吐绿水。杏子是好强又好脸的人，她只说胃疼，不想让婆婆大惊小怪。婆婆又是无比精明的人，一眼就看出门道，乐得扎撒着手往屋里推杏子，让她歇着去。杏子百般不干，婆婆满眉梢挂喜，觉得杏子真是一个好媳妇，不像那些怀了孩子就大惊小怪针扎火燎的人。就让杏子回娘家住几天，婆婆的好意，没有让媳妇高兴，反倒让杏子皱起眉头。婆婆就觉得不对劲，婆婆一寻思，脸就猛地拉长了，敢情，还不到日子，媳妇是带着孩子嫁过来的。婆婆一明白过来，脸就翻了。再不拿正眼看杏子，而是用眼睛挖她，话里话外就有了一些别的意思。杏子就趴在炕上哭了。杏子女婿很生妈的气，就跟妈顶嘴，说我的儿子我知道，不用你管。当妈的就蹦起来，骂他你知道你不把她早弄过来，让我的老脸往哪疙瘩搁。儿子说他就是要早弄过来的，谁知木土变卦，推了日子。当妈的就跳起脚来，骂木土这个老浑蛋，为了那一亩三分地欺负人，蹲在老李家锅台上拉屎。刚在锅台上吐了绿水的杏子就嗷地叫了一声，红头涨脸地跑出去了，女婿伸手去抓，让当妈的一把给拽回来了，谁知那杏子一口气跑到医院就把孩子流了。杏子的公公大骂了婆婆，杏子的女婿把一口扣酱缸的破铁锅摔了，杏子不顾天不顾地，回来专用井水洗衣裳，把个老女人气得人不人鬼不鬼地披着头发找她的亲家母讨怨来了。

木土的女人没脾气，亲家母的黑脸把她的脸搞得通红，一再给人赔不是，最后自作主张，决定把杏子那一份地送给他们。亲家母说这地本来就是我们的。没脾气的女人就来了脾气，转身自个进屋了，屋外的女人就有些挂不住脸，又把木土这个老地主绝了一顿。木土的女人出来维护男人的尊严，两个人就重新换了题目，男方亲家母用手比画园子说你们把老高家的当院都劈成两半种大葱，屯里人谁心不明镜儿，你们欺负别人行欺负我瞎了狗眼。女方亲家母说老高家吃葱都是我家供的，他们愿意你是狗咬耗子多管闲事。男方说你们老唐家舍得闺女舍不得地，让人笑掉大牙没处找。女方说我家闺女没要你们一分彩礼，陪送的比那地还多。老唐太太气愤不过地把手里的撮子摔到地上。老李太太抬脚把一个粪筐扒拉个底朝天，说你们把我家的地霸去了，高粱变乌米谷子变蒿子等着让大伙瞧。

木土扛着锄头进来的时候，正赶上谷子变蒿子的话茬，脸当下就青成蒿子，斥问亲家母啥话不好说，说这丧门话。亲家母哇地就哭了，指着木土骂他不分青红皂白不识里外好歹，把闺女留大了肚子还敢把脸从裤裆里掏出来，气得木土干咳嗽，一句话也说不出来，左邻右舍都赶过来热情地劝架，连唐二拐棍也拄着拐棍在当院里哪哪地杵着地，让木土他们给他这张老脸留点皮儿，见没人理他，他就用拐杖的钩去勾木土的脖领，木土一扒拉把老爹扒拉个跟头，大伙去拉老头，才发现大事不好，老头的脑门上除了汗珠子噼里啪啦地往下掉，浑身哪儿也动不得了，老爷子摔瘫了。

木土又一次淌了老泪，他一边用酒给爹擦腿一边把那花白的脑袋来回地摇，他哥金土坐在炕沿上，说你别费心了，那腿是好不了了。金土捻着烟，腿在炕沿帮上一下一下地磕着，那只大眼睛和小眼睛比赛似的上下眨着，看上去竟有一些幸灾乐祸。

木土你要实在干不过来，我有的是时间。金土不看木土，看手里正捻着的烟说。

木土不吱声，只管一下一下地擦唐二拐棍的腿，就跟擦车轴似的。

我养那些羊省透了心，这帮畜生不急不痒地，都偷偷把羔揣上了。金土伸手从兜里摸打火机。肚子滚圆。金土要不补这句话，木土的女人就会把火柴给他划着，她已经把火柴杆从盒里捏出来了，一听大伯哥说这话，她就想起了杏子，就多了心，把火柴杆又插回去了。说哥你今年好日子呢，今年。

那是没说的，明年我还要插个大圈。

大爷今年秋天匀我几只羔，明年我也不种这些地了。丰田给大爷点上火，口气不容置疑，就像木土不在身边一样，完全是一副户主的模样。

那你得跟你爹合计合计。金土用小眼睛乜了一眼兄弟。

我老大不小了，要换别人家，早顶门立户了。丰田不看木土，自己给自己点了一支烟。

丰田你还不去挑水，没看天阴了吗？木土的女人冲儿子挤眼睛示意儿子去看他爹。

他妈你不用多心，丰田你也不用去挑水，你说得对，这地是太多了，我老糊涂了，揽这些破地干啥？哥你有空，你就捡你相中的劈一块吧。木土慢慢地说出这些话，头也没抬。

金土不乐意了，说木土你这么说话不是见外了吗？我是捡你便宜呀。

大爷你别跟我爹一样的，他也是说着玩呢，说了不算的。丰田有些泄气地吐出一口浓烟。

我说话算数。木土抬起眼睛，那一双鸳鸯眼，竟是出奇的清明而平静。这让大伙都有些不知说啥才好。

日子一天天地过去，木土的庄稼也花枝招展地长成了待嫁的大闺女。都成了，女大十八变哪。木土蹲在地头跟自己说，准确地说是跟高粱大豆说。他又一次说话不算数，那地是一垄也没少，他自个也不好意思了，他从老爹瘫了以后，跟谁说话都觉得讪讪地，他就不太爱吱声了。他的女人是知道他的心的，背后没少劝他，说你用不着像欠了谁的，驴打江山马坐殿，你还不是为了丰田八月他们好，你累死累活的为谁，为谁？木土不听，女人再唠叨，他就说你别啰嗦了，我谁也不为我为我自个呢。女人就撇嘴，说你也不用斗那个气，斗那个气。女人乱蓬着稀少的头发，抱着小孙子站在炕上来回晃。你别晃了，我看着迷糊。木土四仰八叉地躺在炕头，眯着眼睛。你闭着眼睛迷糊个啥？女人仍旧晃。女人晃着晃着，忽然低下身子，你不是也贫血了吧？女人说着把脸凑上去，她觉得木土的脸跟土似的，不像好人，她就又慌慌地叫了一声木土，她这一叫，木土就像抽筋了一般，脑袋猛地一勾，大咳了一声，喷了一口血到女人的脸上，孩子的小脸也立刻开花了，尖尖地哭叫起来。女人咧着嘴傻了半天，才想起喊丰田哇八月哇你们还睡呀，还睡呀。

木土肺结核住进了医院。

大夫说你再不能出力了。

木土说我还有一大片地等我收拾呢。

大夫说你收拾完地就得人来收拾你了。

木土就笑了，说你真会说笑话。

木土出院的时候，已经飘清雪了。他是坐着杏子女婿的四轮子回来的。进屯子的时候，碰见金土背着手跟在一群羊的后面走，他就抢先招呼金土，说等我把粮卖了就还你借给我住院的钱。金土有些不好意思地说不急不急。木土觉得金土一下变得挺亲挺亲的，就又说你地不多，我替你卖粮交上缴。金土就吆喝了一声羊，边走边说再说吧。木土就转过来对姑爷说，到底是亲戚，啥时也错不了。姑爷就讪笑着说爹那是。木土望着姑爷宽厚的背影，忽然感叹了一句，说爹就好这么一口，就愿意伺候那土坷垃，过去有些事做得不太妥当，你也别往心里去，以后呢，杏子那份粮我按份给你，一粒不带少的。姑爷头也不回地说，爹你说的哪里话，都不是外人。

木土的心情很好。非常好。

木土甚至想到以后该怎样才能对得住这些亲戚了。特别是丰田八月两口子，平时跟他劲儿劲儿的，他一住进医院，两个人换班来看他，个顶个笑呵呵的，虽说那些庄稼都是亲戚帮着收拾的，那也得人前人后张罗着，年轻人心劲不够使，又贪觉，这一秋天，真累个好歹。木土坚持要往地边拐一下，说想看看地里的茬子。女婿说光秃秃的有啥看头。木土说光秃秃的也好看，像光腚子女人。木土说完有点觉得跟姑爷说这话不太对劲儿就干干地笑了两声，姑爷也跟着干笑了两声，车一直往前开，木土也不好意思再说什么了，两个男人就直接进到屯里。

木土下车的时候，木土的女人远远地就扶着门框等他了。她的头发光溜溜的，好像还蘸了水，木土第一次看见女人这个样子，心里泛起一股挺暖和的感觉。就笑呵呵地往院里走，他瞥见院子里一囤一囤的粮食都冒了尖，却故意不往那上面看，脸色因为心底的喜乐而红通通地发亮。

木土一进到屋里就问爹呢，他发现爹没在炕里。女人就支吾着说爹想大哥过去住了。木土就说把小孙子抱来亲亲。八月就赶忙把孩子抱过来，还让孩子叫爷爷，好像十个月的孩子真会叫似的。丰田在晚上还陪木土喝了一些酒，说了木土爱听的话。

这个冬天，木土一直过着幸福的生活。

这个冬天，木土的幸福有一些还来自于金土，金土的小尾寒羊真就有好几只像唐二拐棍似的，总是一瘸一拐地从木土家门前的大道上经过。木土看在眼里并不说话，他想早晚丰田也会看见。

当早春的风再一次撩起地皮的时候，木土下不了地了。他的癌症已经到了晚期。

清明节的那天，木土坚决地拒绝了再打那种止疼针，木土用眼睛把女人、丰田他们都叫到炕边，他把他们每个人都瞅了一遍，才慢慢地说他心里早就明镜似的，他知道他的那些地没有了，木土说着大滴大滴的老泪淌了下来，女人哇的一声哭起来，说木土啊可别瞎猜想，那地都垄是垄台是台的在那等你种呢，等你种呢。

木土就把眼睛缓缓地盯向女人，说院子里那一囤一囤的土坯都拆了吧，不用唬我了，我早就知道。

木土说着又把眼睛转向丰田，说丰田你也去养羊吧，是时候了。我知道你们合计好了瞒着我，盼我早死呢，我一闭眼睛，你们就没事了，就好受了。

丰田梗着脖子不说话。

女人连忙捂木土的嘴，说木土哇可不能这么糟践孩子，那庄稼和地要不匀给别人，哪来的那么些钱治病啊，你得的不是好病哇，全仗这些地了，全仗这些地了。

我不得病，这个败家子也早晚把地败坏了。木土咬牙切齿，脸也皱皱得凶恶可怕，声音已经很弱了，但听起来十分坚硬。

木土你说的啥，你别咬牙你忍着点，木土你给孩子说句好听的。木土女人呜咽着，用干枯的手试着去扒木土渐渐合上的眼睛。

我爹说得对。丰田仍是梗着脖子一眼不眨地瞅着他的老子。

丰田你说的啥？木土的女人又支棱起耳朵来听儿子的话。

爹你没白疼你的地，到了借力了。八月带着哭腔，对她的公公开始说送行的好话了。

八月你说啥？老女人把脑袋又转向了儿媳妇。

妈，我爹不行了，你快问问我爹想说啥吧。丰田说着把身子探向木土的脸。

木土的女人慌慌地把头埋在木土的脸上，反复地问木土你想说啥，说啥？

木土的那只大眼睛又慢慢睁开，闪闪地望着房笆，嘴半张着，上下簌簌颤抖，就像秋风里胀裂的豆荚，半露着舌头，说不出话来。

快去叫杏子，他是等人呢。到底是老女人，慌乱之中一下冷静下来。

杏子跟头把式地进到屋里的时候，木土已经咽气了，只是他的那只眼睛一直合不上，就像在用全部心思去看清什么东西一样。杏子趴在木土的身上号哭了一阵后，又贴着木土的耳朵说了句什么，木土的眼睛慢慢地闭上了，脸色变得安详而宁然……

木土的女人再次把那花白的脑袋凑向杏子，傻愣愣地问闺女，你跟你爹说的啥，说的啥？

杏子直起身子，淡淡地说把他葬在咱家地里吧。

麦屯水土

麦屯的三伏天中午。穿着大花线衣的二闺儿，叉着腿站在当院里，左手端着一个猪食瓢，右手被扣了手铐。

二闺儿被搡向吉普车的时候，还试图跟派出所的王玉利和李斧头打招呼，他们从小就在一起玩过家扛口袋什么的，现在，他们都装作不认识她，还一本正经地问了她的名字。二闺儿故作镇静地报了"二闺儿"后，王玉利有些严肃地摇了摇头，李斧头直接叫出了她的大号，把她手里的猪食瓢接下来，放在墙头上，让她自己把左手伸进另一个铁圈里，咔嗒一声响后，他们就一齐挤进吉普车。车子嗖地蹿出老远，吓得鸡和鸭也都四处窜去，老母猪哼叽哼叽地原地转圈不知所措。

二闺儿的男人毛丑当时正站在他老丈人家的房顶上干活。老丈人家新房上梁，很多人都来帮工，毛丑站得高看得远，就看见了吉普车进了当院，看见了二闺儿把右手抓着的糠放进左手的猪食瓢里，腾出右手给人扣上铐子。毛丑就说完了。

毛丑说"完了"，就从房上走下来。后来人们回忆说毛丑像有轻功似的，像是从房上走下来，话说得很平静，有一阵子人们还以为房上的活儿完了。后来，人们就发现他的眼睛直勾勾地，后来，人们就发现不对，跟着他直直地走到他家，就知道了二闺儿被押走的事儿。

二闺儿被押走，是因为她偷了邻居瞿三的 2000 元钱。

瞿三是二闺儿的邻居，开了个小卖店，50 多岁，精瘦，嘴有点像山羊，尖尖的，从里面发出的声音总是冷飕飕的，耳朵像高粱茬，也是尖尖的，那东西就像某种仪器似的，摇动起来十分机警，连脑袋也是尖尖的，笋一样，他的心眼儿想必是尖尖的，连针也漏不过。他总是每天把钱匣里的毛票数得黏糊糊的，还总用一双阴阴的眼睛怀疑他唯一的闺女喜兰从那匣子里往出"抽条"，气得喜兰跳着脚叫：你翻白眼儿那天我一个眼泪星儿都不掉，索性好几个月也不回娘家。他的有些肥硕的老婆就恨他恨得浑身的肉乱颤，厚厚的嘴唇哆嗦着，把嘟嘟囔囔话堵在舌头和牙齿之间。瞿三老婆肉肥心软，当面从不敢顶他，使得这个对日子精打细算，对未来踌躇满志的小店主，越发显示出一副掌柜的架势。

二闺儿偷了瞿三 2000 元钱，成了麦屯头号大事，比她爹宫红脸上房梁放鞭炮要轰响得多。宫红脸是屯里有名的好人，别人借了他什么忘了还，他从不张口跟人讨，直到人想起来，自己不好意思，所以换了一辈子的好名声。二闺儿偷了别人的钱，钱数还那么大，就跟往他的脸上抹了狗屎一样，让他不得不把脸藏在裆里，老腰一下弓了半截。

麦屯里谁家老母猪打圈子，哪家鸡下了双黄蛋大伙都知道都要过问两句，一个老娘们被戴上手铐，无异于母鸡把软蛋直接拉进油锅里，麦屯一下炸了。下午来帮工的人，平添了许多神秘，说话都用上了气嗓。他们知道宫红脸面矮，话说得半藏半掖，可总有收不住口的时候，被闷头闷脑的宫红脸撞见，就都讪讪地，活就干得有些稀松。会计相玉是个机灵人，就看出了门道，就和大伙使眼色。大伙就多少看出点意思，就加了手里的劲。到太阳下山时，黄灿灿的光就把新房架照得亮闪闪的了。

宫红脸弓着老腰朝房上张望了一会儿，那金光便也顺便涂了老头一脸。这样光景里的人，没有不感到幸福的。老头眯着眼睛欣喜地用眼睛一遍一遍地抚摸那崭新结实的房架，就像30年前眼望着刚生下来的孩子，有一种大功告成的满意，只是宫红脸的脸上模糊了应有的笑意，嘴角也是向下耷拉着的，这就使他的表情显得有些不协调。

上房梁是喜事，累了一天总是要大吃二喝一顿的，解解馋，歇歇乏，逗逗闷子，所以一家有喜全屯子乐和，也是麦屯的风俗，过节似的，大伙都盼。宫红脸好面子，酒菜昨天就硬硬地备好了，大伙是列着架子要大大地消受一番的，可赶上二闺儿的事儿，就不好办了，宫红脸的脸上又挂了那么一副七拼八凑的表情，就都有些不知所措。

会计相玉心眼儿活，招手喊大伙，别愣着，赶紧洗巴洗巴，宫大叔上房是老儿子娶媳妇大事完毕，其他的都是小菜一碟，大伙吃个喜为老爷子庆贺庆贺。

是哩是哩，宫红脸赶紧接上，脸却是紫红的。大伙这才七手八脚地把铁锹二齿子什么的划拉到一堆，跺跺鞋上的泥，撸着胳膊准备入席。

相玉走到宫红脸身边，给老头摘去头上的秫秆叶，小声说我不信二闺儿会干那事儿，慢慢事就清了大叔你别上火。宫红脸的脸就更挂不住了，他知道相玉过去对二闺儿有那意思，二闺儿却嫁了毛丑，可看上去两人也没什么想不开的，倒让宫红脸觉得有点欠他什么似的。听相玉这么体谅二闺儿，宫红脸就有些心热，喃喃地说多喝点，晚上多喝点吧。

老头转身看见毛丑缩着脖子挂着锹立在墙边，就有一股恶气生出来，使劲挺了一下腰，从毛丑身边过去，毛丑小心地叫了声爹，老头把红脸拧向一边。他是觉得毛丑还有脸待在这儿，太没人样了。他要是硬气点，他这当爹的，在女婿跟前，也是不太好做人的。养不教，父之过。可看那副熊样，宫红脸就又多了些恨意。

二闺儿要不去买盐，就什么事儿都不会发生。那天下午二闺儿睡完午觉，趿拉着鞋，披散着头发去买盐。她看见瞿三女人还在睡觉，瞿三猫着腰靠在柜台数钱，二闺儿叫了他两声大叔，他晃了晃两只高粱茬耳朵，加大了嘴里的数数声，98 元，99 元，101 元……看他没有停下的意思，还必在每个数的后面加上"元"字，二闺儿就伏在窗台上，把一块钱掏出来一边摆弄一边看他数，看得眼睛干巴巴的，过了一会儿，眼睛就有些模糊，觉得那黄的灰的票子很像她小的时候玩的一种布口袋，就是那种用 6 块各色花布角缝成的，里面装上高粱或苞米的布口袋，她们用它跳格，用它打"篦子"，用它踢，打，锛，掰，压。她和她的伙伴们常常从柜子里偷出好看的布角攒到一起，再选择花色缝成一个个好看的布口袋，那个时候，她们差不多每个人都有好几个口袋，那几乎是伴着她们长大的最心爱的玩具。

二闺儿奇怪自己怎么一下子就想起了花口袋，她差不多从扔下那东西不再玩了起，就忘了曾经有过这么一种东西。现在，当她看见瞿三手里的花花绿绿时，她竟很亲地想起了那可爱的东西，她就觉得心里暖乎乎的，甚至还有一点激动。她把脑门上的那一缕头发掖到耳后，完全展露的眼睛里，便慢慢地汪起光来，像是雾水浮在上面，感觉是好的。那雾水慢慢又变成一条线，将她的亮了光的眼神拴了一头，扯到瞿三的手上……

瞿三把一叠钱放在柜子里，又用一些破东西把钱一层层埋住，猛地抬头看见二闺儿，立刻机警地竖起头上的探测仪，大声问买什么，二闺儿才像给人推了个趔趄，一下板正过来，用手划拉下头发，说布口袋。瞿三就用鼻子朝空中嗅了一下，放低了点声音说你要借布口袋？二闺儿盯着瞿三刚从柜里抽出来的手不放，好像那根细线还一直在牵着。二闺儿说像花布口袋，脑袋和眼睛显然还没合到一块。瞿三就又大声问二闺儿你要干什么？二闺儿这才激灵了一下，就用手指了指石灰台上蒙了一层灰的咸盐，瞿三转身拎起一袋用袖子在上面蹭了一下，朝二闺扬了扬。二闺用眼睛瞥了下睡觉的女人，也朝他扬了扬手。瞿三就推门出来了，把盐递给二闺儿，二闺儿接过来没吱声，也没动地方。瞿三就有些奇怪地用那双阴阴的眼睛扫了她一眼，还在二闺儿胸脯上花线衣露窟窿的地方停了一下，这一眼让二闺儿错了个主意，她觉得那眼神像树枝似的划到了她的某一处。她忽然冲他笑，说了句这个死出。二闺儿没头没脑地说出这么一句，说得他和她自己都有些愣眉愣眼的，二闺儿说完就急急地走了。"死样""死出"这都是不外的人才用的，打情骂俏，就指这个说的，里面是含了一些暧昧或是亲昵的。二闺儿跟瞿三要了这么一出，显然不是鬼使了神的差，就是神使了鬼的差，完全不着调。

第二天，瞿三的女人去外屯看闺女，下午回来，照例往柜里掏了掏，掏了半天，手就不会动了，愣愣地干眨巴眼睛，冲着瞿三比画。半天才红头胀脑地憋出两个字：钱呢？

瞿三正弓着身子往酱油缸里兑水，听了女人的话，手里的水瓢就咚地落进缸里，脸上一下布起黑红色的斑点，他用手一抹，露出一副鬼脸，有些狰狞地瞪他的女人。

钱没了，全都没了！女人的声音就像给捆起来往案上抬的猪似的，声嘶力竭。

瞿三一下就蹿到柜前，把女人一扒拉就扒拉倒了，连手带脑袋一起插进柜里，一阵鸡刨食般的猛刨，破衣烂袜子纷纷落在女人的脸上身上，刨完，又扑过来，在女人的脸上身上一阵乱翻，然后嗷嗷嗷地乱叫起来，在地上来回跳。

你是死人哇，让贼偷到家？女人十分凶恶地从地上一下蹦起来，伸出手就往瞿三的脸上抓。再老实的女人，丢了命根子都会不要命的。

瞿三扭过女人的手，在她肥胖的脸上狠狠地扇了一个耳光，女人一下不哭了，她给吓坏了，她看见瞿三的眼睛里像刀一样，泛着白光，她就一下瘫坐在地上，她知道，要拼命，她是拼不过眼前这个老爷们儿的。

瞿三瞪着一双冒着光的白眼，踩着地上的衣物走过去，捞起掉进酱油缸里的水瓢，插进水缸，一瓢比一瓢快地往酱油缸里舀水。

你疯了，那酱油还能卖了吗？女人瞪着一双傻眼。

瞿三也不听，一瓢瓢地舀。

瞿三的女人就不再吱声，直直地盯着水瓢来回看。

瞿三拼命地舀，舀，舀。

女人定定地看，看，看。

女人看着看着，忽然哈哈地乐起来，就如一只疯鸦一样，扇起翅膀，从地上蹿起来，一字一顿地说，是二闺儿干的。就是二闺儿！老女人的眼里透出母豺般的犀利，她说这话的时候，头发向四处扎撒开来，使瞿三的水瓢再一次落入缸中。

瞿三把他的尖耳朵支棱起来，还把一只稍稍地偏向女人，像是用心辨别意外的动静。我去告她！

瞿三的女人说我去告她，就往外走，脸上的狰狞一点不亚于瞿三。

你凭什么说，是她？瞿三的声音，冰冷中透着恐惧，他第一次感觉这个老娘们成了精。

昨天她看你数钱的眼神不对劲儿。我其实都看见了，就是不对劲儿。

呃，呃，瞿三呃呃着，身子有些往下堆，他觉得他的牙齿四处漏风。

女人没理他的男人，也像瞿三一样，踏着地上的破衣服走出去。

瞿三靠在酱缸上没拦她，瞿三自己都感觉出他的脸上挂了一些笑，他猜那笑定是冷酷的，因为他觉得他浑身冰凉。他是一个把人往骨头里算的人，却没算出二闺儿，他一想自己玩了一辈子鹰，让小鸡崽子啄了眼睛，就骨头缝里冒恶气。要是啄了他别的，也就算了，问题是啄了他的命根儿，那 2000 元钱是他一分一毛攒起来的，眼看着人家一间间的新房盖起来，连宫红脸这么老实的货色都翻了新屋，他早在心里憋着劲儿，要在屯里露露脸，却让二闺儿这么个家伙给要了，他觉得他的老脸真让人当了屁股揩了。

瞿三看着女人肥肥的屁股像门板一样忽闪忽闪地在太阳下远去，忽然一下蹦起来，告吧，告吧，我这老脸也不要了！瞿三的声音有些尖厉，就像解冻的冰碴，硬硬地扎人。他自己当然没有意识到这一点，因为他跳完脚后，又从缸沿上滑下来，软软地滑下来，他的两只阴阴的眼睛里，竟有一些浑浊的东西淌出来，油色的脸上，布了一些疲软的狼狈。

瞿三女人一告就赢了。

毛丑在老丈人家喝醉了。他是挨着会计相玉坐的。别人谁也不好意思招呼他，他就在相玉身边坐下了，因为相玉冲他笑了笑。相玉是麦屯有脸有面的人，考大学就差十来分，复习不起，就回来种地了，回来就被村里要去当了会计。虽说和毛丑比肩长大，可从小他们就玩不到一起。大人们都夸毛丑奸，干什么都不吃亏。相玉就不跟他在一起了，他说要是有一个人总不吃亏，那另一个人就总得吃亏。于是他们就不在一起了。相玉后来出息了，就有些不在乎毛丑了，可相玉这一不留神，就吃了

亏，毛丑到底占了相玉的便宜。相玉差不多是在偷偷地亲了二
闺儿的嘴后，让毛丑突然把二闺儿娶了去。相玉有一阵子耳朵
总像挂了个铃铛似的，叮儿当啷响，他总觉得这不是真的，他
甚至还多次在心里筹划再把二闺儿约到高粱地里，就像那次那
样，用手给二闺儿翻眼皮。那个时候二闺儿可真是猫一样地软
和，她嘴里说眼睛让沙子迷了，就往相玉身边靠，让他给翻眼
皮，相玉就用两只大手轮番去揭她的眼皮，那薄薄的眼皮一层
膜似的，拿不上手，还活蹦乱跳的，抖抖地捉不住，相玉就有
些汗流浃背，呼哧呼哧地喘粗气，二闺儿就说，相玉要不你就
吹一下吧，相玉就低头朝那只湿乎乎的眼睛吹了几口粗气，二
闺儿使劲眨了眨，说还疼，就像针扎似的，你就用舌头舔一舔吧，
相玉就把身子贴过去，把头俯下来，这么一俯，他就一下觉出，
他的舌头离得近的，不是眼睛而是二闺儿扬起来的嘴，他就想
也没想地用舌头舔了二闺儿的嘴，这一舔，二闺儿就像皮糖一
样软在相玉的身上，相玉就又去舔她的嘴，二闺儿就来回扭着
身子，相玉就来回扳她，就像给螺丝上扣似的，这么较了一会
儿劲儿，二闺儿就跑了，相玉看她跑得飞快，好像眼睛根本就
没有迷，高粱叶子哗啦哗啦地让她给劈成一条缝，她就从那缝
中鱼似的滑溜出去，相玉就用火辣辣的舌头舔着嘴唇想，二闺儿，
我得娶你。

可是，相玉的美梦还没理出头绪，二闺儿就嫁给了毛丑。

相玉就像有人拿着锤子照着他的脑门钉了一下一样，一扑
棱，耳朵开始叮当乱响，好长时间，也没反过劲来，直到二闺
儿的肚子一天天鼓起来，他才清醒过来，跟自己说，是这么回

事啊。是怎么回事，他也搞不懂，反正，他知道二闺儿完了。后来他就有些怀疑起自己，到底比不比毛丑强了，但相玉做得很好，他甚至像对待毛丑的老丈人那样比以前客气地对待毛丑了。

所以，在这个有些说不明道不白的酒桌上，当相玉冲不知坐到哪桌上好的毛丑笑了笑后，毛丑也像他的老丈人一样，感到了相玉的亲切。后来毛丑就醉了。

大伙在桌上都说了些什么，毛丑都记不太清了，好像很多人都夸了二闺儿做闺女儿的时候又憨厚又能干，像头小毛驴似的。毛丑也听出来那意思，就是当初挺好的，嫁了毛丑就不怎么样了，现在犯了法，自然就更没鼻子没脸的了。毛丑他在心里明白他们多少是有些嫁鸡随鸡嫁狗随狗的意思的，但他什么也不说，他是一个少话的人。毛丑3岁没妈9岁没爹，跟着爷爷过日子。爷爷是个木匠，整日背着锛刨斧锯到人家里打门框做棺材什么的，回到家两个人从来不说话，没话可说。一把年纪的人，跟活裤裆有啥可说，没啥。他每天一进院，背上的家伙什一通叮当乱响，就算是跟毛丑打招呼了。毛丑总在这个时候，瞪着一双不大，但十分复杂的眼睛瞅他，从脚瞅到头，再从头瞅到脚。祖孙俩这种交流方式持续了很多年，瞅得他的祖宗，不得不最后弓着腰说祖宗你到外边去耍吧。毛丑到外边一耍，一条小人精就脱颖而出。小伙伴们玩藏猫忽，永远也找不着他，每次都是在小伙伴一齐喊他毛丑你出来吧，我们输了的时候，看他一身羊毛地从羊圈里或是顶着柳树条子从树毛子里爬出来，他把自己当成羊或树，不用躲藏地往哪儿一搁，就把小伙伴们搞花了眼。他和小伙伴们在地里挖菜，常常和大伙一样往筐里摘香瓜扒土豆什么的，然后往菜里一埋往家里拎，遇上看地的人追赶，他从不像别的孩子那样撒丫子就跑，最后跑得鸡飞蛋打。他总是躲进高粱棵子里往地上一坐，把土豆埋在地里或把香瓜吃到肚子里，然后大摇大摆地走人，还专门迎着看地的人走，若无其事的样子。看地的人就说毛丑啊毛丑，哪天我逮着你的手非让你自己把小鸡子揪下来不可。毛丑就龇牙一笑，从大人的胳膊底下出溜过去。

毛丑长到该注意女人的时候，就注意上了二闺儿。她喜欢看二闺儿扭着宽大的屁股走路的样子，还愿意看她扑腾扑腾的胸脯。后来他发现二闺儿总是和相玉一起在地里一前一后地干活，他们的地是挨着的，从种地到铲地又到收割，他俩就像一家人似的，只是不说话。不过聪明的毛丑还是看出了门道，他发现二闺儿的屁股要是在相玉的身后，她就只是胡乱地摆着，呼哧呼哧地忙活，一脸一脸的汗，头发也湿湿地抿得东一绺西一绺的，可只要她的屁股挪到相玉的眼前，她就立马像条河鱼似的款款地摆得有些规律，不时地把胸脯往高里腆，还总不断地抽出手理头发。她是浪给他看呢，毛丑想。

后来，毛丑就看见了她站在高粱地里跟相玉招手，看见相玉给她扒眼皮啃她的嘴，毛丑就想，不好。

毛丑觉得事情不好，就一个晚上也没睡好。第二天再去地里割高粱就割了手，他就坐在垄台上往血上撒土，远远地看二闺儿撅着屁股割高粱，相玉在自己的地里不远不近地跟着，二闺儿一会儿掀起衣服假装扇风，却把眼睛故意往相玉身上溜，相玉也总是直起身子捶腰，他的腰犍牛一样还用捶？用眼勾二闰儿的屁股，两个人眼睛一对，就各自装模作样地往别处看……一会儿又扇风，又捶腰。

煽情呢。毛丑想。毛丑就那么看了二闰儿割了两个来回，太阳就下去了。相玉后来就一直割到二闰儿的前边，站在地里回过头有些大摇大摆地看起二闰儿，毛丑看见二闰儿的屁股摆得有些没了谱，摆到相玉眼皮底下的时候，就又掀起衣襟擦眼睛，让相玉给她扒眼皮，相玉就赶忙扔了手里的镰刀，巴不得地用手捧起二闰儿的脸，二闰儿就直接把嘴巴送给了相玉让他舔……

二闰儿！毛丑忽然就喊了一声二闰儿，他被自己的声音吓了一跳，他自己也不明白怎么就喊了她。再看时，相玉和二闰儿分明还是一前一后地割着高粱，并没有什么舔嘴巴的事儿，是自己走了眼。

谁喊我？二闰儿直起身子冲远处张望。

是我，是我喊你呢。毛丑声音有些不自然地从地上站起来，硬着头皮钻出高粱棵。

毛丑是你喊我？

二闰儿是我喊你。毛丑喊着就把一只眼睛捂上了，我迷了眼睛，你帮我看看。

二闰儿扭身看了一眼相玉，相玉割了最后一棵高粱秆，讪讪地挟着镰刀走了。

二闰儿停了一下，就腾腾地跑过来，两手往腰上擦了擦，给毛丑翻眼皮。

二闺儿的手一点也不软和，饿毛饿刺的，翻得毛丑直往后躲，后来天就暗下来，二闺儿就有些着急说，我给你用舌头舔舔吧。说着就把身子趴过来，她还没伸出舌头，毛丑就把她扑腾扑腾的胸脯一下箍进怀里，二闺儿就伸着脖子叫了一声，不过那声音闷乎乎地被毛丑勒断了，毛丑一点也没给她喘气的工夫，拦腰把她摁在垄沟里……等她再叫时，除了眼泪噼里啪啦往下掉，竟叫不出声来，整个人堆在垄沟里，就像一堆衣服，没了活气……毛丑刺猬似的蹲在垄台上，呆呆地盯着那堆衣服看，他分明被自己的举动弄懵了，好像不知道发生了什么事，这事是不是跟他有关，后来他就用手试探着去碰二闺儿，他这一碰，二闺儿扑棱一下蹦起来，全身都扎撒起来，就像被揉搓后又泡在水里的苣荬菜，重又支棱巴翘地翻出紫边，跺着脚大骂毛丑是驴，是疯狗，是石头缝里蹦出的王八蛋，她还从没骂过人，可现在她自己都惊讶自己会骂出这么难听的话，可她一点也没觉得脸红，她甚至觉得骂得还不够，她骂着拔腿往出走，可刚一迈腿又缩回来了，从地上抓起一棵高粱秆朝毛丑抽去。

毛丑的脸上热辣辣地泛起一道道红印，唾沫顺着毛丑的脖子淌进线衣里，一些草叶草棍什么的粘在毛丑的头发上，毛丑不躲也不擦，就像惹了祸接受惩罚的孩子一样。二闺儿把高粱秆打折了，就把那一半掼进毛丑的脖子里，又骂。毛丑就把头低下来，不吱声，由着二闺儿去骂，后来他就觉得她越骂他就越回过些神来，胆子也一点点大起来，后来他就不太害怕了，等骂够了，他就站起来说二闺儿我不是故意的，我做梦都想娶你。

搬块砖头照照你自己，做梦！

我做梦想娶你，睁开眼睛还想娶你。毛丑的脸觋得离二闺儿更近些。

二闺儿照着那张无耻的脸扇过去，她没有想到毛丑会在她把手扇过去的时候，把脸迎过来，一声无比清脆的耳光，在已经模糊的夜色里，显得格外刺耳，甚至有些张扬，她再抬起胳膊的时候，毛丑把另一边脸又送给了她。

你不要脸，你怎么这么不要脸啊。二闺儿终于哭出来，垂下了胳膊。

我还不是为了娶你啊，毛丑忽然哽咽起来，用手捂住脸。

一阵热风闷闷地刮过，高粱叶唰唰地抖起来，两个人同时觉出眼泪和别的东西通通摆在那里，不再一般了，都很难受。两片高粱叶同时划过两人的脸，他们都疼得一缩。毛丑用衣服揩了一下，停一下又去帮二闺儿揩。二闺儿就躲，抽泣着说我参要知道了非吊死我不可。

我过两天就娶你。

你用什么娶我？二闺儿恨恨地骂道。

砸锅卖铁！

二闺儿后来就成了毛丑的媳妇。二闺儿成了毛丑的媳妇，很有一阵子让麦屯的人有想法，他们是觉得二闺儿完全可以找一个更好的男人，当然毛丑也没什么不好。后来这想法就一点点没了，因为大伙都觉得二闺儿结了婚，一点也不像做姑娘时候那么厚诚耐看了，脸大舌粗的，有事没事地嘎嘎笑，最主要的是一点也不勤快了，披头散发地整天"闹小病"似的，好吃懒做，不像个过日子人。去过她家的人，都说像进了大车店，盆朝天碗朝地，苍蝇蚊子嗡嗡起哄，扫地的笤帚摆在炕当间，本来就低矮的屋子里，给塞个黑不溜秋。就觉得有毛丑娶她，也算不错了。毛丑明白二闺儿是在心里揣了一团乱麻嫁了他的，就总是想着法把那团东西掏干净，可二闺儿鬼一样地搂着那东西不让碰，只把那宽大的屁股让给他，由他高兴。慢慢地毛丑自己也觉得很没意思了。好在二闺儿也不埋怨什么，没心没肝地跟他混日子，毛丑也就说不出什么了。混吧，毛丑很多时候都这么想。

二闺儿被抓走了，毛丑傻眼了。日子得连天过，好也罢，坏也罢，顺着走就是。二闺儿突然被抓走了，对毛丑来说，就像日子被掏了个大洞，接不上茬了。他不知道这个窟窿怎么能补上，想混日子都摸不着边了。毛丑就一连几天几夜睡不着觉。像个魂儿似的整日在院里转悠。最后就喜欢上喝酒，每喝必多，对着酒壶自言自语。

有人就说毛丑啊，家有贤妻夫不贪横事，你也别太难为了自己。相玉就搂着他的肩小声地说，遇事得扛住才是大丈夫啊毛丑，好好想想二闺儿有没有可能做这种事，可别冤着了二闺儿。相玉这么一说，毛丑就觉得鼻子有些发酸，就眼泪鼻涕地淌了一身，毛丑闷声闷调地说，你们就别提二闺儿了。大伙见毛丑难受得眼睛眉毛都揪到一起，就不提了。相玉也不提了。

后来大伙就说起屯东头老井家的三闺女到城里打工的事。老井家三闺女是跟一个外省来的人走的，说是到城里装药瓶。前两年井家两口子哭瞎了眼，说是闺女肯定是被人拐卖了。后来三闺女突然寄了很大一笔钱，令她的爹妈人前人后不敢抬头。屯里人都猜她是在城里做了见不得人的事，说是一个闺女能挣那样一把钱，除了卖腔还能干什么。他的爹妈心里也没谱，捎信让她回来，她连寻思都不寻思，是铁了心在外面了。后来两口子也就想开了，现在盖起的起脊瓦房在屯里高别人半截，黑天白日抢阳夺荫的显眼。人有钱了，就仗恃了，看老井家那两口子，走在道上，脑袋都扬到天上去了，他闺女可是"当牛做马"哩。借着酒劲儿，大伙的兴头越来越高，话里就加进了乡下人的机智。有人就说老娘们那玩意儿，闲着也是闲着，用好了可比咱这顶满脑袋高粱花子来钱快。有人就顶一句说那你让我大嫂去遛遛吧，看看是驴价还是马价。那人也不生气，自顾把一盅酒扬脖唰进去，说我那屋里的死猪一个连哼哼都不会哼，卖不上价，要行啊，我非让她替老子换两缸酒不可。大伙就哄笑说那得先把缸盖那么大的王八壳给你苦脑袋上……热烘烘的晕笑中，毛丑就吐在桌上了，会计就喊人来擦桌子，宫红脸就恨铁不成钢地把一团黑抹布堵在毛丑的嘴边，毛丑嗷的一声站起来，红着眼睛抢起胳膊，就把那堆脏东西抹到地上，相玉扶他，也被他搡到一边，大伙就说毛丑醉了，毛丑醉了，让他歇着吧，毛丑就又扬起胳膊朝大伙一抢骂去你们个大王八吧，大伙就有些愣愣地看着他趴在他老丈人的弓腰上，被拖走了。

　　毛丑被拖走了，瞿三就坐过来。瞿三是傍晚才来的。瞿三本没有来的意思，是路过老宫家，被谁叫了声，就硬着头皮进到院里。他用鞋蹭着地皮进到院里的时候，跟宫红脸正好面撞面，两棵老树就都摇了摇叶子，哼哼着，用了一种暧暧昧昧的笑，打了个招呼。瞿三有些尴尬地吊着一只眼跟房山比量，嘴里说这房子可真正啊，一副老把式架，满脸布了一层黑暗的笑，像是豆秸似的支棱着横茬，让人觉得有被划了的感觉。按说，宫红脸家上房梁，瞿三早就该来，可他从听见宫红脸家的鞭炮声起，就眼皮直跳，老心老肺给震得四裂八瓣的，就睁一只眼闭一只眼地假装不知道，躲在小卖店里没出来。果然中午吉普车就把二闺儿抓走了，二闺儿的事一横，他就更不敢来了。下午大伙都知道了二闺儿被抓是瞿三家告的状，屯里屯邻住着，经官动府的，连他自己也觉得有点太那个了，就更把自己躲起来了。活该他去进货回来偏偏路过这里，有人不识好歹地叫他，他怎么也得觍着脸进来，进来了，才感到自己更不识好歹了。他分分明明地感到大伙用眼睛在他身上四处乱扫却没人跟他打招呼，明摆着，你瞿三是太不懂好赖了，这不是往人家宫红脸老脸上贴红纸羞臊人吗！

瞿三就不觉将脸沉下来，沉下脸来的瞿三把脸上布满的黑暗的笑挪到眼睛里，那眼睛就有了锥子般的锋利，散着寒意。大伙就像受了什么感染，纷纷从他身上收回眼神，叮叮地敲巴起自己的活。瞿三就自己蹲在一块厚树皮上，从小板凳上捏起烟盒，从里面抽出一根烟叼在嘴上，再用两只手往浑身各处去摸火，半天也摸不出来，宫红脸就有些不好意思，就从兜里掏出火机扔给他，他就哈哈腰，接住了。宫红脸默默地瞅了一会儿，就说老哥你指点着点，就忙别的去了。宫红脸心里十分难受，他不知道应该对瞿三说点什么，他也不知道应该怎么样对待瞿三才算过得去，但说到底瞿三是进到他宫红脸的院子里，是给他捧场，自己不能给脸不要。你偷了人家，不是人家偷你，得划清里外拐。可宫红脸你还有脸再在屯里走来走去的吗？宫红脸抬起胳膊擦了擦眼睛，他的两只老眼从中午起就开始长眼屎，现在更是一球一球地在眼角滚。

瞿三就一个人不声不语地半蹲在小板凳前，浓浓地吐烟。后来，那烟就把他的脸搞得有些模模糊糊的，脸上的皱纹一疙瘩一块的，那眼睛也有些木怔怔地，完全是一副人在曹营心在汉的表情，整个脑袋就像一截被镰刀削了一半的土垃坷，灰突突地挺着硬茬。后来人们在说起这些的时候，都从心里觉出，他那个时候，确实是心里有事，还挺难受的。

二闺儿果然像人们猜的，遭了一些罪。起初她死活不承认，嬉皮笑脸地跟人磨蹭。李斧头问她什么，她也不搭茬，手在身上乱挠，跟他提小的时候，他们在柴火垛里扒裤子玩打针的事，李斧头红头涨脸地让她严肃点，她就像没听见似的，又说他们还一起到中学偷甜菜缨子，被老师看见后，一起猫到苞米地里，一条"马舌头"还钻到她裤腿里，冰凉冰凉的，还滑溜溜的，她一点也没害怕。她说得眉飞色舞的，就像在别人家里唠嗑似的，后来就被王玉利抢上来扇了耳光，她的嘴一下肿起来，她就捂着肿胀的嘴说王玉利你怎么扇我，王玉利就凶狠地说我就扇你，说着就又扇了她一耳光，把她的手扇到一边去，血就一下出来了，淌在花线衣上，二闺儿一看见血就一点也不闹了，像砸坏了东西的孩子似的，静静地坐在一边，好像还有些害羞地把花线衣的窟窿用胳膊遮住了，眼泪也一趟趟地淌出来，有些红肿的脸上就浮了一层水，她也不去擦，就那么呆呆地坐着。王玉利就换了一种不太凶狠的声音问她话，她愣愣地瞅着刚打过她的王玉利，好像完全不认识他了，什么都没听见的样子，眼睛里空得像是没了魂儿。王玉利就有些害怕，说你先歇着，想好了再说，就想"休堂"。二闺儿突然抢先站起来，用厚厚的嘴唇一字一句地说，钱是我偷的，在仓房的麻袋缝里。派出所的人面面相觑了一会儿，觉得有点得来全不费工夫的意思，王玉利就把一口痰吐在地上，用脚碾了。

派出所的人就又拥到二闺儿家的当院，进了仓房开始翻找。

毛丑吊着死人一般的白脸，跟在他们腚后，看他们翻东西。他们用手扒，用脚踹，把一些破鞋乱铁什么的弄得暴土扬长。他觉得他的五脏六腑都被他们搅和了，就忍不住一声声地咳嗽，咳得干干巴巴的，像是要冒烟。王玉利就没好气地骂他别没屁搁楞嗓子。他就忍了一会儿，忍了一会儿又咳。李斧头就直起身黑着脸问毛丑钱在哪儿？毛丑抱着膀说我不知道。毛丑也开始跟着翻，嘴里又说我从来没听说什么钱不钱的，翻得比他们劲还大，连一个破篓也摘下来里外看了看，还想把缝拆开，就像侦探似的。王玉利就用脚扒拉一下毛丑撅起的屁股，恶狠狠地说别装相了，掏出来得了麻利的。毛丑撅着的屁股停了一下，伸直了身子，一脸哭相说，我怎么能知道，我真的不知道。李斧头和王玉利就互相交换了一下眼神，径直走到一个破麻袋前，从缝里掏出那一叠钱，狐疑地看了毛丑一眼，毛丑的脸就一下黄了，浑身树叶似的乱抖，嘴里喃喃地说，这是什么？好像他不认识那东西似的。是赃物！李玉利把声音搞得跟打雷似的，把那捆毛毛糙糙的纸币在毛丑的脸上扫了一下，毛丑就一躲，倚在麻袋上，斜着脑袋看他们骑上摩托车走了。因为他的身子是斜的，他就用了斜眼看的他们，他觉得他们的摩托车也是斜的，不是用轱辘着地，而是用脚镫子支着地，就像新媳妇脑袋上别的花似的，别着他们斜斜地走的……毛丑昏了过去。

后来，人们都说毛丑这小子真有心眼，连派出所的人都没唬过他，装疯卖傻的打糊涂语，那钱他当时要拿出来，坐地就算同谋，就免了后来的麻烦。

瞿三阴沉的黑脸吊了一段日子后，终于放起晴。那一叠钱往手里一搭，他就知道那分量，原封没动。那天派出所的人把他传去，让他反复说出那钱数，2000元，这还能错？这是攒了快一年的钱，每天捋八百遍，他不认识钱，钱都得认识他了。2000元没错！王玉利盯着他的脑袋笑了一下，就把那捆钱扔给他。他当时别提多激动，他觉得他的心都咣当一下，心血来潮，真想喊一句"感谢政府"了，甚至都起了从那捆宝贝中抽出分毫给王玉利和李斧头的念头。可第二个念头一冒，他立刻掐灭了，要动钱那是万万使不得的，就索性把感谢的话也省了。走出去的时候，多少觉得有些亏欠，但他是不会做赔本买卖的。他迅速地宽慰了自己：这是他们的职责，他们就是干这个的，他开小卖店每次缴税都是为了养他们。养兵千日，用兵一时，他在用的时候，他们做了该做的事情还不是应该的吗？这么一想，他就很是坦然了。

瞿三走出去的时候，他的脖子还扬了一下，甚至有些惬意地四处看了看风景，这一眼，就要了他的老命。

他看见一个女人穿着和二闺儿一模一样的花线衣，朝他走来，和他擦肩而过。他下意识地停下了脚步，又慢慢地回头朝那女人的背影望去，他甚至还闻到了那女人身上的膻味。没错，二闺儿身上的膻味，一直就呛在他的鼻子里，好像在里面絮了窝，不肯出去。从这膻味进到他鼻子那会儿起，他就有恍惚的感觉，觉得自己做了个梦。等他的钱丢了或说被偷了，鼻子里就不光是膻味了，那是活活爬进了一头山羊，让他恶心不说，觉得自己整个人都膻烘烘得让自己厌弃了。

瞿三在派出所门前怅惘了半天，感到有一丝汗爬出脑门，就赶紧加快了步子。要说这个买卖人确实会随行就市。走着走着，他的心情又好了。他一直不知道如何面对的事情，居然让二闺儿这个骚娘们一人扛了。她要是不承认这钱是她偷的，那他鼻子里的膻味就不算啥了，自己可能马上就要变成一头真正的山羊，被按在板子上，任人宰割了。还能不能这么人模狗样地走在路上，都不好说。

瞿三离家越近，心情越好。那些日子的提心吊胆，都因二闺儿的招供，而变得舒坦。二闺儿在派出所录口供时说，那天中午，她去买卫生纸，她强调一下说她"来事"了，裤子都整上了，就去了小卖店，她等了半天，也没有人，她就起了歹心，就想起了买咸盐时看见瞿三数钱的事，就揭开柜子把那一叠钱拿走了，然后偷偷地藏在麻袋里，就这么回事。派出所的人，让她再重复一遍刚才的话，她就又磨豆腐似的磨了遍。派出所的人说，就这么着吧。二闺儿就签字画押了。

瞿三现在是自己跟自己喝酒。大势已去的感觉很好。他盘腿坐在炕头，一手端着酒盅往嘴里啁，用另一只手扳着脚丫子，并不时地将手指头插进脚趾缝里，往出撸一些东西。女人就不断地拿笤帚把那东西往桌子底下扫。女人的眼里装的也是酒一样醉人的东西，她为自己一生一世能做出这么惊天动地的大事而感到现在还手足无措，她故意眯着笑眼瞅老头子滋润，让这挺美的滋味给老头子享用，可她自己可是比结婚的时候还美呢。她还从来没给自己做一把主，这一把，就做得惊天动地。给麦屯点了个二踢脚不说，就是连乡里的干部也说她快赶上《秋菊打官司》里的那个大肚子秋菊了，还挺有法治观念。有没有法治观念她不管，能把二闺儿这个黑心尖的小人给告进大狱，让她自己拉完屎自己抓着吃，她觉得心里亮堂。她从来就不喜欢这个愿意披着头发嘎嘎笑的娘们，那一副懒洋洋、腻歪歪的样子，就像过去的妓女似的，招风惹尘的。二闺儿一嫁过来那天，她就瞅着那样子不对劲儿，没羞没臊的，哪像个姑娘家，果然没到日子肚子就鼓起来了，弄得宫红脸的脸更像鸡冠了不说，连她都觉得没贪上好邻居。按说你自己骚也就骚了，懒也就懒了，还偷起来了，连娼带盗，还算个人么，送她进去，活该。

瞿三的老婆油汪汪的脸上浮了一层白绒绒的东西，打心眼往外都淌着乐和。她把肥大的背心揪起来在胸前来回地扇着热烘烘的风，冲瞿三说，你把那东西也给我啊一口。

你说什么？瞿三显然不相信自己的耳朵，因为他几乎把嘴从桌子上伸过对面，去加重他的语气。

我说，你把你喝那东西也给我喝一口。瞿三的女人觍着脸重复她的话。

呸呸，给脸还往鼻子上抓挠。瞿三说着自己喝了一盅。

瞿三又瞅她一眼，想了一下，就把端起的酒盅，递给女人。

女人就端着酒盅，凑到鼻子尖下，嚓了嚓鼻子，一扬脖，把酒干了。

瞿三盯着女人看半天，见女人脸不变色心不跳。就将那尖尖的脑袋像个拨浪鼓似的来回摆动起来，嘘嘘，真是女人难养啊。

你说什么？女人喝了第三盅后，脸上的笑就有些开花了。

瞿三没理他的女人，自己喝了一口。我说你给我挠挠脊梁骨。瞿三把端起的酒盅放在桌上。

炕头不是有老头乐吗？女人叨咕着，两手撑着炕，用屁股蹭到瞿三的背后。

那东西糊弄人，不解事儿。瞿三把后背弓向女人，并随着女人的手，将身子扭来扭去的，就像虫子似的。嘴里也哼哼着叨咕，你说这一块痒痒，一挠，就四处痒痒，再挠，就全都痒痒。这是什么道理？他扭得舒服，就有些停不下，扭着身子又操起一盅，嗄了。嗄了，就觉得有一种云山雾罩的感觉，当了神仙般，就顺嘴说，你闻没闻出二闺儿这老娘们有一股膻味？

你说什么？

瞿三就一下把脖子梗起来，说别挠了别挠了，我胡咧咧呢。

女人就又用手支起屁股往回蹭，边蹭边说还膻味，人怎么有膻味，我闻那女人一股骚味。

他们就又喝起来，女人脸上那一层白绒绒的东西，着了红润，就有些古里古怪的。瞿三的眼睛直勾勾地，盯着女人说，你说二闺儿这个娘们是怎么想的？

什么怎么想的？女人也不瞅他，自顾去抓酒壶。

钱的事呗，瞿三像是问女人又像是问自己。

人为财死鸟为食亡呗。女人很有些自得地说出一句真理。

瞿三摇了摇头，有些含糊地说唯女人和小人难养也，他也像他的女人一样说了一句名言。他的女人就哈哈笑起来，抢白他说你刚才好像就说这么一句来的，跟我穷甩呢。

瞿三照旧没有理她，只是自己把刚摇过的脑袋往裆里沉了沉，又抬起来向窗外看去，眼睛雾蒙蒙的，像没眼仁儿似的恍恍惚惚。

二闺儿被押起来一晃就过去三个月了，毛丑开始还东奔西走地托人，想把二闺儿弄出来，跑了一大圈才发现没有一个能拿出手的亲戚朋友，就挺伤心，也就死心了。就开始闷闷地喝酒，想和二闺儿在一起时身前身后的事情。越想越憋屈，越想越觉得心里没缝，就有一种叫作"绝望"的东西把他整个人给包住了，这东西让他对将来的日子忽然就没了奔头。而且让他自己也感到奇怪的是，他看见那些扛着锄头拖着铁锹什么的，勾着脑袋来来去去的人，不知为了什么整日鸡蹬狗刨地忙前忙后的样子，觉得十分好笑。他觉得他们还没有懂得像他这样什么也不多想地，一口一口地，或急或缓地喝一盅的种种妙处，他觉得他很有必要把这种种好处告诉他的哪一个朋友，可没有人愿意跟他说话，准确地说他总是和人保持了不足以说话的距离，他不喜欢说话，他喜欢做事，他觉得很多事是做出来而不是说出来的，正如他的爷爷说的，好狗咬人从不叫唤。当然，他现在并不是准备咬谁，他只是懒得跟人说，他不愿意看他们脸上无知的满足和难受，他觉得他们全都很愚蠢，他甚至觉得他的老丈人板着那么一副比村干部还假正经的面孔都有些滑稽，所以有一天他老丈人宫红脸闻到了他身上的酒味，红着脸说二闺儿怎么嫁了你这么个丧良心的玩意儿时，他真想给那个老不死的高粱秆一个扫堂腿，他知道他是看了二闺儿那被他在高粱地里划出大口子的花衣裳时，才红头胀脑地让二闺儿跟他结婚的，他知道宫红脸一直就没给过他好脸，就像骂猪骂狗似的愿意骂他丧良心的玩意儿，而完全没有受过屯里人说的宫红脸客气待人的待遇。他早就受够了，可他没办法，毛丑是个很少没主意的人，但对他的老丈人他的智慧就总是前所未有地空白，说到底他是他的老丈人，毛丑很认亲。所以他从不去揭发宫红脸背后骂村支书却当面理人家驴毛的种种短处，甚至有一天毛丑还专门去他老丈人家，报告给他喝酒的好处，建议他老丈人别老红着脸欠谁了似的，他说这个世上谁也不欠谁的，早晚都能找回来。他还伸出一个拇指跟他的老丈人打赌，后来被他的老丈人给抽了一脖溜子，他见劝不了老头，就有些耿耿于怀地说你等着吧，就梗着脖子走了。

　　毛丑就这么梗着脖子自己跟自己喝酒。一日，相玉从毛丑的房前经过，就停了一下，拐进屋里。毛丑正端着酒盅自己跟自己较劲儿，见相玉进来，就有些不相信似的，歪了脑袋打量了半天，才把腿从桌子底下抽出来，往地下挪，相玉就摆手让他别动，自己往炕沿上一坐，两只鞋碰了碰，磕下一些土去，然后把脚和鞋一齐提到炕上，盘起腿坐在毛丑的对面，说毛丑咱哥俩喝两盅。

　　毛丑就从身后的灯窝里，掏出一只酒盅，噗地冲里吹了一口，吹出一股灰尘，瞅了瞅又用大拇指在里边抹了一下，蹾放在相玉的面前，说相玉咱们哥俩早就该喝两盅了。两个人就像一对老朋友似的喝起来。

开始，相玉只说他有个亲戚在县城，有一定的权力，挺多年没走动了，但是实在亲戚，如果不行，就找找他。

毛丑的眼睛就露出灰突突的白来，就像生锈的铁锹蹭出的一些亮处，说那敢情好。他知道相玉是指把二闺儿弄出来的事，但他心里清楚他已经不太在意这个了，二闺儿对他，好像有些模糊了。

两个人推杯换盏地喝了一会儿，也不说什么，很默契的样子。喝着喝着，相玉突然抬起头，逼着毛丑的眼睛问，毛丑你说二闺儿她怎么能干出那事儿呢？

毛丑把端起的酒盅就放下了，低着头仍是没有说话。他想说这和你有关，但他不能说。他知道相玉就是那团麻疙瘩迷了二闺儿的心窍。二闺儿的屁股就专给他款款地摆，二闺儿后来跟谁都愿意嬉皮笑脸的，就对相玉不。有一次相玉被马车撞折了腿，他亲眼看见二闺儿撅着屁股专捡大个的鸡蛋给送去，临走还用水往脑袋上抹了半天，直到把那劈头盖脸的头发整光溜，才扭搭扭搭往出走。那时毛丑就想，这个娘们还浪给相玉看呢。

谁知她一回来，就突然来了精神头，要盖房子。说屯里屯外的都在盖房子，相玉家亮堂得没遮没拦的。毛丑就说用啥盖呀？用大腿。二闺儿没好气地顶他。谁知后来她真就用了大腿。毛丑心里难受说不出来。

我做梦都想不到二闺儿会干出这事。相玉揪住自己的话跟自己说。

二闺儿她自己也是鬼迷心窍啊，毛丑不自觉就把心里话说出来了。

二闺儿为闺女时多憨厚哇，相玉端起盅朝毛丑邀了一下，自己喝了。

毛丑说那是没比的，端起盅也跟相玉比画了一下，喝了。

女人的心真是刨花花，卷着空你想不透啊。相玉自己跟自己说。说完叹了口气，又喝了一盅，眼睛像蒙了一层东西，雾蒙蒙的。

喝酒喝酒，毛丑把相玉的空盅倒满，他知道相玉想什么。他也知道他欠相玉的，他抢了相玉的东西，却让相玉觉得是自己把东西弄丢了，还对他客客气气的，他就总是在相玉面前装得没事似的。他现在看相玉这个样子，心里忽然就有一股热热的东西滚过下腹，觉得他是真的有点对不住相玉的一片心思呢。

你那亲戚要能把二闺儿整出来，二闺儿不定多感激你呢，毛丑说的是实话，他很想让相玉的心窝热一热。

相玉果然就有些脸红，说毛丑你说的哪里话，我还图这个吗。

二闺儿总说我不如你呢，毛丑又给相玉心窝里加了一把柴，心里想，二闺儿要真嫁了相玉，日子说不定是另一副样子呢。

毛丑你可真幽默，我要是能赶上你，二闺儿还不嫁了我啊。

两个男人就都呵呵笑了。毛丑觉得他的手指尖有一种麻酥酥的感觉，他知道这是喝到量了，他一喝到量，手指就发麻，他有这毛病。就说相玉你多喝点，我不行了，我喝不过你。

我也不行了，我坐在这儿脑袋一拱一拱地往上挺。

两个男人说着，又把酒盅对在一起，毛丑欠起屁股从相玉前面把酒壶抓过来，把两个盅添平。

相玉我就服你那个劲儿，家里外头，文的武的全行，你看你地里的苞米都比别人高出一个缨。毛丑摇着脑袋，哑着嘴说。他知道他是哄他，毛丑已经不在乎谁家的庄稼长得好了，他已经很长时间不去地里了。

那是你看见的，我也有我的难唱曲啊，相玉客气地把筷子放在碗上。不怕你笑话，我有时候跟媳妇那个，干着急不行。

你阳痿啊？毛丑嘿嘿地笑，觉得有了一些兴致，把酒喝了。

也不是，就是脑袋里想别的，越不想想越想。相玉的脸红到脖梗。

你是对媳妇不满意吧，毛丑像心理医生似的给相玉分析。

不瞒你说，我心里还真的就有一个人，我一想她，就浑身是劲。相玉的脸上腾腾地冒着火焰，眼睛闪着光。我做梦都想，要是跟她在一起，赴汤蹈火也行。

我知道是谁。毛丑把酒壶捧在怀里，摆出一副把握天机的样子，一字一句地盯着相玉说。

你不知道，打死你也不知道。相玉不屑地把脑袋摇成拨浪鼓。

你说的是二闺儿，我知道。毛丑很随便地说，心里却想二闺儿也是因为你，才走火入魔的啊。

相玉一扑棱坐直身子，毛丑你说什么？他显然不相信毛丑能说出这样的话。

你要是真能把二闺整出来，我就让她跟你睡一觉，多大个事儿啊。毛丑也摆出不屑的样子。

哈哈，哈哈，毛丑你喝醉了。

哈哈，哈哈，相玉你也喝醉了。毛丑把身子趴在桌角上，有些神秘地说就是一个来回的事，解铃系铃的勾当。

毛丑我听不懂你的话，我喝高了。相玉也学毛丑的样子用胳膊拄桌子，桌子哗啦地翻了。

我也喝大了，说不明白了。

两个男人就伸手在桌子底下摸筷子碗什么的，又从炕席缝里往出抠菜叶，抠着抠着，就都睡着了。

瞿三和毛丑打起来，而且瞿三打败了毛丑，于是麦屯有了继二闺儿被逮捕的第二大话题。人们感觉又热闹又有些门道的是，毛丑一个年轻人能让瞿三一个瘦老头子打翻在地不可思议，且在瞿、毛两个家庭发生的战争中，居然都以瞿家胜利而告终有点老天无眼，让人心里感觉多少有些不公平。大伙想的是一个道理，人家二闺儿偷了你瞿三的钱，你瞿三老婆把她送进去了，钱也还给你了，按电影里的说法是已经摆平了。毛丑人前人后的勾着脑袋躲着人走，已经没人样了，猪鸡猫狗整天挨宰似的围着院子哭丧，日子眼见着散了架，你瞿三还挤对他，就有点赶尽杀绝，昧了良心了。于是就想起瞿三的种种恶处，想他把酱油弄得像是红糖水似的寡淡，把老白干整得稀溜溜的没辣头，别人有急用跟他借两个钱从来不吐口，有时还特意去镇里花低价买过时的小孩食品假烟假药什么的卖给屯里的人，等等，等等，瞿三就成了十足的王八犊子，甚至有一些人干脆绕道到别的小卖店买东西了，以示抗议。但后来发生那样的事，人们才彻底蒙了，觉得麦屯这块水土简直遭了鬼，长了马蜂窝了。

　　不过当时，人们在咒骂瞿三的时候，总是津津有味地重复他们打仗的过程，亲眼看的和经过联想后的场面十分生动具体。

　　那是毛丑和相玉喝醉后的第二天下午，相玉去瞿三家买烟。瞿三正光着膀子坐在院里粘自行车胎，相玉进去问有没有人参烟，瞿三就坐直身子点了下头。相玉就说给我拿一盒。瞿三嘴里叼着气门芯，唔了一声，那意思是说等一会儿，相玉就蹲在轱辘朝天的自行车架边，帮瞿三摆水盆里的打了气的里胎。瞿三就把嘴里的东西吐到手心里，说相玉你听大叔的别跟毛丑那杂种 × 的勾搭连环的。

　　相玉就有些不好意思地说昨天我喝多了。

　　我知道。毛丑那个犊子一肚子坑人肠子，我算琢磨透了。

　　瞿三的脸给院里的树影搞得忽明忽暗的，话也说得有些阴阳。

　　我是想劝劝他，二闺儿的事儿。相玉停下了，觉得跟瞿三说二闺儿不太合适。

　　你别提二闺儿，那个养汉老婆配毛丑这个王八蛋，天生一对。

　　骂得好！毛丑趴在墙头上冲瞿三笑。

　　瞿三就愣了一下，把尖尖的脑袋竖起来就像动物世界序幕里出现的那个长脖子小兽，不知所措的样子。

　　相玉和毛丑互相瞅了一眼，都有些不好意思，都觉得昨天不仅有点失态，简直有点那个了，相玉就有些仓皇地逃了，的确是逃，他过后什么都想不起来了，就记住毛丑说的让二闺儿跟他睡一觉，就越想越觉得不是回事，好像真的酒后无德两个人把二闺儿给糟蹋了，所以他一看毛丑，就跑了。

相玉跑了，瞿三也想进屋，毛丑就说瞿三你是头叫驴。毛丑的声音不高，还轻飘飘的有些滑稽。

瞿三就直起腰说毛丑你要是个爷们，就没有脸站在这跟我说话。瞿三的声音也不高，但阴阴地，就压住了毛丑。

毛丑的脸就有些难看地抽抽了一下，说你个老灯得了便宜还卖乖，把一口痰狠狠地射到瞿三的脑袋上。

赔了夫人又折兵，你要不好受就回屋灌尿去，我看你闹心。瞿三用胳膊把痰抹下来，蹭在车架上，冷冷地哼了一声。

毛丑以为瞿三会暴跳起来，他早就想揍他一顿，可看他没有动手的意思，就恨恨地把一块砖头砸向瞿三的自行车，见瞿三仍没反应，就喷了一口恶气，骂瞿三你个老叫驴，回屋了。

毛丑回到屋里就又喝起被瞿三叫作尿的东西，连喝到第三天，他把脑子喝得没了窍，有一阵子都想不起自己是谁了，隐隐地记得还有一个叫二闺儿的人，这个人曾经和他有一些关系，后来他就不认识她了。他现在就是觉得有什么在心里堵得慌，想哭，就哭了一会儿，心里舒服了一些，就想哭的原因，想够了，就又哭，再想，就想不起来了。就什么也不想了，捏着酒盅一直喝到天黑，后来就自己唱起来，唱的什么可能连他自己都不知道。后来猪和鸡一些畜生就挤进屋里，他就和它们说了一些它们听不懂的话，一只鸡还飞上炕，他让它下去，它不听，他就一下扑过去，那鸡就顺着窗户跑了，他就跟着跳出去，就摔在院里，他就骂，骂这个拉拉蛋的不添货人的丧门星，骂着骂着，那鸡就变成了二闺儿，他就开始骂二闺儿，骂得猪狗不如。

瞿三的女人这时一脚门里一脚门外地把一盆水泼到院里，

一只落汤鸡便披了一身水飞到墙头上，又蹬着墙头扑棱到毛丑的院里，正好把一只尖利的爪抓在躺在地上骂的毛丑脸上，毛丑就用胳膊一抡把鸡扫得咯咯大叫，毛丑摸了一把湿淋淋连水带血的脸，就躺那骂起瞿三。

瞿三的女人就趿着鞋趴在墙头上，说毛丑你骂谁呢？

毛丑不理她继续骂。

瞿三的女人就沉下胖脸说毛丑你连个哑巴牲口都不如。

毛丑就像撒泼的女人一样，骂瞿三老婆是哑巴牲口。骂瞿三是哑巴牲口。一会儿哭一会儿笑，一会儿仰起身子，一会儿又趴在地上，脸上的血粘了土，完全没有人样了。如果谁这时要可怜他一下，也是很难做到的。你不是小猫小狗，这么长拖拖的一个大男人躺在地上人不人鬼不鬼地骂街，好日子也是自己作的，光猜也是这么个理。

瞿三从屋里走出来，趴墙头看了一眼毛丑，立刻缩回身子，问女人怎么回事？女人说让鸡刨了。瞿三就推女人进屋，女人还在那骂。瞿三就给了女人一巴掌，女人不听，就在那骂哑巴牲口都不如。毛丑就在那边继续骂他们哑巴牲口。他的酒劲儿差不多都上来了，翻来覆去就那么一句，眼睛不睁了，口齿也不清楚了。

瞿三就翻过墙去，想要把毛丑扶回屋去。毛丑睁开眼睛看见瞿三，抓住了他的胳膊，问他是不是哑巴牲口？一遍遍地问，瞿三就蹲下了，说是哑巴牲口，咱俩都是哑巴牲口。毛丑就满意地睡了，嘴里叨咕说咱俩都是哑巴牲口。

毛丑酒后吐出的真言，使他们达成了共识。一对哑巴牲口肚里都有自己的话，但是没法说出来。难言之隐的痛楚，只能暗暗生根发芽，结出谁也看不出的伤疤。有一些可以自愈，有一些连伤疤也结不成，只能任其流血流脓，成为七情六欲中，最毒的痛。

瞿三在准备往起扶一摊烂泥的时候，不知什么时候院里已经挤了很多人。第一个看热闹的人还没弄明白怎么回事，来"看热闹的"人就越来越多了，热闹的起源就不那么重要了。他们看见毛丑脸上的血，一个人就上去狠狠地推了瞿三一把，吼他瞿三你太不像话了，这不欺负人欺负到家了吗？

你说我欺负他？揣着伤疤的瞿三忽然很是愤怒。他把脚叉在毛丑的腰两边，半低半扬着尖脑袋，把脖子梗向那人，那从下往上翻的眼珠子披了一层严厉的质问。

问话的人显然让他那一副阴阴的神情给唬住了，往后退了一下说，都是邻里邻居的，不能下死手。

瞿三女人上来解释，被瞿三狠狠扇回去，他连一句话都不想再说了。在泰山面前，什么毛不是鸿毛呢？

宫红脸是在麦屯人纷纷谴责瞿三的时候，跟大伙报的丧，毛丑上吊了。

毛丑上吊了，本该炸营般的麦屯忽然一下静下来，人们说话的声音走路的声音似乎都有意弄小了，连赶车也不吆喝，只用鞭杆扒拉畜生，他们分明都感到了一种难受的东西绞了他们的心。在最初的夜里，他们总是无意间支着耳朵听什么，那是毛丑家的牲畜在叫圈，那一群无人经管的哑巴东西好像都有了灵性，专捡人静的时候叫，叫得人不想睡觉。后来相玉就去了县里，据说是去找了那个实在亲戚，想要救一救这个家。而这个家的邻居就彻底地没人睬了，瞿三也很识趣，关了门，掩灯熄火的。

二闺儿是在苞米入架的时候回来的，穿着一件宽宽大大的黄花衣，那时的天已经有些寒意，她却没有冷的样子，走路轻轻快快地，脸上还带着笑，那笑浮在那有些菜黄的脸上，竟有些孩子似的天真。人们认出她时，就不好意思地躲闪开，怕她觉得丢脸。后来人们发现她一点没有害臊的意思，就多少有些替毛丑难过了。据说她知道毛丑上吊后，一点也没难过，连一个眼泪疙瘩都没掉，她说人活着还不就是为了死。说得给她报信的人，心里凉哇哇的，回来见人就说夫妻本是同林鸟大难临头各自飞。

开始麦屯的人还不信二闺儿会那么心硬，后来见她确是没事似的，脸上挂着笑，就有些觉得毛丑不值得死了。果然是家有贤妻，夫不贪横事。一句话，把二闺儿的孽包圆了。世上的事就是这样，一欠一还，是个道理。欠一下也行，那算个人情。要是欠了再欠，还逼了人的命，那就不算个人了，老天爷不报应你，地王爷也饶你不过。但到底是人家的事，屯里的人就都一心一意地忙自己的了。那正是秋收的时候，家家户户都蚂蚁搬家似的往家倒腾，日子对每个人都是实实在在的。

二闺儿去瞿三家领回自己的牲口，千谢万谢的，一脸的感激。还给瞿三的女人捎回一双懒汉鞋，使瞿三女人坐立不安，有些后悔当初不该把事情做得太绝了。瞿三的女人是在毛丑上吊后自己跑去撤了诉的，据说相玉曾去过两趟瞿三家，跟瞿三女人说了这个意思，女人就同意了，还主动把毛丑家的牲口轰到自己家院里一起喂养起来，等着二闺儿出来。她本来还担心二闺儿出来会跟她放泼，可二闺儿一出来，却客客气气的，简直是有些亲近地待她，她就觉得心里热乎乎的，趁瞿三不在家时把咸盐卫生纸什么的偷着拿给二闺儿用，好像她欠二闺儿什么似的，几次想解释一下过去的事，好把疙瘩解开，每次二闺儿都一笑把话岔过去，好像什么都没有发生过似的。让瞿三女人都时常怀疑起自己，是不是自己搞错了。

二闺儿从狱里出来，像是上了大学，变得有些文文静静的，头发也扎得紧紧地，脸上没有任何悲伤。别人都在忙着秋收，她没有什么可收，她的庄稼早就和毛丑一样，自己死了。她就常常自己坐在门槛上，看人来人往地从她的门前过，谁要瞅她下，她就冲人一笑，十分友好。有人就猜，二闺儿是不是精神上有问题了，但又觉得不像，看那样子是比精明人还精着呢。

一天相玉从她的门前走过，她也像对别人那样，对他笑了一下，相玉就有些不好意思地停了一下，他是想进来说点什么，二闺儿能这么快出来，全是他出的力，二闺儿应该是明明白白的，可却从来没跟他道过一声谢，倒见她对瞿三的女人充满了感激，相玉就觉得有点失落，虽然他也并不想让二闺儿非对他怎么样，但二闺儿要能也那么亲亲地对他说句感谢的话，他就会觉得一些温暖。可二闺儿现在坐在那根本没有让他进来说会话的意思，他和别人在她的眼里是一样的人。二闺儿从结婚那天起，准确说从他舔了她以后，就再也没有对着他的眼睛看过他，她甚至在哪遇上他时，还故意把脸扬到一边，让他觉得她有点没有感情，其实他是知道她是想嫁给他的。他舔她的时候，他就相信了这一点，她第二天还总是偷着用眼睛瞅他，他的眼睛和她一对上，她就赶忙低下头，手里的活就走了板，让他心里咚咚地跳个不停，可后来她嫁给了毛丑，就不再看他了，她甚至和别人疯笑的时候，一看见他过来，马上就把脸板起来，让他觉得他连别人都不如了。

相玉有些难过地从二闺儿的门前走过去，她是不把我当外人呢。相玉又这么想，这么一想，相玉就觉得心里自添些暖意。

相玉走过去，二闺儿就站起来，她站起来想要进屋，就看见瞿三从外面进到他自己的院里，她就站在那儿不动了，定定地瞅着瞿三，而且脸上铺了一层艳艳的笑，也不吱声，瞿三就有些狼狈地往屋里钻了。

日子就这么缓缓地有些宁静地过去了。充满人情味的冬天也在一家家热烘烘的炕头上滚过去了。麦屯的冬天和所有的乡下一样，是孕育希望的季节，人们有足够的时间猫在家里打算将来。就算不想未来，想想过去，也是好的。

最先把打算付诸行动的是瞿三家。是二闺儿和瞿三家一起策划了春天盖房子的情景。二闺儿整个冬天差不多都是在瞿三家的炕头上度过的，瞿三从不参与她们女人的唠嗑，二闺儿要一进来，他就低着头往出走，去干一些别的活。二闺儿也不让他，脱鞋上炕帮瞿三女人认针穿线，瞿三女人已经有些老眼昏花的架势，有人来买东西，二闺儿也总是手脚麻利地抢先下地，把钱收了把东西拿给人家，她差不多比瞿三的女人还知道所有货品的价格。有一阵子瞿三的女人总是偷偷地用眼睛瞟着她，担心她往兜里揣钱，她是一个精明的女人，她总觉得二闺儿对她有些不正常，但她还一时看不透她到底要干什么，可有一点她是肯定的，二闺儿的确没有揣钱的意思，她有好几次都故意找个机会试她，见她都是原原本本地一分钱一分货的，她就放心了。她也像二闺儿帮她一样，帮二闺儿策划了将来再找个什么样的男人，她甚至还憧憬了两家好好处邻居就像一家人一样。二闺儿很感激地对瞿三女人说，我爹都不这么惦记我呢。瞿三女人知道宫红脸嫌二闺儿给他丢脸了，二闺儿很少回娘家，她没什么可恋的，她的孩子在出生时，被接产婆扯断了胳膊，死在肚子里，是接产婆硬把死孩子掏出来的，二闺儿就再也没怀上。瞿三女人现在想想，就真替二闺儿有些难受，就说二闺儿要不你就给我当干闺女吧，我们家的死兰子恨她爹，总也不回来。二闺儿就叫了她妈。瞿三坚决不同意，二闺儿走后，沉着脸训他的女人，

说她一时明白一世糊涂。女人不服，想要跟他理论，他就把脸阴得像是抹了锅底灰，女人就不敢吱声了。

等到瞿三家把鞭炮点响，准备上梁的时候，二闺儿已经在人前人后，很大方地管瞿三叫爹，管女人叫妈了。瞿三就硬着头皮装作没听见，也不应声。二闺儿就把声音提得挺高的，越发叫得固执。叫得瞿三不得不绕着她走。帮工的人就私下里嘀咕，觉得二闺儿这不是有点好赖不知了吗，你好好一个家，让人搞得家破人亡，你还认贼作父的，就不用好眼看她。她一点也不觉得，在搭起的棚子里同时往三个灶坑里添柴，干得十分卖力。

相玉拎着铁锹走到棚子里喝水，他在越过二闺儿的头顶去拿水瓢时，低声跟二闺儿说，二闺儿你管瞿三叫什么爹爹的，

难听死了。

我不用你管。二闺儿也把声音压得很低，像是故意任性似的，相玉就觉得那声音真是动听，咕咚咕咚喝完了，还不想走，二闺儿就起身蹲向另一个灶坑，相玉就有些不满足地讪讪地走了。

太阳落山的时候，瞿三家的房梁上完了，这是一套十分标准的北京平房，三间正屋朝南，两侧各盖了两间偏房，一处是仓房，装粮食和工具的，一处是圈毛驴和猪的，毛驴用来进货，猪用来过年，都很重要，所以他们的房子一点不赖。麦屯人讲究房子，就像讲究谁家的媳妇能干，谁家的儿子孝顺一样。当这座十分殷实的房子简直有些富丽堂皇地耸在温暖而金黄的夕阳里的时候，瞿三阴了一辈子的脸终于也镀了一层黄金，那黄金裹着的笑，也就有些光芒万丈了，他像当年宫红脸一样，张罗大家歇了吃饭，只是他比宫红脸要气冲得多，宫红脸当时正被二闺儿的事扒了脸皮，就有些猫头鼠脑。瞿三行了，他这下行了，他这一辈子总算有了好结果。他自己美美地想。瞿三不是个爱幻想的人，也很少不切实际，他只在事实面前表现他的情绪，他知道他现在可以对着这套宫殿笑一笑了，所以他很快乐地跟大伙招手，还特意走到宫红脸身边老哥哥似的拍了拍他肩膀，说受累了受累了。他觉得不管咋说，他们和二闺儿处成这样，在宫红脸这也不是什么坏事，低头不见抬头见，冤家宜解不宜结，人还得往好处过。

可惜，瞿三的美好想法没能得到延伸。二闺儿很客气地在他积攒了一辈子，刚对日子充满占有感的时候，给来帮工的人们讲了一个故事。于是明智一生的瞿三，不得不选择了另一条他认为还算明智的路。

当时，院子里的四桌饭菜已经摆好，新屋里也已摆满了桌，坐齐了人，只等谁喊一嗓子，麦屯的节日就又要开始了。户主瞿三自然是跑前跑后，眼观六路，耳闻八方，当他盯着闺女喜兰把第六道名叫鲤鱼跳龙门的菜端上来时，就干咳了两声说，各位老少爷们儿，我瞿三今日仰仗各位帮忙办了这个大喜事，我给大伙谢了！大家先慢慢吃，慢慢喝，菜是赶吃赶上，啥都管够。大伙就哄地笑了，觉得瞿三平时阴着脸像个鬼似的，这事儿做得还挺亮堂。屋里屋外就响起挪筷子动碗的声音，就在这个时候，二闺儿站在瞿三的位置上，她朝大伙款款一笑，那笑的确有些款款，前面说过，二闺儿回来后就像受过了高等教育似的，有一些修养在里面。所以，她现在款款地朝大伙一笑。她说，大爷大叔大娘大婶们，她还下意识地把手当胸抱了一下，可能觉得有点打把式卖艺的江湖相不太合适，就又把抱在一起的双手放在肚子上，这就斯文多了，然后二闺儿接着说，去年我爹上房梁的时候，也是你们来帮工，轮到我干爹这儿，你们又来了，我们都不会忘了大伙的，不过，二闺儿很文化地用了"不过"，她说不过我今天要跟大伙说的不是这个。

二闺儿你要干什么？瞿三双手伸到前面像是要拦住什么，又像要拉走二闺儿，他的手甚至有些发抖，脸色十分苍白，眼睛和嘴巴也都有些歪拧，完全没有了刚才的兴致勃勃。

二闺儿没有理他，二闺儿说你们都还记得，我爹上房梁的时候，我被逮走了。大伙就一下静下来，把眼睛和耳朵同时张大，他们都回忆了当时的情景，但他们不知道二闺儿为什么要说这个，他们都想听二闺儿接下去的话。只有瞿三不想听，他把刚才伸出来的手又向前张了张，用一种颤抖而乞求的声音说二闺儿你听话，到别处去。

二闺儿没有看他，接着说我是因为偷了我干爹的钱被抓走的……

瞿三终于抓到二闺儿的胳膊，他说二闺儿这儿没有老娘们说话的地方，你赶快烧火去。

二闺儿把后背对着他，只用力一摆身子，挣开瞿三的手，她说，那钱其实不是我偷的。

大伙就轰的一声像是开了锅，他们觉得听走了音，就有好几个人同时问，二闺儿你说什么？

二闺儿就又一字一句地说，那2000元钱不是我偷的。

二闺儿重复完刚才的话，就像讲故事似的，讲了那天中午的事。

那天中午，就是二闺儿买完咸盐的第二天中午，二闺儿做了四个菜，很像样的四个菜，还打了酒，酒也是从瞿三家打的，打酒的时候二闺儿就跟瞿三说到我家去吃吧，反正大婶也不在家，瞿三就说不了不了，二闺儿就说邻里邻居的，外道啥。后来菜摆好了，毛丑就专门去叫了瞿三。瞿三就去插了大门，从墙上翻到二闺儿家。毛丑和瞿三还有二闺儿他们就一起吃的饭。毛丑喝了一些酒，劝瞿三喝，瞿三说喝不了多少，毛丑也没让他，自己喝了挺多。后来，瞿三就要回去了，二闺儿就说大叔把你家的簸箕借我使使，瞿三就说你等着我给你拿去，就回到自己的院里去了仓房,他前脚进去，一回身发现二闺儿也跟进来，就说你外道啥，我给你送去就是。二闺儿反手把门关上了。

这个50多岁的男人，就这么的中了二闺儿的美人计。

毛丑继连环计调虎离山计后，夫妻俩分别演绎了"男盗""女娼"。

二闺儿就像讲别人的故事似的，把故事讲给了大伙，大伙就都张着嘴巴听傻了。

二闺儿扒着傻了的人群往出走，被宫红脸扭住胳膊扇了一个嘴巴，二闺儿不疼似的，就像当年毛丑一样又把另一面脸扬给她爹，还幽幽地瞅了相玉一眼，可能是希望站在一边的他能拉一拉，可相玉桩子似的竖在那儿，张着一双眼睛呆呆地看她，下意识地朝旁边挪了一下，她就冲站在一起的两个她挺亲的男人笑了笑，自己替她爹扇了另一下，然后，从他们中间穿过去，摆着宽大的屁股走了。

谋算一辈子的瞿三，终于没有住上他的新房，他在当晚就吊死了。他早就知道二闺儿是一只母狼迟早会咬他，可他没想到她会选在这个时候，让他没有自卫的机会。他把绳子拿在手里的时候，想起了毛丑，想起了这个男盗女娼的邻居，很想为自己的不幸掉一些眼泪，可那东西干在眼睛里就是流不出来，他憋得难受，就把它咽回肚里，在他悬空起来的时候，让它和尿一起流进裤裆里……

面对死者的最后日子

大四十岁这年的冬天，干冷，无雪。西北风抽光了杨树和榆树枝上的黄叶，剩下的干枝便在夜里发出鞭梢似的声音，听了让人发毛。这年冬天，人们格外盼雪。

这年冬天，大在第一场雪中死了。

大把自己摆成一个"大"字，仰在屯北机井旁厚厚的雪中，大的脚下有一对很深的脚印，脚印的边缘被新落下的雪填补得有些模糊。大来了多久，没人知道，大的来路被雪完全遮掩了。大的眼睛大大地睁着，一层薄雪已在眼球上结成清冰，遮住了他临去前的向往或是恐惧。大很安详，一副很沉实的睡态。

春站在大的头顶，裹了一件肥大的棉袄。她几次像鹅一样，晃了晃笨拙的身子，想要伏下去，却终于没有伏下。她看着四个女儿一声一声地叫爹，眼睛里有些发潮，并汪了一些眼泪。这些湿湿的东西，使春看上去，就像刚用水浸过的豆芽，肿胀，透明，可怜楚楚。

春再一次要蹲下时，还是没有蹲下，她觉出她的眼睛再一次变得干涸。

春你想哭就哭出来吧。

别憋在心里，春。

春在这时笑了。春在人们的劝说中笑了，把人都笑出了眼泪。春的眼睛直直地盯着大的脚下，无声地笑了。

现在，春盘腿坐在地上，后背倚着炕沿，屁股底下垫一块黢黑的木板。大漆黑的骨灰匣放在板凳上，春久久地瞅着匣子，眼睛肿得像含了一包气。春是想大哭一场的，可她感到她的心里塞了猪毛，扎得慌。她一想到这猪毛，就觉得心硬起来。在大出殡的时候，她好几次流出的眼泪，都是被这把猪毛堵回去的。现在，春很清楚地看清了这把猪毛是什么，这是一股叫作"恨"的东西。

春知道大早晚是要走这一条道的。大在三年前就独自搬到小屋里，他是要把自己封闭起来。春在那个晚上，对大说了最后一句话后，就对他彻底死了心。

那个晚上，春是抱着希望走进大的小屋的。春在大的头顶前站了很长时间。大把自己摆成一个"大"字，眼睛大大地瞪着屋顶，一动不动，春顺着大的眼睛往屋顶上看，除了模模糊糊的秫秸一节一节地排在棚顶外，她再也看不到什么别的，但她相信大能看到。大已经一年多连大门都不出，他黑天白日把自己关在小屋里，看棚顶，肯定能看出别的，春想。春想过以后，就说大你死看棚顶干什么？春说的时候，掀开大的被子。大浑身赤裸，这让春浑身燥热。大是一个强壮的男人，大曾经让春快活得差点憋过气去。大现在依然强壮，春看得很清。虽然一年多的时间里，春生气地不进大的小屋，可春是想他的。这感觉曾让春羞恼，现在这羞恼被一种强烈的欲望淹没了，春毫没犹豫地把丰腴的身子压在男人身上……

春就是在这个晚上，心里长出猪毛的。当春从大的身上爬起来的时候，她真想掐死这个男人。她跪在大的身边，瞅着这个一动未动的"大"字，羞辱和气恨一点点地在她的心中生出，然后结成冰块，把她的周身围裹起来……春在这个时候打了个寒战，她看见棚顶上有一撮灰在轻轻摇晃，就像她没了根底的日子……春哭了。春在哭的时候，对大说了最后一句话，你是死人。

你早就是死人，别人不知道我知道。春像燃了一半，浑身凝满烛水的蜡烛，臃肿地立在那儿，麻木、灰暗。骨灰匣在蜡烛飘忽的昏晕中闪出的幽光，把春的影子映得模糊不定，春浮肿的脸上泛着一层虚光。春把头垂得很低，一缕头发耷拉在骨灰匣上。

春就这样守着匣子，过了三天三夜。春不吃不喝，春不觉得饿，春不觉得渴。

春在那个晚上就知道了大已万念俱灰。大死，春一点也不惊讶。春从那个晚上起，不再和他吵嘴，也不再和他斗气，连想也不再想他了。春早就像男人一样担起生活的挑子。人笑说春你养着男人干啥用哇？春说你妈就这么养着你用的。春骂出的声音很低，有些恶毒。人们惊讶。久了，就没人提大了。见她也躲得远远的。

现在她再穿着肥肥大大的衣服，牵牛耕地时，谁也觉不出她和别的女人有什么不同。她眼角上无论挂着多少眼屎，都引不起别人的注意了，她成了一挂大车，沉沉地拉着日子，往前拖。

春把三个正读中学的女儿留在家里当帮手，春在那天大骂了老师后，就不再让她们念书了。春知道她们心里气她，春不理她们，春自己跟自己说话，春不想那天，春一想那天就心疼，一剜一剜地疼。可春一辈子都记着那天，春在那天骂了老师。春一向是对老师低眉顺眼的。春知道老师看不起她们一家，说她们大人是满屯子找不出来的愚昧，就知道养孩子，一窝孩子是满筐砍不出一个塞子。春知道老师说过这话时，狠狠地哭了一场。春哭过后仍旧对老师满脸堆笑。春对孩子说老师像父母，老师教你们出息，将来要过上好日子，全得靠老师。

春是从那天下午对老师绝了念想的。春在那天下午赶着老牛车路过学校时，看见二儿和三儿被同学们按在地上，往下捋头上的虱子，孩子们边捋边喊：丐帮帮主名叫春，养活孩子一大堆，吃喝穿戴全不趁，就趁虱子一大堆……干干净净的女老师站在旁边正比画着什么笑。春的脸上一下涨得紫黑，火辣辣的血像是要撑破面皮，在里面憋得来回奔涌冲撞，她觉得她的眼屎又厚了一层，她用力地抹了一下，她看清了老师的脸，她把鞭子往腰里一别，冲着老师，开始大骂。她边骂边冲过去，拉起自己的两个孩子，头也不回地走。

老师咕哝了一句太不文明了！

春照着老师的脚，呸了一口。

春从这一天开始苍老，眼角和脑门的皱纹像是一夜间被什么划出来的，五裂八缝。春这年四十二岁，她觉得像是过了一辈子了，再也没什么可盼的了。

春在大死的第四天，把两手放在屁股底下，慢慢地晃着身子，反复地哼着一个曲儿。春一辈子不会唱歌，春把曲子哼得很辛酸，很疲劳，昏暗的屋子里飘荡着一种让人想哭哭不出来，不哭憋得慌的东西。

这时，早晨的太阳光透过窗上的塑料膜，在春的头上形成了一道光束，浮在春头发上的灰尘，随着春身子的摇晃，在太阳光里上下漂浮。春蓬散开来的头发不时地一缕缕耷拉下来，遮住春肿胀的眼睛。春很清晰地看见那一缕缕头发已经灰白，春早就知道自己已经很老了，没有了样子。春的眼睛在这时有些湿润，她用手去揩的时候，她觉得眼睛立刻又干涩了，她的长满老茧、裂着黑缝的手挂在灰白的头发上，她把头发丝从裂缝中拉出来的时候，一阵钻心的疼痛，让她再一次感到那把猪毛的硬冷。

大，我是想哭一哭你的，我不是不想哭，我哭不出来啊。你早把我逼成了男人，我已经不会哭了。春的声音又低又哑，游丝似的在黑匣子上绕晃。春对这声音感到陌生，她慢慢抬起蓬松的头，缓缓地转了转，像是在找这声音从哪里发出来的。当她确信这声音是她自己的时候，她再一次深深地垂下了头。

春在这时想起她年轻的时候。春在二十一岁的时候，像个"叫叫"似的，说话又快又好听，春每次说完话时，男人女人都抢着给她做媒人。春自己走到大的跟前，咯咯一笑说，我给你当媳妇你要不要？大一句话没说，当时就把春用胳膊夹进麦地，做了丈夫。大多强壮啊，简直是一头牤牛，让她喘不过气来……

春对着大的骨灰匣，想起她二十一岁的日子，她的眼泪不由得已打在了匣子上。她用手抚摸着匣子，眼泪沾湿了她枯干的手，她抬起那双硬硬的手，凝视了一会儿，忍不住把脸深深地埋在上面……她知道她是在哭那个在麦地里让她喘不过气来的男人，哭曾经那么快活的自己。

大到底为什么就一下没了念想了呢？春想不出来。但春知道他是为自己死的，他没了欲念就把自己封闭起来，他活够了，他就死了。他不想生下的这些孩子靠谁长大，他不想他把一个正活得有滋有味的女人抛了后，她的日子是什么……

春恨他。

春知道大在临去的时候是恐惧的。春知道他眼睛里的冰不是雪冻的，是眼泪。春站在大的头顶时，曾经笑了，她是看清了大脚下那对洞一样的脚窝，看清了大曾死死地站在那里不肯离去，看清了大眼睛里含过眼泪时，笑的。她不知道是想给他壮胆，还是别的……

春在第五天的时候，满头蓬乱的灰发变成白雪。那雪竟是一尘不染，银光闪闪。影子晃在黑匣子上，飘忽忽。她自己看不见这一头霜雪，但她感到了一种从未有过的透彻。她觉得她的眼睛很清明，她看见了一片嫩绿嫩绿的东西，正朝着她展开来

……春闭上了眼睛。

春在这个时候，把自己躺在了想象的麦地上。

多少年以后，当她的小女儿从城里回来，告诉她，大其实是得了一种病，叫抑郁症。得这种病人的人，就是厌世，想自杀。

春无论如何都不能理解，好好的一个人，就算是再苦再累再难，哪有过不去的坎啊？怎么就死心了呢？但她相信女儿，从此，就不再恨大了，只是替大后悔，没像她一样熬过苦难，过上好日子。

清明时节

小么和白得福

1994年清明节的早晨，人称小么的小女人把毛烘烘的脑袋拱在男人白得福的怀里，猫一般喵喵地说她想吃青杏想吃酸菜酸浆想吃所有的酸不溜丢的东西。白得福用力把女人搂在怀里，扬着苍白但十分清秀的脸说，又在谎报军情……情……情吧。

这回保准没错。小女人把头挣出来，一字一顿地说。她顺手拉过男人的手，停了一下，又丢在一边。她是打算让男人摸一摸她的肚子，后来一想为时过早，就打消了这个念头。换成伸了手指头，在男人的脸上晃来晃去。让他数一数她什么时候来的例假。

白得福起初一直懒得睁眼睛，眯着眼睛那么一算扑棱坐起来，两个多月了，没错。这个结婚三年多的男人，眼睛当下就湿了。我要再整不出个动静来，我真是，我真是就白长个……长个……白得福不知道说什么好，他揭开被，对着小么白白的屁股拍了一巴掌，今天我烧火。这个专门在一句话的结尾磕巴的男人，第一次把话说囫囵。

我想吃肉，饱饱吃一顿肥肉。

小么的声音孩子般掺进了娇气，圆圆的眼睛像只母兔似的流着红光，在白得福穿衣裳的过程中，连呕了三次，一副浑身乏力的样子。白得福回过头说老娘们怀个孩子还不像老母猪揣羔子似的，我瞅你太费……费……劲。白得福没掩住心里的得意，让小么用嘴撇了好几下。

32岁的白得福在这个阳光很是灿烂的早晨，心情无比的好。他在把破了边的灰秋衣和少两扣子的黄制服一层层地穿在他精瘦的身上时，就像皇帝在着朝服，认真而讲究，他在把脚伸进黄胶鞋里的时候，还把红腈纶线衣的领子翻在衣服的外面。这使他看上去就越发郑重得很。他是想给怀了他孩子的女人做一顿她意想不到的早餐。他觉得这是他的责任，是一个就要当爹的男人的责任。他在这时想起公鸡寻食给母鸡和公麻雀给趴了窝的母雀叼虫子。

小么在被窝里一直眯着那双精致的红眼睛，猫一般温柔地瞅着他的男人。她的白胖白胖的圆脸，就像熟透了的"白糖罐"香瓜，从咧着的口里淌着甜腻。下巴被勒了一条线儿似的，形成好看的双下颏。此时此刻，她感到了女人一生一世的幸福。

然而，也就是半袋烟的工夫，她的男人就一扫刚才的斯文像一条疯狗一样，冲进屋里，大吼着问她是不是掏了驴脸家的鸭蛋？

小么眯着眼睛把脑袋缩进被窝，嘟囔谁让她划拉咱家的柴火？

蛋毛点柴火也惹那快嘴鸭满院子呱呱叫……叫……叫哇？男人嘴挺硬，但为了完成那个"哇"字而搭上几个"叫"后，那语调就泄了一些劲儿。

我不管那么多，她动我一根毫毛，我就让她搭个毛垫子。

我再说一遍，以后少和那老婆逗……逗……逗眼。

那得看她惹不惹我，小么说着把身子退回被窝，看着是要收兵的样子。

我把话放这，你要再敢得……嘚瑟……

你还没完了？小么叫了一声，像一只出洞的母豺，从被窝里亮出血红的眼睛，是不是你和她有什么见不得人的事儿！

你这家伙真浑蛋，她是我嫂……嫂……嫂子。

嫂子多什么，小芹还跟她姐夫勾搭连环呢。

你小声点别让她听……听……听见。

怕什么？我什么也不怕。小么忽地坐起来，你们老白家满院子男盗女娼，除了我没有一个好饼！

你这是扒开眼睛就找不自在……在……在呀！白得福用手去撸袖子。

你敢！小么从炕上一跃而起，像一个将军似的居高临下地把胸脯往前一挺。

白得福也不示弱，迎上去，你想咋地？

小么一字一句地说我要吃肉。

白得福理直气壮地顶上两字：没有！

我早就看出你是吃不起肉，王八犯咳嗽——鳖（憋）气！

癞蛤蟆想吃天鹅肉……白得福说一半不说了，可能是觉得用词不当了。

小么不依不饶，嫁汉嫁汉，穿衣吃饭，我跟你穿了几天好衣裳，吃了几顿好嚼裹儿？老母猪打圈子还得添点苞米面呢，我就要吃肉，没肉你给我借去，偷去，抢去……小么嘴一撇，红眼睛蒙了一层湿东西。

谁有肉你找谁……谁去！白得福把袖子撸下来，一阵风似的摔门走了。

这样无厘头的早晨，在麦屯是家常便饭。夫妻的恩爱基本都是靠着这样的没头没尾的打情骂俏和突兀的争吵支撑的，生活不需要逻辑。

小么呆呆地瞅了一会儿被男人摔得来回摆动的门板，就拎起尿罐去倒尿。

太阳照在她暄乎乎的脸上，就像用温水漫过一样，十分暖和。她抬头看了一眼瓦蓝瓦蓝的天，还有远处挂在树梢上的一朵一朵白云，感觉那云彩像是树结出来的棉花，好看得很，她立马觉得说不出的舒服。应该是大自然的赏心悦目，给了她幸福感，而她自己并没有意识到。

小么用一个十分好看的姿势把那金黄的液体泼到当院的灰坑里，坑里的灰土立刻激出一朵烟花，一群鸡鸭就吱吱嘎嘎地围向坑里。小么拎着尿罐扭扭搭搭地往回走的时候，嘴里不觉地就哼起小调儿。

嫁了白得福后，她不知道从什么时候开始，每天早晨差不多都是这么过来的，她没有觉得这个早晨和每天有什么不同，更没有想到白得福在这个早晨，是担了某种使命去完成他一生中的壮举。当她后来明白了这个行动与她有关，并细细地回顾起这个早晨的时候，她不能不揪着胸脯号啕大哭……但在这个清明节的早晨，她的要做母亲的好心情，很快就淹没了男人摔门的不快。就是隔院的驴脸指桑骂槐地把可哪儿养汉拉蛋的鸭子骂得死去活来，也没影响她把小调哼得有滋有味儿。

小芹和长水

1994年清明节的早晨，被小么骂成勾搭连环的小芹和她的姐夫长水，相对无语。小芹是在大芹回娘家当她们的妈——驴脸，大哭大闹恶毒咒骂妹子是小婊子的时候，一口气跑到大芹家的。她是有很多话要跟这个男人说的，可一见长水，她的话就全没了。

现在，他们就像两尊木人，一起把眼睛看窗户上的塑料膜，那块被掀起来的三角形薄膜如同一块白色的旗帜，在春风中猎猎飘动，把灿烂的太阳光搞得星星点点。长水很清楚地记得这块玻璃膜早晨的时候一直静静地趴在窗户上，是在大芹从他的裤兜里扯出那只狼狈不堪的安全套时，才疯狂地舞动起来的。它显然是在昭示着某种失败的意义，当然这失败是对自己而言，长水很认账。所以他很镇定地做好了接受大芹狗血喷头式的大骂，他甚至做好了要是大芹撕打他，他也绝不还手的准备。

平时比锥子还尖利的大芹却一反常态，把手里的东西朝他抖了抖后，竟一言没发地抱起孩子，回娘家了。这让他不知所措。

直到小芹疯疯癫癫地跑来，他的心才开始怦怦乱跳，脸上开始不自在。你一心要躲的东西，总是在你脚前绊来绊去，谁还没有个闪失？可小芹这个时候出现，你的闪失就不光光是中了圈套的虚无意义，是作为一种实物，让你无话可说，雪上加霜。

他自己都不知道怎么会和这个只有十七岁的小姨子有这么一种尴尬的关系。在他第一次到她们家相亲的时候，她只有十四岁，二十二岁的他却从这个当妹妹的眼睛里看到某种内容。这内容让他不安，眼睛没有落处。而她的姐姐却让他无比从容，神态自若。喜欢写个顺口溜，朗诵个诗歌什么的民办教师王长水，怎么也不会相信自己连最起码的伦理道德都搞不清，可事实上，他得承认，他要了大芹，却在心里对小芹有一种莫名其妙的东西。

要不是有责任田，这一种"蹊跷"也许就过去了。可他偏就有那么些地要种要铲要收，他就偏没有那么多时间，小芹又偏是那么一个心灵手巧，能说会干的主儿，他骨子里的那点浪漫就像装在没有塞紧盖的水瓶里，不知不觉地冒出些热气儿。现在，他知道，他是到了要面对现实，收拾残局的时候了。怎么说出口，这种事怎么能够体面一点地说出口，他必须得措措辞。

民办教师王长水在努力措辞的时候，眼睛一直没离开房檐上的旗帜。那旗帜在灿烂的阳光中，摆得从容而执着，这让他的信心很是受挫。他把眼睛挪回来，他的身上立即再次不自在起来。他看见小芹的脸上正泛着鲜艳的红光，闪亮的眼睛就像被太阳照红了的露珠儿，艳丽而生动的光彩喷薄而出……他的心颤了一下。他一生不忘这个时刻，不忘这一时刻的绝伦美妙，就是在这种美妙中，他的理智的堡垒轰然倒塌。那是一年前的某个早晨，刚做完流产手术的大芹回娘家养病。帮姐夫铲完地回来吃早饭的小芹，却不自觉地跟长水走进家里。也是这样默默地坐着，谁也不说话。后来太阳就照红了他们各自的脸，后来他就看见了她脸上和眼睛里的太阳般喷薄的光彩，后来他们就融进了太阳的光芒中……后来他曾半真半假地说，这是她为他设的陷阱，而她笑而不答，作为一种激情，他妥协了。不再为自己寻找逻辑。

现在，这个清明节的早上，长水又一次沐浴在小芹光芒的陷阱中，却是无比茫然。我要和你结婚，小芹把她生机勃勃的脸扬向她的姐夫。你傻了？说什么话。长水很不自在地用手挠挠头发。那是一头在乡下难得看见的好头发，整整齐齐，密而有致。我就是要和你结婚。小芹的倔强很不像她脸上的鲜亮。不行，我得对你负责。长水保持了民办教师的风范，语调清晰而肯定。你和我结婚就是对我负责。小芹寸土不让。

我还要对你姐负责。

自己的责任需要自己负，别人担负不了。我对不起你。

我不爱听这个。

我帮你介绍个比我好的人。语调开始生涩。

除了你，没有更好的人。

又傻。

我愿意。

谈话没有结局。

民办教师的婚外恋，看上去如此斯文，但在外人的眼里，因为乱了纲常而臭不可闻。

小么和驴脸

驴脸在整个屯子里，最烦的就是小么。

她第一眼看见小么时，就觉得浑身像长了毛似的难受。那难受主要是见不得她那一身颤巍巍的白肉和圆溜溜的眼睛。她跟着亲戚们相亲回来，就直言快语地跟大伙说出自己的感受，关于那堆肉啊那圆眼睛啊，她做了很多她能够想象得到的剖析，最后的结论是，她不像一个好人。娶个不会过日子的女人，早晚得把白得福祸害喽。并当场表明她的态度，她不同意小叔子白得福娶她。她的意见，得到大伙的一致赞同。白得福的亲戚们的观点是，白得福虽然懒惰磕巴还有点那个，但长得俊，特别是他的表哥是县里银行的信贷员据说还有当主任的前途。亲戚们没好意思说，白得福要没有这么个表哥，屯里人也就不会这么睁一只眼闭一只眼地抬举他，大家多少都想着哪天有个三长两短的能用上人家，再说有的也确实借过力，连村里集体买种子都是找的他表哥。他们建议白得福找一个泼实一点能干活的女人，日子以后也好支巴。这女人妖精似的软乎，不像一个好人。他们的观点终于落到同一个焦点。

29 岁的白得福在他的婚姻大事上，再一次表现出他的与众不同。他听了大伙的意见后，就哈哈大笑起来，笑后，就把手里的长春牌烟卷一棵棵发到大伙手里，然后说，这事清明节就办了。亲戚们的眼睛就都长长了。这么尴尬地待了一会儿，就有人起身走了。他们都觉得白得福是耍了他们。以前他们替他相亲，全是他们同意，他自己说不行。这次他们不同意，他自己又说行。里外他们是一群随行，这让他们的心里很不乐意。把心里的不乐意用行动表现出来的是他的二嫂驴脸。在清明节的早上，全屯子的老少爷们大姑娘小媳妇儿都帮忙凑趣赶着看新媳妇的时候，驴脸没管邻居们笑不笑话挑不挑理，硬是躲在屋里没出去。白得福几次忙里抽闲跳过墙求她过去晃一晃，给他一个面子。驴脸每次都没等他说完，就拉下挺长的脸说，你的梦你自个圆吧。白得福想发火，又发不出来。驴脸能用这么文绉绉的词儿给他，就给了他面子了。这个世上，他谁也不怕，就怕这个驴脸女人，这是他自己做的孽，他不认不行。

小么和驴脸的第一次说话，远没有白得福想的那么难。不管白得福在被窝里怎么介绍驴脸，怎么让小么以后少跟她一般见识，还运用了伟人的战略思想——处得来就处，处不来就躲，她们的接触是不可避免的。让白得福意想不到的是，正式接触却是那么随随便便轻轻松松，而且表现出来的又极有亲情，完全是一家人的样子，好像她们之间压根就没有什么需要预防的。这让白得福很是搞不清，女人说的话和做的事到底能差多远。这是清明过后，家家户户都一堆一撮地忙着打垄种地的时候。早晨的太阳光亮晃晃地爬了一炕，照得小么白嫩嫩的胳膊微微颤动。男人白得福斜趴在被窝里，一条大腿跨在小么的腰上。

你还不起来？太阳照屁股了。小么眯着眼睛嘟囔。

赶趟，我是不干一溜闲一干一趟……一趟……一趟烟。白得福说完，想了想忽然嘿嘿笑起来。我听你不像好笑，死笑什么？小么把男人的大腿掀下去。白得福翻过身将整个身子压在女人的身上，对着女人的耳朵说了些男欢女爱类的蛊惑的话，女人就矫情地扯了男人的耳朵，双方达成好事。

驴脸就是在这个时候，隔了墙对这院喊得福家的，收破铁的来了有没有东西卖？声音很是亲切，听了让人心热。

小么连忙从男人身下抽出身子对外喊，有的，有的。喊完又钻回被窝问男人，有没有呵？

你刚才不是说有么，怎么又来问我……我……我呀？男人有些卖乖。

我还不是要和那什么驴脸嫂子搭个腔，邻里邻居住的，面上咋也过得去，你教我的。

这就对了。我这就去给你找去，砸锅也得卖……卖……卖铁！白得福很有担当地说了句笑话，就哼哼着曲儿去仓房了。

那个时候的小么当然不明白男人的心意。就是在她对着男人用土篮子一趟趟挎出来的碎铁时，除了夸赞男人会过日子攒了这么多碎铁外，她想都没想过这碎铁将如何切割她将来的日子。

小么看男人卖了那么些破铁，很高兴，就扎了白得福早就给她准备好了的花围裙，去仓房盛米。新婚的日子让她很满意。她就是奔了他的好模样，才嫁给这个比她大 7 岁的男人的。她什么都不稀罕，就稀罕男人长得好。她一看见那些黑得跟骡子似的男人就恶心，所以她从懂得男人时起，就立志找个俊男人，看着顺眼。她现在一看见白得福的白净净的脸，就心里活泛、舒坦，就满心是乐。现在，她用脚踢了踢地当中的两个破旧的胶皮车轮和一副散架的马鞍，又用手捏了捏墙上挂的雨衣和铁锯，心里很踏实。

乡下的好日子主要看仓房，里面满了，日子就殷实。

小么在端着白花花的大米出来的时候，看见驴脸正用一双长眼睛盯着她手里的盆。她觉得二嫂的眼神不对劲，就抢着搭话，问二嫂地里的垄打完没有。

驴脸用鼻子哼了声，就扭着支棱的屁股回屋了，还把门狠劲摔了一下。小么没想到驴脸会不理她，刚刚还好好的，说变就变真是驴脸。白得福果然说得没错，小么气哼哼地自己跟自己说。反正我也没得罪你，你爱怎么摔关我屁事。小么这么一想就把哼哼声改成小调，浪滋滋地回到自己屋里。

新媳妇心满意足的喜悦，是任什么也挡不住的。新郎白得福比她还美地把一卷毛票掖在小么的围裙里，小么的小曲就不自觉地提了八度。

你哪儿来那么些破铁？

偷的。

两人都笑起来。

驴脸的骂声很快打断了两口子的笑。

驴脸骂话的内容很简单，就是反复重复——手爪子烂了给你剁去！不过那形式却是极其恶毒，那是乡下骂人最狠的一招，一边念叨，一边用菜刀剁菜板，是千刀万剐的意思。驴脸当时一边骂一边剁猪食两不耽误，所以那骂声就极其持久。

她骂谁？小么终于按捺不住了。

不管她，就当驴尥蹶子拉粪蛋……蛋……蛋了。

我怎么看她怎么像个丧门星。小么把米淘得唰唰响。

她就是丧门星，要不我哥咋死那么早……早……早呢。白得福把一捆秫秸往大腿上一磕，折成两截塞进灶坑里。

我厌恶她。

人家还厌恶你……你……你呢。

两人都不再言语。白得福和小么的新婚情调在驴脸硬邦邦的剁骂声中，模模糊糊地结束了。

大芹和小芹

驴脸一辈子就后悔两件事：第一生了大芹，第二生了小芹。

这两个如花似玉的姑娘，几年工夫就把她的老脸扒了几层皮。开始的时候，她还躲着左邻藏着右舍地觉着没脸见人，时间长了，半辈子守寡赚下的好名声也随着两个下贱货慢慢贱了，五十来岁的人了，她也就不在乎了。驴脸一拉，在屯子里就算个人物了。

驴脸没想到的是，大芹会当着她的面骂小芹小贱人。你妹妹是小贱人你就是大贱人，你妈就是老贱人了，这家就成了贱人窝。一股气血攻心，驴脸就扯开嗓子骂小贱人你撕大贱人的嘴！小贱人就尖叫一声冲出门去，找她被驴脸骂成畜生的姐夫去了。

大芹没跟她的老母亲较真，她以比她的母亲还冷漠恶毒的神情，沉着地说，我是不是贱人你知道。小芹是不是贱人你也知道。你和白得福不明不白的花花事没把我恶心死，算我命大……

驴脸的巴掌兜着风扇过来。她自然抽不着大芹，大芹把孩子从后面拉过来挡在中间。这过程大芹甚至连嘴都没停。我过去要有现在一半的狠心，我就跟那死倒跑了再也受不着这窝囊气了。你不要以为给我找个臭老师我就可了心了，他连那死倒一个脚趾头也不如。大芹把一直抓在手里的安全套狠狠地摔在炕上。

那你就跟那死倒去，到阴间地狱里过去吧！驴脸咬着牙咒骂。

我早晚跟他去。他是为我死的。是你们把他逼死的。大芹这才开始大哭。那声音就像一头母牛，又伤感又悲壮。

贱人也做不下那丑事你还有脸哭。驴脸丝毫没为大芹所动，她把脸拉得比任何一次都长。

她是觉得大芹把事情做得太绝了。她到死也不能忘她的第一层脸皮是怎么给人撕的。那时大芹才 22 岁，正是一朵花似的，她正盘算着给她找个好人家，她却让人从机井房里把衣服抱走了，把她和那个男人晾了个白条。她还以为大芹会寻死觅活保个脸面，就压着一肚子的怒火成天哄着她防着她。可那丑事刚过去，她就没事似的又去找了那人，又给人堵在羊圈里。要多恶心有多恶心。一气之下，她把大芹好一顿掐拧。掐拧的结果是，她坚决要嫁给他。她是说死不让大芹再现眼，一把锁头把大芹锁在仓房里。谁知三天没出，大芹跑了。

大芹跟野汉子跑了。屯子里除了这话没有嗑唠了。据说那汉子还是个外地人，大芹怎么找上的，机井房里冻不冻屁股，羊圈里能不能沾上粪，都成了人们关心的事。那阵子正赶上秋收，驴脸到地里割高粱，一趟子到头连腰都不直一下，人前人后，没脸。她当时下了死心，非抓回来打断她的腿。佰男外女撒出一大群，人是抓回来了，可抓回个死人。她带着一脸死相，再连妈都没叫过她一声。那男人让她跟他跑，她犹豫了，她这一犹豫，那男人就钻了火车。这怨谁？

驴脸没打断她的腿，还求爷爷告奶奶地从外地给她找回来一个识书断字的人，给姑爷赔着笑脸又折腾了半个家底给她成了家。她对得起她。她就是个冤家，她也跟她把怨还了。现在，驴脸对大芹的哭闹从心眼里厌恶。

你要觉得够本了你就给我滚回去，我还没死你别哭丧。

回去也没活路，妈呀，我回不去了……大芹的哭声和驴脸的骂声一齐停了，这一声让她们同时感到亲切而陌生的"妈呀"，不管是真叫的，还是一声感叹，把两个人的心都翻了个个儿，一股酸楚的热热的东西，从驴脸长长的脸上淌了下来。她别过头去，瘦削的肩膀颤动起来。

小芹在这个时候哼着歌儿撞进屋里。她脸上红艳艳的光彩丝毫没因屋子的昏暗而减淡，低矮的房棚更显出她的亭亭玉立。

驴脸刚刚复始的亲情，瞬间被冲得一片狼藉。17岁的小芹以比大芹高出一百倍的美妙，跟她的姐夫好过她的姐姐。屯里没有一个人不知道他们之间的事儿，却又都在驴脸面前装聋作哑。驴脸觉得她的心肝肠肚就像一块糟烂的洗衣板，让这两个肮脏的贱货来回揉搓。

白得福和表哥

　　清明忙种地，在北方总得迟两个节气。清明过后，屯子里家家忙碌的不是点籽刨埯，而是张罗钱买种子。买上等种子的人，自是上等人家，自有好的收成。但是城里得有亲戚，有能帮着拿现钱的人，这一度成了这些人的骄傲。日子不知从什么时候发生了变化，城里的亲戚和屯里人的来往越来越少，屯里人到城里走亲戚也少了过去的仗恃，他们自己觉出了黏豆包和青苞米这些过去城里人喜好的东西越来越拿不出手，主要是不值钱。城里的集子上旮旯胡同都摆着这些数不清的乡下特产，数不清很重要，这意味着这些东西不再珍贵了。作为礼物，不再珍贵了，就算不得好礼物了，甚至连礼物都不算了。

　　乡下人，除了这些土生土长的东西，哪里还有珍贵的东西？没有了礼物，还拿什么表达心意呢？没有了心意的亲戚，自然来往得就少了，慢慢地就淡了，就远了，就找不着了。

　　麦屯人和所有的乡下人一样，愿意自己付出，特别是对城里的亲戚，喜欢听人家说声好，表示出认亲，好像这样就跟城里挨得近了些，身份就高贵了些。同时他们的面皮还特别的薄，十分会看人的脸色，如果不是诚心诚意的，就会自责或反省，生怕令人厌弃。这个特别薄的面皮，就如一层薄冰，包了一些自卑琐屑和懦弱，是自认为是丑的，不敢让人看见，所以都是拼了命地维护的。所以他们一旦从别人的眼睛里看到让他们的脸面感觉发热的东西，他们就会悄没声息地避掉。他们觉出城里亲戚们在看见那嫩白的青苞米焦黄的黏豆包还有翠绿的豆角什么的不再眼睛发亮时，就告诉了自己，以后少来为好。

如果不怕误了春种，他们是不愁借不到钱的。屯里屯外，谁有个大事小情，没有大伙看热闹的。乡下人手散，手头的活钱，就是屯里的流动资金，谁用谁拿去。有的把钱借给了别人，就告诉再来借钱的人到张家或是李家直接去借，成为"串借"。可春天不行，春天家家手紧，就得到屯外去各显其能。走以农村包围城市的道路。

每年的这个时候，是白得福最体面、最得意的时候。当家家户户都为进城打怵，害怕脸上发热的时候，白得福总能满面红光地把他的磕巴话拉得胡琴一般动听，他的兜里没有一次不被他的城里表哥塞得鼓溜溜的。

1994年的清明节过后，白得福一如既往地大张旗鼓地借了侄女婿长水的破自行车，去60里外他的表哥家借钱。他的感觉之好，完全不像是去借钱，而像是去示威，他甚至还哼着样板戏。他把自行车骑得东扭西晃，身子趴在车把上，脑袋一伸一缩的乌龟一样。坑坑洼洼的黄土道上不时被平原的大风揭起一层沙土，灌进白得福的脖领里。清冽的春风没有冻住他顺着脑门淌下的汗，那沙土粘在鼻窝上的感觉他也丝毫没觉出不好。他的心里充满希望。他在这个虽然有风，但仍是春光明媚的上午，对他将来的日子满怀信心。他的信心来自表哥，更来自那个早晨。小么的一顿臭骂，激起了他的巨大行动，这行动给他带来的财富远比到表哥家借的几个臭钱多，不过样子他仍然得摆。摆给屯人看。再说，那行动，现在他还不能说，将来也不能。那是以后的事情。

　　白得福穿着黄胶鞋站在表哥家的门槛外的时候，美好的心情受到了一些打击。原因是表嫂站在门里打开门时的表情有些不自然，她甚至停了几秒钟后才说是白得福来了。她过去总是随便地叫他得福。令白得福受挫的最主要原因是表嫂身后的地上，铺了一层红灿灿的地毯，阳光照在那上面，就跟照在镜子上一样，往出泛着红光。那红光映得他脚下的黄胶鞋很狼狈。从里屋挪着方步出来的表哥，光着肥实的白脚踩在上面，跟皇帝上朝差不多。白得福不自觉地就有些脸热。是我呵白得福……福……福呵，他第一次恨自己为什么非说那个呵呵呵什么的，那是一个完全没用的字，倒把话搞得不成样子。哎呀得福，你这么郑重其事地自我介绍倒像是外人了。快进来进来。表哥的亲热，让白得福从容了很多。他挺镇静地脱去脚上的黄胶鞋，拎在手里却不知道放哪儿好。等按着表嫂的指挥为鞋找了地方后，又不知道该如何落脚，他后悔没穿小么找给他的袜子，他在早上对小么翻箱倒柜地给他找袜子表示出十分不屑，他说我去我表哥家又不是去见皇帝，干什么这么翻新掏旧的。现在，他觉得他比见皇帝也差不多了。他脚上张着大嘴瞪着眼睛的黑不溜秋的袜子，让他很难为情。他没想到去年清明到今年一年的工夫，表哥就当了皇帝。表嫂从鞋架上拿下一双拖鞋，用脚扒拉到他的脚下说进来吧。就扭着腰肢进屋了。白得福到这个时候的好心情就一点也没有了。他觉得表嫂像个窑姐似的浪得不行，满脑袋的头发像刚洗完又用手揉搓了一样，乱糟糟湿乎乎的，一点也不好看。可看那样子她自己可一直觉得怪美的。白得福像一头牛一样弓着背跟在表哥的后面进到另一个屋里，看到墙上挂着的姥爷姥姥的像，他的心里才总算踏实下来。就是这两个祖宗，把他和表哥的血混在一起——那是表哥的爷爷奶奶。那可是一等的爷爷奶奶，两个人长袍马褂，好不威风，一看就是老爷太太。白得福猜想表哥所以把这样一幅发黄的照片挂在金光闪闪的屋里，是想向人显示他出身的高贵。他知道表哥为这出身付出过什么代价，他得赚回来。他凭着高贵的血统长了一副和乡下人完全不同的漂亮的身材和面孔，于是得到了下乡知青表嫂的厚爱，于是跟表嫂到了城里，又凭了聪明的头脑，当了工人，当了信贷员。信贷员可不是一般的差事，过去，他还没意识到这一点，现在，他服了。表哥的权力是要多大有多大。在他看来，表哥能让一个工厂活，也能让一个企业死。他甚至都影响了白得福的婚姻大事。这让白得福常常觉得他享受了厂长的待遇。

现在，表哥就坐在另一个沙发上，和他们小时候一样，与他平起平坐。这使白得福来时的好心情开始回升。

去年的收成还行吧。表哥很会唠嗑。他一唠收成，白得福就觉得浑身活泛了很多。他就紧紧扭着这个话题，像种树一样，让它发枝发芽。他大讲了去年春天的干旱和夏天的水灾。讲了秋天的苞米穗小高粱发黄谷子不成卖不上等级。讲了收成不好，再市场经济也白搭，屯里人连买种子都没钱，想做买卖就更别提本钱了，再说咱们那儿的人死性，收成不好也守着那块破地种种的，都是没出息的人。

白得福巧妙地用他的伶牙俐齿，自我糟践，他就是要让表哥感到有优越感。一个人的成功或是失败，都是跟身边人比照的，没有了参照，胜负就分不出了，胜负又算个什么东西？自己越低贱，表哥就越有优越感，就会越同情他，越情愿帮助他。一个不同情弱者的人，就算不得高贵的人。表哥他多想成为一个高尚的人啊，这一点，白得福拿捏得死死的。

表哥一直眯着眼睛听他讲，听得很用心，嘴角挂着微笑。表哥四十来岁的人一点不显老，脸蛋红乎乎的，跟画儿似的。白得福感觉到了他的受用，心里有些溜号。他觉得表哥才"得了福"，他的名是白叫了，是真的白得福。这么一想，他就觉得自己有些屈，再看表哥在收成这个话题的大树下眯着眼睛乘凉的舒服劲，觉得姥爷姥姥把好处都给了表哥，很不公平。他心里这么想，可不能这么说。他得重栽一棵树。白得福很快把话题转到他们小的时候在一起掏鸟蛋摸香瓜偷看母猪交配的情景上。看表哥哼哼哈哈地露出笑模样，他就在树上又挂了朵花，叹口气说人就是命……命……命呃，光腚股一样，看看你再看看我，你是连皇帝也赶上了，我连大饼子能不能啃到秋还不知道……道……道呢，我姥爷姥姥算说对了，他们活着时总骂我到老也赶不上你可真不……不……不假。

表哥嘴里说着哪能呢，眼睛里已露出了满足的模样。白得福觉得时机已经成熟，就单刀直入地说表哥你得帮帮我，买种子的钱到现在我是镚子儿皆无……无无……无呵。许是借人的终是嘴短，白得福把个"无"字无了好几遍才拖出"呵"。

哎——我说咱那国库券你换了没有？我兄弟媳妇昨天还跟我念秧，赶紧把那钱还了。表嫂在那屋对表哥发号施令。白得福知道那老婆一直支棱耳朵听他们的话，果然到了关键的时候，开始整景了。只是这景整得很不高明，连表哥都红了脸。你们还用得着国库券吗，你们吃香的喝辣的，还欠别人的吗？白得福没理他的表嫂。他接着跟他的表哥说我不借你们的，你帮我贷款就行。

你去年贷的还不是我们先替你垫上的？你们也真是，现在都啥时候了，也不自己想想出钱道。表嫂终于忍不住过到这屋。面对表嫂，白得福就不知道说什么好了。现在贷款那么容易吗，指标卡得死死的，都握在主任手里，你表哥算个啥呀，跑腿干活儿的，就在你们眼里像个人儿似的。表嫂鸡啄米似的用手指头啄她的湿头发。

白得福觉得表嫂的手指头就像啄在自己的嗓子眼里一样，啄得他直想咳嗽。他忍着咳嗽赔着笑脸说我知道你们不容易，谁让你们是我哥嫂……嫂……嫂呢。他的话说得软中带了某种挺硬的东西。这东西就是古来最传统的说不明道不白的撒手锏——你爷爷是我姥爷你奶奶是我姥姥，就冲这个你就有责任帮我。

白得福没想到表嫂这次没吃他这一套，哎——我妈有事让我回去，我走了。她跟她的"哎——"打完招呼，转过身踢踢踏踏地出去了。连让也没让一让白得福。

墙上的石英钟很不识趣地响起了午时的音乐。白得福忽然觉得肚子空成一个洞。要是过去，他就会跟表哥要吃的，这次他却连想一想都觉得过分。他不明白表哥亮亮堂堂一个男人怎么就在老婆面前不硬气，就算过去表哥借了你的光，现在你不也跟着吃香喝辣了吗？要是小么这样，白得福忽然忍不住想跟自己乐，小么昨天不也把自己骂个狗血喷头么。是了是了。表哥也不过如此，并不是处处"得福"。一个人的满足感，常常是别人的失落衬托的。白得福在路上的好心情，在这个时候不合时宜地突然全部回归。他站起来，比刚才表哥身子还挺得直溜地说那我就回去了，老天爷饿不死瞎家……家……家雀。

你坐你的，别听她瞎说。表哥没动，还把一条腿翘到另一条腿上，这让白得福一下又觉得还是他"得福"。男人的这个姿势是很容易让自己在同性面前产生优势的。表哥在白得福的惶惑中一字一句地笑着说你不用老跟我搞忆苦思甜那一套，我在那里土生土长的，我有我自己的感情，我帮你是我愿意，我要不愿意你就是说出龙叫唤你就是我亲兄弟，那也不行。

那是那是。白得福忽然觉得表哥离自己一下近了，也忽然觉出自己是白跟表哥耍了小心眼，倒是让表哥给耍了。但表哥有了那话，这事就成了，以后的事，以后再说。这么一想，他就颠颠地坐下，又提了要多贷一些款，主要帮帮驴脸大芹这些亲戚里道的。说她们现在都急红眼了。表哥在小吃部的饭桌上答应了他，那时，表哥和白得福已二两酒下肚，亲情便很自然地浓过了贷款规定的实情。

白得福再在屯里出现的时候，他生活的希望和信心，比他去表哥家的路上以更高的激情表现出来，他走在屯里的黄土道上不是哼，差不多是引吭高歌了。他把从表哥那里贷来的款以更高的利息，贷给了没有城里亲戚或在亲戚面前脸红面矮的屯里人。当他把钱放到别人手里的时候，他感到他已经把种子种在了地里，并且不用夏铲秋割，就有了大囤大囤的收成。

驴脸和白得福

在中国东北部这个不通火车不通汽车连摩托车也难骑的屯子里，驴脸能在几年前陪送大芹一辆粗轮粗梁后架粗壮的白云牌自行车，这就跟城里陪嫁冰箱彩电差不多了。长水的荣耀，准确地说是驴脸的荣耀来自谁，白得福不能深想，他怕肝疼。他这一辈子还没有遇到过像驴脸这样的不要脸的女人。你以为你的脸像驴就可以像驴一样的不要脸了。白得福坐在驴脸家的炕沿上，冲着驴脸赔笑，在心里让驴脸她妈下了蛋。

我要不截住你，你还到死也不上我这炕了？驴脸的脸上现出一种鬼笑。那笑像是用墨笔画上去的，有棱有角。

哪能呢？嫂子，我是急着给长水送自行车……车……车噢。上你炕，算我眼睛没珠子上了你的炕，真是晦气。白得福又在心里痛快一回。

小么怎么总不见动静是不是你还不会呵……是不是呵。驴脸脸上的笑出其不意地又抹上了红药水。

白得福把脸转向一边，他要再看一眼驴脸猴腔似的长脸，可能就要真让她的驴脸抹上红药水了。他一辈子也不能忘记他15岁那年春天的那个中午，驴脸把他叫进她的屋里，笑嘻嘻地用手指头勾着他的裤腰带让他上炕。他当时连想也没想地就穿着鞋坐上嫂子的热炕头。谁知道他还没觉出炕头热，他的脸却先热了，他看见他的嫂子把她的两只白晃晃的奶子连手里的白面馒头一起送到他的眼皮底下。他伸出手不知道接哪个好，浑身热得发颤，嫂……嫂……嫂哇……我……我……我呀，白得福从开头磕巴到结尾，也没说出个意思。倒是嫂子从容，手猛地一拉，他的裤腰就开了……后来嫂子就把他摁倒了……他都做了些什么到现在他也说不明白，他就记得大芹跑进屋时他浑身像泡在水里一样，腾腾地冒着热气。他的嫂子一脚把他踹到一边，恶狠狠地骂他王八蛋。他就顶了王八蛋的称呼跳出窗户跑了。再以后，他见了嫂子就像小鸡见了黄鼠狼，又恨又害怕。这么多年嫂子就像耍猴似的用绳子牵着他，指东唤西。早晚出了这口恶气，他不止一次地跟自己说。

我跟你借 300 块钱。驴脸的脸觍得像吊在秧上的黄瓜。

我没有。我是贷来的。难受的回忆使白得福口齿变得伶俐。

你贷款放高利贷犯法。

我没放高利贷。

你别黑心。你表哥也是你死哥的表弟，你要放给我天打五雷轰。驴脸的脸阴下来。

我没放给你。

那你借我 300 块钱。

我没有。我是贷来的。

车轱辘战争持续两袋烟工夫，战争的内容发生转移。新的局势是白得福占领有利地形，反攻为守。

你拍拍良心看咱俩谁黑心，你们家里里外外我闭着眼睛添货了多少，我连娶媳妇的钱都给你们大芹买了自行车。我现在骑一趟我自己的车子我还得觍着脸跟人借，我怨谁了？

你怨谁？怨你那死哥。

你少在我面前提我死去的哥。

我咋不提呵，你哥死了你替你哥上炕呵。驴脸的脸像火盆里刚掏出来的炭火，热烘烘地逼人，眼睛像鹰一样地凶狠。

我没怎么地你，你以后少给我来这套。白得福的脸竟有些发红。

哟嗬——你没怎么地我你上我炕。驴脸把声音搞得公鸡打鸣似的。

你那是，你那是狗起秧子了，你自找——找——找的。白得福咬牙说出这句解恨的话后，就往出走。

是哪个小畜生偷看了我换衣裳？

白得福不回答自顾往外走。

你往出迈一步，就别怪我没人性。驴脸咬着字儿说。

你早就没人性了。白得福连嚯都没打就继续往出走。

冯老二家的胶皮车轮高扁头家的铁大门在谁家的仓房里别以为我不知道。

白得福脸唰地白了，抬起的脚踩在门槛上。

万凤家的那袋大米自个长腿跑到你们家囤子里了？连我的盆你也敢拿，要不是念在过去的情分上，驴脸的声音一下轻软起来……

白得福梗着脖子挺在门槛上，浑身像爬满了蚂蚁。真是恶心，我这可知道我哥是怎么死的了。真是恶心呵。白得福在心里恶狠狠重复两遍，从怀里掏出钱摔在炕上。

秋天我就还你。驴脸的声音像雾气一样弥漫开。

白得福从院墙上拽过自行车，狠狠地踹了一脚，他骑着这车子回屯时的好心情，被驴脸糟蹋得干干净净。我早晚收拾收拾这头驴。白得福再一次对自己命令。

驴脸和白得福

前面讲过，驴脸一辈子就后悔两件事：一件是生了大芹，一件是养了小芹。她这一辈子也就有过两件得意事，一件是养了小芹，一件是生了大芹。这两个丫头片子从能做事时起，就是她的左膀右臂。炕上地下的活给她撑起一大片。就是大芹不管她叫妈了，也没断了去地里给她帮工。那长水更比大芹还感念他的丈母娘，人前人后地孝顺她。这让驴脸叨叨地对两个闺女说这道那时，养成了一个十分时兴的习惯——看牌。活计一闲下来，她的屋子里必定招了一些和她有着共同语言的老头老太太也有岁数小一点的妇女。

驴脸在看牌的时候，必定驴脸温和、声音温和。她格外相信和气生财。

小么就是在感受驴脸的温和时，加入了驴脸看牌的队伍。

她们看牌绝不白看。过去，她们赢黄豆，一人 10 粒黄豆，一根筷子。

10 粒黄豆顶一根筷子，他们管筷子叫马，或是牛。不知道从什么时候起，她们用钱顶了黄豆和筷子。这么一顶，她们尝到了真正的快乐。尽管她们还不能用刺激风险运气这一些赌场上的术语来描述她们的游戏，但她们比以往任何时候都更认真，都更正经，都更讲信用。她们一分钱打底，专查小番，不赖账。

她们每天最大的输赢不超过两元。这样好，细水长流。这是牌友们的一致意见。

那年清明节过后，也就是驴脸的兜里揣了白得福的 300 块钱后，白得福给了小幺 100 块钱，让她跟驴脸看牌。

你准吃了耗子药迷瞪了，要不你咋这么发善心。小幺一边乐得合不上嘴，一边弯腰急急地提鞋。

你不是给我揣崽了吗，奖你……你……你呗。白得福故意扬着脖子把烟吐成圈，再猛抽一口把那烟圈冲散。

咱那粪也该往地里送了，人家驴脸粪地里的粪都送得差不多了。

啥咱那粪，那是你的粪可不是我的……粪……粪……白得福没接上下一个感叹词，自己嘻嘻地笑了。

一说干活你就要贫嘴，拖拖拖，我看你拖到啥时候。小幺把鞋提上，抓过梳子梳头。

有你吃的就是，别人家人家的。白得福倚着墙，把鞋蹬在炕沿上，脸上挂着谋略的笑。

你玩你的玩个够，玩大点，天不塌我不叫……叫……叫你。

小幺乐颠颠地从院墙跳到驴脸家。

驴脸家正三缺一，急得冒烟。小幺一跳墙，驴脸乐得在炕上颠起屁股。快来快来小幺妹子。驴脸喊着，脸上的笑四下分布。

驴脸坐在炕头靠窗户桌角，小幺坐在炕沿驴脸的对个。在别人眼里她们是妯娌，得避嫌，别让人怀疑她们打串牌，这是规矩。不管她们自己处得怎么样，大家都信一点，一家人到关键时候肯定偏向自家人。

你们是不是都贷了款了？驴脸一边洗牌，一边随便地问。

贷了，不多。利息太高了，怕还不上驴打滚。有人应。

就是，利息太高了。

现在这钱长毛了，越长毛越长。年头好还行，要赶上个灾什么的，坐地就拉一屁股的饥荒。

话是这么说，要没有白得福这个表哥能帮着贷点款，想"坐地"都没有了，下不了种子，地里还不长碱蓬子呵。驴脸把牌齐刷刷地往桌上一推。

要说也多亏了你们那口子。

乡里乡亲的，不说这个，开牌。小么掩着得意，发了令。

四个女人一台戏。

明媚的春光，透过低矮的窗户映进屋子。糊着报纸的墙上便有了黄灿灿的光芒。那光芒正好是一首诗发出的，那诗的下面写着"长水"，诗的旁边是小芹笑嘻嘻的照片。女人们不知道春天对她们的抚爱，四缕旱烟，在她们戴着顶针的手指间袅袅飘升，消散。她们的脸一律如刚解冻的土地，没有颜色、没有表情。屋外的猪，不停地哼叽着拱门。驴脸不时地把脸贴在窗户的塑料膜上，向外喊一声，去！

开牌半个小时，正是她们过瘾的时候，白得福隔着墙喊小么回家。

小么听了一激灵，说我得回去，就要搁牌。

这么火烧火燎的哪儿刺痒了？驴脸不怀好意地挖苦小么。

不是……

小么这么一争辩，大伙就笑起来。

不是你急什么，打一圈再走。

不行，白得福说了，天不塌了不叫我，准是有大事。

你走也行，你再找一个人顶上。找不来人就别走，这是规矩。

小么说行。

小么的话还没说完，门一响，一个弓得两头快扣一起的老头把脑袋探进来。驴脸的屁股又一次颠起来。快走快走快上快上，她一摆手，这边送旧那边迎新。小么讪讪地走了。

小么急急地翻过墙，隔着窗户就看见白得福鬼迷迷地笑。她气不打一处来，没进门就骂你冲着鬼了，阴一会儿阳一会儿的。

你看戏……戏……戏吧。

白得福跳下炕，在小么的脸上亲了一下，小么使劲抹了一下脸。转过脸，又朝他吐了一口。

白得福一点不恼。说穿上衣裳咱俩送粪去。

我不去，一干活就拉上我。小么把脖子往后一梗。

走吧，祖奶奶。白得福拖着小么的胳膊，把她的脖子正过来。

你不说让我玩个够吗……小么还试图跟他讲理，被风堵住了嘴巴。

太阳落山的时候，他们在地里听到了屯里的新闻：驴脸聚赌被乡里派出所抓住，当场罚款300块钱，别的人有的被罚一条狗有的一头猪还有大酱什么的。

白得福惊讶地问送粪的人，怎么还要狗……狗……狗哇？

说是有县里下来的人，县里的人最得意狗了。

真不讲理……理……理呵。白得福使劲往手里吐了一口唾沫，把粪扬出老远。

我让你回来对了……了……了吧？白得福挤着眼睛跟小
么说。

小么歪着脖子瞅了一会儿白得福，放下手里的铁锹说，我
看是你捣的鬼。

妈呀，你小点声。白得福用身子挡住了小么的嘴。

其实，他不用身子挡，别人也听不见。人们吃喝牲口的声音，
都被春天的风扯得断断续续。

小么和白得福

有苗不愁长。有了种子自然就不愁苗。愁就愁在种子不会
自己生根发芽。小么对着白得福磨磨叨叨地用嘴和眼睛挖苦的
时候，一点也没影响她的好胃口。她把这个早上全屯子最好的
早饭吃得吧唧吧唧响。猪肉炖粉条子对饥饿和劳动着的人民永
远是世界上最香的美食。他们无法想象城里人怎么会花钱买婆
婆丁买小豆腐买大饼子吃，那可真是吃饱了撑的。她也无法想
象怀了孩子怎么会一闻到油星就恶心，一看见肉就吐。她故意
把那肥嘟嘟的白肉用牙齿研磨成油汁，再咕嘟地咽下去，香呵。
白得福恶心得直想吐。他咧着嘴说我说你看你那熊样，你就吃
吃吃看我供你个饱……饱……饱。他本来是想选一个感叹词的，
可拖到后来，也没选准哪个词更赶劲。他看着她那厚墩的嘴唇
实实惠惠地汪了一层油，心里说不出的好受。他觉得他无论当
爹还是当男人，在这个屯子里都算是一条汉子了。特别是收拾
了驴脸，他更觉得满心的舒坦、硬气。

人家都开始修水桶准备拉水了。小么咕嘟着红润润亮闪闪的嘴说。别老是人家人家的。有你吃有你喝你擎着就是……是……是呗。白得福重复以前的话。

我可不乐意老是跟你提心吊胆的，小么用手在黑乎乎的抹布上蹭了蹭。

你别烦我行不……行……不……行……行哇？这个否定之否定的语式，很是让白得福绕嘴。

一旦让人知道了……小么没理他的绕口令。

闭上你那乌鸦嘴！白得福一急，一颗完整的炮弹射出来。

我一踩土豆窖盖心里就疙蟆。小么的嘴义无反顾地吧唧着。她这几天一到地里，就听人骂，骂哪个买不起灵幡纸的偷变压器，眼看种地了机井却没电打不出水来。小么总觉得那些人骂得远远近近飘飘忽忽鬼鬼祟祟地跟她有点关系，她也没当回事。要不是白得福从表哥那回来，烧酒在肚里拱得慌，吐得满地下水，连那土豆窖里的"货"都吐给她，她怎么也想不到那黑咕隆咚的窖里还吞金藏银。白得福说那可值半屯子的收成。说那是天那么大的一角肉，你馋了就可以上去割一块。那是地那么大的一匹布，你浪了就可以上去扯一条。那是比天和地还大的酒桶，你随便喝……喝……喝吧……当时小么没理白得福要她跟他喝喝喝，她就拿着油灯去照了土豆窖，屯里从清明节的晚上就开始停电，不行就买包蜡。小么在打开土豆窖的时候还这么想，她是觉得白得福从外回来，腰包明显发鼓。可一打开窖盖，她就吓了一跳，里面黑乎乎地趴了个大家伙，她揉了半天眼睛，才看清，那是屯西头两根杆子架着的变压器。这么大个货白得福怎么弄进来的,她怎么一点不知道。她翻来覆去就想这个理儿。能不能当肉当布当酒她还真没想那么多。她看了后,就咣当把盖盖上,盖上了,也就把这事忘了。

她没觉得这黑家伙与往日白得福扛回来的树,摸回来的铁锹破麻袋什么的有什么区别。要不是这些天下地送粪,她还不知道这家伙揪着大伙的心,屯里人对这东西的失踪越来火越大。承包机井的王三更是胡子一翘老高地操着山东腔可屯子日偷变压器人的祖宗,一车水一元钱,他挣的就是这一井水,水没了,他这一年就泡汤了。小么害怕了。

变压器已经和屯里人的收成连在一起,和收成连在一起,在屯里人看来,就跟他们的命连在一起了,他们的命要有了危险,他们是要拼命的。这就是小么的逻辑。小么的逻辑很快得到证实。屯里人开始张罗由村长出头,领着有头有脸的几个人挨家翻,翻出来就让他给全屯的老少爷们磕头。这个举措曾让白得福坐过几天煎饼烙子,炕上地下待不稳。可很快他就乐了,他就让小么把心和肠子都放好,他说没事,他有谱了。这谱是什么,他没跟小么说。他已经后悔酒后失言,把不该跟小么说的话说了。他爹临死的时候就给他留下一句话,告诉他心窝的事除了不跟别人讲最主要的是不跟老婆讲,老娘们这玩意儿……他爹把这话重复了两遍,两遍都没说出老娘们到底是什么玩意儿,他也就没上心。现在,他可是觉出了老娘们的麻烦。

真的,我一踩土豆窖盖心里就疳蟆。小么用抹布揸了下嘴。

疳蟆个啥。白得福翻着白眼从炕上直起身子。

你再干那见不得人的事,早晚找灾。小么自己说自己的,不理白得福的茬。

你这丧门星我早晚给你丧门了……门……门了。白得福从炕上气呼呼地把腿伸到地下，用脚划拉着鞋，趿拉着出去了。

喝凉酒睡冷炕早晚是病。小么用一句俗语，重复了她刚才的意思。她的心情一点没变，有了肉吃，当然满足。但如果认为她就是一头猪，知足常乐，吃饱就睡，啥也不想，那也是不对的。白得福手脚不干净这事儿，她也是跟他争执过，吵过闹过的，但她改变不了他。改变不了别人，只能改变自己。她的改变就是睁一只眼闭一只眼，顺水推舟地过日子吧。

白得福和长水

白得福请长水吃饭，让长水有些受宠若惊。长水是个有心计但不愿意说的人，见谁都客客气气，可满屯子能看上眼的也就是白得福。用他自己的话说，白得福已经脱去农民的某种本质的东西，二十个壮劳力也赶不上他一个人的狡猾。这一点跟大芹是绝对的一致，但讨厌的焦点不同。他看到的是白得福骨子里的东西，是本质的东西。这东西是什么他还说不准，但他能感觉出来。他没办法的是他是他叔，他叔请他吃饭，他没有不来的道理。可坐在叔的炕头上，他心里发毛。他不知道他能为这个白得福叔叔做些什么，但他一定得为他做些什么，这是一定的，长水一点也不敢小看这个比他大几岁的叔丈人。他清楚他的文化特别是诗词什么的，对这个白脸男人毫无用处。那么，他还有什么？

你呀，把腿盘好，咱爷俩近边儿地喝两盅……盅……盅酒。

白得福自己做了个示范，把盘好的腿又用手往裆里搬了搬，身子哈向炕上的饭桌。

我知道，叔。长水恭敬地说，照着叔的样子把腿往裆里搬了搬。

咱屯里呀，不瞒你说我还就能看得起你……你……你呀。白得福把筷子在桌上理齐，规规整整地放在碗边。

咱俩正好一顶一，本儿了。长水在心里说，可脸上却露出知足的笑。他不能相信这个很有教养样地坐在对面的男人，会干出偷人家酱缸上铁锅的损事儿，这对于一个男人来讲，真有点扒门缝儿蹲墙根儿捡烟头儿偷看新媳妇儿的小人劲儿。可那天晚上他却真真切切地在大雨中跟刚从人家院墙上跳出来的胳膊下夹着铁锅的白得福撞个满怀，这让长水自己都尴尬得不知所措，可头发像苞米缨一样湿漉漉耷拉满脸的白得福却从从容容地拍了拍他的肩，给他让道让他先走。长水狼狈而逃，倒觉得是他自己干了见不得人的事，至少，他再看见白得福时，就不自觉地想躲，好像欠了他什么。直到现在，他这种挺不是回事儿的心理也没好多少。

你想什么我知道，我说给你……你……

不不不。长水急急地摆手打断他接下来的"你听"，他相信一定是这两个字，而且他还相信他一定知道自己在想什么，他早就承认他不是一个一般的农民。他害怕再把自己搞得狼狈不堪。

那你就喝……喝……喝吧。

我喝，我喝。长水觉得自己像一个被提审的囚徒。

三杯两盏过后，长水的眼睛就红了。他眼睛红了，心里却明白，他得弄清白得福到底有什么事求到他的头上，喝了人家的酒，不能白喝。可他不说自己还真不能问。

要说咱们亲戚不远……远……远呢。白得福终于开始往正题上引。

这就好。长水心里想，嘴上连说是呵是呵，我岳父是叔你的亲哥，你跟我岳父就差不多了。

你岳父在的时候，有事好商量。他这一去呵，贪上点什么事，就得咱们自己想法子了……了……了呵。白得福忘了他哥在的时候他还不到可以商量事的岁数。他说得很正经。

叔你有事尽管说，我能帮上的还能推吗。长水终于扳平一点在白得福面前心理的失衡。

我是有事求你，还是个大事……事……事情，这事就你能帮上我……我……我呢。成了，叔一辈子亏不了你。白得福不自觉地把磕巴挪到中间。

长水笑了，长水在笑的时候露出一排雪白的牙齿。行，你说吧叔。

那我可就说……说……说了。白得福抬起屁股把下巴凑到长水的耳边，长水赶忙也跟着抬起屁股。

长水没听清白得福说句什么，他在这时候听到了春天里的第一声响雷。这雷声如巨大的车轮压在天上，轰隆滚滚，雄浑而持久。紧接着就像碾碎了天空，兜不住的大雨——哗地奔泻下来，眨眼间，天地混沌一片，白茫茫连院里的墙也看不见了……

白得福和长水直着脖子不知听了多长时间，白得福忽然坐回来，哈哈地大笑起来，脑袋在直挺挺的脖子上来回晃悠。叔你重说。长水缓过神来，瞅着白得福晃悠的脑袋说。

不说了不说了，喝酒喝酒。叔这事儿呵成……成……成喽。长水莫名其妙地瞅着眼前这个分明被大雨或什么意外冲了难处的白得福叔叔，又一次感到欠了这个男人，刚有点摆平的心又斜歪了。

长水离开白得福家的时候，天已经完全黑了。他的酒喝得很好，他的饭吃得挺饱。可他的心却很空。空得就像白得福的家里，虽然很空，可你却分明感到那空中的实力，那实力是什么他看不见，就像他此时的心里，空得很沉。

这可是一场好雨呵，是老天赏给农民的跟贷款和种子一样重要的命根儿。长水用诗意排遣了心中的怅惘。他不知道这雨对白得福比贷款和种子更重要，他也不想知道。他最需要知道的是，如何摆平他和小姨子和老婆的几何关系问题。

白得福和小么

一场春雨，熄灭了屯里人关于丢失变压器的义愤填膺。赶紧把种子弄进地里，是人们的当务之急。庄稼人知道一年之计在于春的道理。

当小么的肚子拱出皮面一寸高的时候，白得福用锄杠打了小么的屁股。原因是小么和驴脸看牌成了瘾，白得福铲地回来总碰冷锅台。白得福说你看牌也行，得有时有晌，不能不做饭连猪也不喂，不像个正经人。

小么开始坐在地上大哭，白得福还从来没对她动过手。她妈告诉过她，要是男人对她动了手，就要一哭二闹三上吊，让他忌讳，要不男人打顺手了，这一辈子都得受屈。小么牢记娘家妈的话，坐在地上一边哭一边想，这一哭是有了，第二步该怎么闹。她哭着哭着就有了主意。她从地上起来一屁股坐在炕上，大数白得福鼠摸狗盗的种种行径，而且声音越来越大，她知道白得福怕这个。

白得福在小么历数罪状的时候，一直是咬牙切齿地用白眼睛翻着她，等她用手去指土豆窖盖的时候，就猛地拉过她的胳膊狠狠地抽了她一耳光。小么呆愣了几秒钟后，就擦了眼睛往外走。白得福大吼你上哪去，小么从容不迫地说去找村长。白得福的脸就白了，他用身子把小么挡在门里，他是想再给她一个耳光的，可他忍住了。他知道他得用理智对付这个没有理智的娘们。

白得福和小么的讲和，是以白得福以后再不准对小么动手和不准对别人家的东西动手为条件的。白得福无条件服从。白得福觉得所有的女人都是既想当婊子又想立牌坊的货。他没觉出他从外面拿回来的东西哪一样小么不喜欢。没有一次她不说以后别干了，可干了之后，她仍是满脸的捡便宜，直到那东西用完了用烂了，她才好了伤疤忘了疼捡下棍子打花子。白得福知道她就跟知道自己似的。不过这一次白得福不能掉以轻心。他嘴里不说，可他分明已经感到，土豆窖里的货让他自己一想

起来也心里疙瘩。他不知道该如何从这块肉上割肉从这捆布上
扯布更不知道怎么从这个过大的酒缸里舀酒。他本来是请长水
帮他把变压器的事处理了的，可一场大雨浇了大家的怒火，白
得福心里有了底，就把这事搁下了。变压器已经被富得冒油的
农电局又换上新的，王二的胡子也在村长的安排下不翘翘了，
可派出所说这是一个大案，是今年主要攻克的一项目标。这让
白得福感到从未有过的棘手，跟豆腐沾上灰差不多。

小芹大芹和长水

　　民办教师王长水在端午节的早晨，无比温存地把大芹揽在
被窝里，用充满诱惑的耳语和行动，把大芹搞得十分听话。大
芹本来是不想和长水一起去北大甸子采艾蒿的。她觉得那是孩
子们的事，端午节采艾蒿图个一年吉利，可挺大个老爷们妖妖
道道地跟着起哄，让人笑话。可后来，后来长水把她从被窝里
扶起来的时候，她就有些不好意思了。他们就决定一起去北大
甸子采艾蒿。大芹临出门的时候，轻手轻脚地给睡着的孩子戴
上香荷包小笤帚，还给孩子的手脚绑上五彩线。大芹做完这一
切后，看着孩子憨实的睡态，不觉就叹口气跟长水出来了。

　　大芹永远不明白她为什么就对长水热不起来。不管她心里
如何承认长水是一个好人，可看在眼里的长水，她总是觉得模
模糊糊，离她很远。她以为当她清明节的早晨把他和小芹用过
的安全套抖给他之前，她会咬他撕他大骂他一顿，可事实上，
她根本就没有那么大的劲头，她觉得很没意思。她更气的倒是

小芹。小芹没有把她当姐看，这一点让她很受不了。

现在，一心一意地采着艾蒿的长水，像一个贪玩的孩子一样，东奔西跑，还开心地哼着歌儿。这让大芹很是莫名其妙。

嗨，我说你站那儿傻瞅什么，采啊，快采呵。长水怀里抱着绿莹莹灰蒙蒙的艾蒿冲大芹喊。

大芹冲他笑了笑，没有吱声。她知道自从清明节后，长水就更是对她和颜悦色，时时表现出对她的小心。她是想和他说用不着这样的，可不用这样，又用什么样呢？她自己也不知道。生活总会要你去做什么，并不告诉你去做的道理。就像是清明节时她以为回家是没有活路了，可不回家活路又在哪儿？

大芹看着太阳底下满甸子蹦蹦跳跳的孩子们，像小鸡小鸭一样，一边采着艾蒿，一边叽叽喳喳地叫，各种颜色的香荷包，在他们的肩膀上衣襟上跳腾，那是他们的奶奶姥姥妈妈缝给他们的护身符，保佑他们健康长大。可长大了以后，谁来保佑呢？大芹很是茫然地看着一波一群的孩子，心里竟像一坛老酒一样，泛起一股浓稠厚重的感觉。长水喊大芹走的时候，大芹的手里只攥了蔫蔫的几根艾蒿。长水嘴里说你看你，你看你，不由分说就从怀里分一半揉到大芹怀里。

我给你念首诗吧。长水没在意大芹的兴致。一边往家走，一边酝酿情绪。

> 独在异乡为异客，
> 每逢佳节倍思亲。
> 遥知兄弟登高处，
> 遍插茱萸少一人。

你知道这诗就是写今天的吗？噢天，弄串了弄串了，这是九月九的诗。长水的兴致丝毫没受影响，我再给你来首别的。长水别的诗还没出口，他和大芹就一齐呆愣在了家门口，他们看到了自家的门檐上和窗户上，像发芽的柳树一样，齐刷刷地插满了青翠的艾蒿，蒿叶上未净的露珠在清晨的太阳照耀下，闪闪烁烁，清清灵灵。

长水的脸一下红了。长水的脸在大芹看向他前一下红了。他们都知道是谁干的好事，除了小芹没有别人。因为小芹正站在屋里向外瞅他们。

你来干什么。大芹的脸呱嗒搁下。

我来给你们插艾蒿呵。我祝你们日子和乐呀。小芹笑着跟她的姐姐说，中间飞快地瞪了长水一眼。

我不乐意你来。大芹说完扭身出去，把小芹晾在屋里。

长水尴尬地看了一眼小芹，忙把眼睛看向窗外的房檐。那上面青绿的艾蒿，是他早就想插上去的。他是想让它们给他保个平安，求一份宁和，他从小就跟母亲这么做。他用一早晨的苦心，想让自己忘了小姨子的存在。他不是一个不识趣的人，他也不是一个非给老婆念诗显示什么的人，他就想让大芹高兴高兴，他不想伤这个让他爱不起来但也不让他讨厌的人。他没想到的是，小芹再一次占了她姐姐的上风，在他们用心算计平和的日子的时候，小芹已提前把他的预谋，昭示在太阳下，让他举步维艰。

做这么好的兴致给她，假不假呵？小芹扬起她永远朝气蓬勃的脸。

长水侧过脸看了一会儿小芹，没有说话。他抗拒不了小姨子身上的某种力量。

反正我要跟你结婚。小芹执拗地把眼睛对向她的姐夫。

长水把眼睛挪向旁边。

我要你跟我说话。小芹用手扳过长水的身子。

长水往屋里扫了一眼。小芹，记住，这是你最后一次说傻话。长水握了握拳头，他是想让自己镇静下来，他已经听到了自己怦怦的心跳。

我要是记不住呢？小芹更高地扬起头。

你早晚会的小芹。长水的声音变得十分缥缈遥远。

哼。小芹调皮地一笑。从兜里掏出三只香荷包，这是妈让我给你们送的，妈说让你们都戴上，老太太立地成佛了。小芹说完朝长水脸上亲了一口，噔噔噔地去了。

长水捂着热辣辣的脸，心里的冲动是伸手拽过小芹，可他坚定地站在那里，一动没动，只徒然地把眼睛望向窗外，他看见刚刚还鲜活如初的艾蒿正蔫蔫地开始发灰……

小么驴脸和白得福

驴脸在铲完三遍地的最后一根垄后，顶着如火的骄阳把锄头插进小么的地里。小么的眼睛一下就湿了。她腆起肚子，用手掐着后腰眼说嫂你歇着吧我也快。

我说小么你是在娘家揣过崽儿还是到白家养过汉你怎么就不和那白得福论一论，你挺着个大肚子跟头把式地挣命干，白得福像个娘们儿似的在家养着，他那小白脸还能焐出花来呀。驴脸头也不抬地用锄头铿铿抓地，说出的话跟锄板一样快而有力。

我说不过他，他不干我有啥招，这地不能荒了。小么憋憋屈屈地说完就扬着脸开始铲地，她本来是打忰干活的，可白得福比她还能靠。她不想把一肚子的火气和委屈散给驴脸。她知道驴脸不过是拿她开开心。她反过劲儿来了，不想让她占这个便宜。

你说你差哪儿，啊？你差哪儿，怎么就让他给欺负了？驴脸大幅度地拉了一把锄杠，又起瘦长的腿，用手抹汗。

你歇着吧，我快。她不想接驴脸的话茬。白得福太阳不偏西就死赖在屋里不出来，一条长板凳让他躺出弯。小么恨得牙根刺痒，可小么能跟她说吗？小么的日子比她强，驴脸的眼睛早就带着钩子看他们，她眼气白得福把小么养得白白胖胖，小么知道。她现在就是想让小么不痛快。小么就偏不在乎。她使劲地拉动锄杠，却怎么也撵不上驴脸。她在心里佩服驴脸年轻时一定是一把好手。

小么，你别老勾勾着心眼跟我说话，那白得福不是好饼你别老惯着他。驴脸在前面直起腰，冲着后面的小么大声说。

太阳在这个时候稳稳地向西天沉去，燎人的红火也就跟着烧到天边。被火烤了一天的小么这才闻出身上湿汗的酸巴味，难闻得跟酸菜缸似的。她在心里狠狠地骂了一句白得福你早晚得睡死，白得福就来了。白得福来了，就听见驴脸的话。

白得福气呼呼地拽过小么的锄头，把小么搡在一边，有屁就放，没屁别瞎在那嘎嗒……嘎嗒……嘎嗒牙。白得福故意大声豪气地骂。

白得福你骂谁？我帮你干活还干出冤家了。驴脸把锄头往地里使劲一蹾。

我没请你。白得福恨恨地把一棵苗铲去。

你请我我还得来算？驴脸提起锄头，用手往下揩泥。我知道你做贼心虚。

白得福猛地抬起脸，手不觉地把锄头握起来。

我上回被罚的事儿，你早晚得给我说明白。驴脸看白得福有些紧张的样子，得意地扛起锄头就走。

白得福听了她的话，脸上一下松弛下来。他还以为她知道了土豆窖里的货。败家娘……娘……娘们。白得福冲着驴脸的后背骂。

你往后少和她打连……连……连连。白得福转过身又黑着脸唬小么。

你心里没鬼你怕她什么？小么脖子一梗，用白眼睛剜白得福。她正憋一肚子火，就腆着肚子把火喷向男人。

你别越说越上脸，贱……贱……贱人。白得福自从上次跟小么谈了判，就越活越憋屈。挺大个爷们，让一个女人给板正了，还有苦说不出。

你跟谁这么说话的？小么的脸一下憋得通红，我做贼了还是养汉了，我受你这份王八气。小么想起驴脸的话，肚子里的无名火就更大了。

你还老虎屁股摸不得了……了……了呢！白得福拎着锄头

冲小么过来。

小么挺着大肚子就迎过去，你动我一指头我就把村长领到土豆窖里看看那里藏着什么东西。

去你的吧。白得福吼着手就扬起来。可是充满理智的白得福的手扬了一会儿又背过去了。他在这个时候想起了他爹临死的话，他在懊悔中不想把这个娘们惹急了。

想你也不敢，我让你吃不了兜着走。小么满头满脑袋的得意。

你要是把我逼急了……急了……

逼急了你还能吃了我！小么双手叉着腰打断白得福的话。

你等着……着……着吧。白得福红着眼睛返回去，狠狠地铲起来。

落日拖着最后一抹残红，在天边隐去。站在地里的小么像袋鼠一样，用手捧起衣襟擦眼睛，她自己也说不清那湿漉漉的东西是汗还是眼泪，反正都是不好的东西。

白得福和表哥

1994 年的秋天，屯里逢上了从未有过的丰收年。白得福的表哥在国庆节的时候，来到他的表弟家，用他自己的话是来重温过去的生活，他很想念在乡下的日子。白得福的衣裳裹在他的身上很是窄巴，他就穿了长水的衣裳，和白得福一起下地掰苞米。白得福很是感动。白得福在感动的时候，感到很不是滋味，他居然赶不上表哥干得快。他和表哥各拿一趟子苞米铺，他用了从没用过的力气，到头也总是让表哥落几铺。他不能不在心里承认，表哥继承姥爷的好东西，哪方面都比他强。

我说兄弟，你这把式不行啊，还得用心跟你哥学学。表哥得意地笑着，红润的脸膛冒着热汗。

白得福不好意思地跟着嘿嘿地笑。在心里想我是得好好练练了，快半辈子的人了，白得福忽然就有了一种沧桑感。他还从没为他过去的日子不好意思过。

白得福在嘿嘿笑的时候，发现长水地里的大芹也站在苞米铺儿那儿嘿嘿笑。白得福不觉就感到一惊，他知道大芹已经多年不会笑了。

小芹大芹和长水

如花似玉的小芹，以她每日对着墙上的报纸朗诵一遍她姐夫诗词的执着，把她的姐夫逼得连连败退，狼狈不堪。而正当她得意扬扬，哼着小曲儿随时准备做她姐夫新娘的时候，她的粉红的脸蛋领略了她的老娘驴脸的耳光。

你这小婊子还叫秧，你姐疯了。驴脸的脸上灰蒙蒙得像长了一层毛。

大芹疯了。疯得见男人就笑，见女人就哭。

驴脸是和白得福还有他的表哥一起去给长水还衣服的时候，看出问题的。大芹先是直愣愣地瞅白得福，后又死死地盯着白得福的表哥——她的表叔，然后就把眼睛钩子似的盯在她的表叔的裤裆上，哈哈大笑起来，笑得跟鸭子一样嘎嘎左右摇晃。

白得福看见表哥满脸通红地连连后退，下意识地用手去捂档下，连忙圆场吼大芹你疯了！这一吼，他们全都傻了，他们同时认定，大芹确实疯了。

驴脸只觉浑身一凉，用手去掐大芹的人中，大芹对着驴脸就是狠狠的一记耳光。

驴脸把这一记耳光还给小芹，但远没有大芹的力气大，她老了。驴脸想到自个大半辈子守寡，守得个窝里反，肥吃瘦，就觉得那早被两个冤家揉烂了的肠子肚子都抽抽到一块，一寸一寸地疼。眼泪不觉就顺着那毛茸茸的老脸淌下来。

小芹一下子就傻了。她死也料不到会有这样的事情发生。她一头撞进姐的院里，大芹用哭死人的号啕，用一对一双噼里啪啦的眼泪把她截在门槛外。

小芹粉红的脸一下给放了血，变成一张白纸。她呆呆地望着长水哀哀的死相，自己也成了一副活死人。她很想大哭一场，可她的嗓子里塞进了棉花团，软软地堵住气脉，让她连一点声音都发不出来。她有了同她妈一样的感觉，那就是肠子肚子都一寸一寸地疼。只是她没有淌泪，她不知道她的眼泪哪去了。她觉得她一下过完了她该过的所有的好日子，她分明看见了那个坐在大马车上的穿红衣裳当新娘的小芹，正背对着她随着马车的滚滚尘土，渺然而去。她感到她已经当完了新娘，关于新娘的各种美梦，已经结束。关于爱情命运的种种折腾，到此戛然而止。

她拖着身子——她觉得那身子好像不是她的——走到长水面前。长水抱着准确说是拖着大芹在门槛里。用一双十分模糊而遥远的眼神，看着他的小姨子朝他走来。要是过去，他会仓皇而逃。现在不用了，他在这一瞬间忽然彻悟，他过去所以害怕小芹，是他对小芹爱心不死。而现在，当他抱起披头散发的妻子时，他已心如止水。

好好看护我姐……姐夫。小芹和她的姐夫长水，四目相对，各自无声地动了动嘴唇后，小芹酸楚地在心中，第一次叫了她的姐夫。

小芹以迅雷不及掩耳之势，在她姐姐住院的一个月内，嫁到了城里。她以方圆百里的小美人儿的待遇，以准城里小姐的奢华做了新娘。出嫁的那天，屯里如同过年看秧歌一样，挤在驴脸的大门前。一辆火红的轿子，历史性地昂首在金秋的朝阳中，从容地迎受着屯人的朝拜和抚摸。小芹穿着雪白的羊毛套裙，站在黑旧的窗户框前，脸上没有一丝就要和养育她长大的故乡故土故亲故人包括她的老娘告别的悲戚。小么以婶子的关怀，腆着大肚子走到她的跟前小声说小芹你得哭一哭，要不大伙笑话。

小芹瞅了一眼这个白白胖胖的小女人，笑了。然后把她的眼眉一挑，看向远处，那正是她做梦都想去的地方，她自己跟自己说了一句谁为我哭呵，就快步走向车门，所有人都知道她迟迟不上车等的是谁，可所有人都看到了，全屯子的人都来了，只有那个人没有来。

驴脸亲自为她的小芹关上车门，然后扬起胳膊说，走吧走吧。车就在驴脸的指挥下，鸣了声长笛，启动了，暄软的黄土道使车子像一个觅食的大红公鸡一样，一步一点头地远去了。

白得福和小么

小么的脾气像她的肚子一样，累累见长。到了阳历年的时候，连尿罐都由白得福倒了。

小芹嫁走以后，小么见了鬼似的就想早晚能穿上那么一件白羊毛衫。白得福起初以为她就是说说嘴，可后来发现这个娘们动了真，连做梦也唠叨穿上了白衣服。白得福就忍不住抢白她怀个孩子就像谁欠了你八万账，想这个吃想那个吃，还想起穿衣裳来了，这不吊……吊……吊猴么。白得福一边说着一边砰砰地剁酸菜，准备给女人包饺子。

我生完孩子就买一件白衣裳穿。小么头也不抬地靠着墙给孩子做小裤。

白得福砰砰地剁菜。

我当姑娘的时候也不比小芹差。

白得福砰砰地剁菜。

小芹穿上白衣立马就好看成个戏人儿。白得福我跟你说话哪，我怎么看你越活越窝囊了。

等我死了你再穿白戴……戴……戴孝吧。白得福阴着脸回敬他的女人。

今年冬天我看你格路，整日闷在家里不声不气地，你要是手刺痒难受，你就去偷去摸吧，那不又支起个变压器吗。小么的声音阴阳怪气起来。

闭上你那个粪坑。白得福的脸不觉就变得煞白，他越来越觉得他的心口被小么别了一把刀，小么晃一晃这把刀，就把他搞得心疼肝痛，疲惫不堪。他心里生出一万遍狠狠教训一顿这个蠢娘们的念头，却又不得不一遍遍地放弃这种更蠢的打算，他不想让他越来越强的恐惧，在这个不识好歹的女人嘴里变成现实。

你少跟我装横，你土豆窖里的死尸不是布吗，你不说能给我撕一块来吗？你就撕一块给我，给我做个白衣裳。小么像鹅子一样把肥大的身子坐在炕上，固执地把脖子长长地伸向白得福。

白得福使劲把刀剁下去，又拔出来，用刀向女人比划了一下。我早晚非杀……杀……杀了你。

白得福和驴脸

白得福当然不能杀小么，他也不敢。不过他终于下定决心在哪一个无人知晓的时候，把土豆窖里的东西扔出去。它就是一缸酿得再好的酒一捆布哪怕是一捆钱，他也不想要了，他要像扔一颗炸弹一样把它扔出去。要让他做鬼的日子见个亮，让小么恶毒的把戏变成一泡尿。

白得福得意地做着打算的时候，他和屯里的人们发生了一场始料不及的冲突。原因是，清明节向他贷款买种子的人不知怎么的一下团结起来，一起向他拒付那笔足以让他在别人眼里是个人物至少让小么满足的利息。人们像一夜间都念了大学似的对他讲起了法律。说私人放高利贷违法，向私人借贷也犯法，他们不想犯法，但他们愿意把本钱还给他，仍然感谢他愿意和他做好同乡，以后没准还得请他帮忙买个种子化肥什么的。千篇一律的话，用着同一种和气的语调，气得白得福整个人像根木头似的干着急说不出话。开始他还试图用忘恩负义，过河拆桥，拉屎往回坐等等骂他们个狗血喷头，可很快他就放弃了这武器，他的磕巴变得史无前例的出色，他连半个句子都说不成，他只好抖着嘴，跺着脚对后来的人使劲指门，他索性连一个"滚"字也不说了，他觉得这些老实巴交土头土脑的庄稼人全都变成了癞皮狗，不，连猪狗都不如！

令白得福欣慰和感动的是，小么以一个标准小泼妇的姿态，坚决捍卫了他的利益，无一不是把那些丑态百出的家伙骂到他们听不见为止。家庭的主要矛盾悄无声息地转化成次要矛盾，一致对付骤然生起的外人侵犯，不可调和地成为这个家庭的主要矛盾。

聪明的白得福以超出屯人的智慧，很快弄清了事情的原因，驴脸这个破落的女人，在耐不住一个纯粹寡妇的孤独和寂寞的时候，整出了这个景。

白得福毫不犹豫地翻墙闯进驴脸的家，他要把这个一直令他万分难受的母狗砸个稀烂。

驴脸正守着个二大碗大小的笤，从里面一捏一捏地往出抓烟，手里的卷烟纸稳稳地去接撒下的烟末。白得福来了她连脸也没抬，自顾让那棵溜圆的脚锥似的烟在手里飞快地滚转。

我有话要跟你说……说呢。白得福觉得话不够硬气，就又补了一句，你好好听……听……听着。

我正听呢。驴脸不动声色地转她的烟。

把我的 300 元钱连本带利还给我。白得福对着驴脸的冷静竟说出这么一句话。他恨自己不争气，就又恨恨地补了一句，一分也不能少……少……少！

行啊。驴脸不慌不忙地从裤腰里掏出 300 元钱，规规矩矩地放在炕沿上。

白得福没有料到这一手，张大了嘴不知说什么，只觉得血往脸上涌。这个娘们嫁了小芹腰就粗了。

白得福的本意是要狠狠地照着那张驴脸砸一拳，现在他觉出他已经出不了手了，就朝着那烟筐笒狠狠地扇过去，看着烟末蹦出来撒了一炕，就气狠狠地说那你等着，等着吧。

呸！

白得福在转身摔门的时候，把驴脸的唾沫夹在门里。

小么和白得福

贷款风波以白得福狼狈失败而告终。年初的种种美梦用白得福自己的话说是变成一泡尿。白得福从驴脸家里回来，就把窗台上一只早产的正咯咯嗒嗒炫耀的芦花鸡的脑袋拧下来了。小么一见二话没说从墙旮旯拎起尿罐就朝白得福扣去。

我 × 你祖宗。白得福抓过小么的头发照着那张白脸就是一拳。他觉得这一拳要不打在谁的脸上，他非打在自己脸上不可。他认为是这个吃里扒外的东西，和驴脸一起把他逼得走投无路疲惫不堪。

小么拼命地睁她的眼睛，睁到她自己感觉差不多像牛那么大，确认白得福砸了她一拳并且是朝着她的脸上的时候，她就使劲抹了一把脸，又像猫一样闻了闻手上的血，眼里就露出一道母豺似的仇恨，然后抖了抖身子就像母豺抖毛一样，昂着胸挺着肚子朝门外走去。

白得福只觉得脖颈一凉，汗就下来了。他这才发觉他破了规矩。他打了小么。小么去干什么，他明白得很。

白得福心一横，跳进土豆窖。他已经把那该死的僵尸大卸了八块，他要在小么领村长来之前，把它们运出去。

活该白得福倒霉。他在把东西全部装在推车上用麻袋盖好，回头去盖土豆窖的工夫，一阵风把麻袋掀翻了，他黄着脸急忙去扯麻袋的时候，没忘了四下看一眼，这一眼，他的魂就没了，驴脸正趴在墙头上冲他鬼笑呢。

白得福下意识地用身子去捂麻袋，脸像鬼一样僵白。

我认识那是什么，我早就知道是你干的。驴脸吐了一口浓浓的蛤蟆烟。把驴脸缩回去。

白得福呆呆地立在那，像一捆没有生命的秫秸。他知道驴脸知道了，全屯子的人就算都知道了。他索性由着风去刮那盖尸布，直到麻袋缠在车把上，灵头幡一样摆晃。

村长就是在这个时候进到院里的。他是想跟白得福借点钱给老婆抓药，他是一个一本正经的穷村长，他知道白得福手里有贷款的本钱。他的话还没出口，就一眼看见车里的零散了的变压器，他的脸一下就气成紫萝卜，哆嗦着垄沟垄台一样的腮帮骂了句什么，然后转身走了。

哭咧咧的小么跟村长撞了个满怀。村长又冲小么骂了句什么。小么也没管那些，自顾放大号声拎起裤脚给白得福看从里面淌出来的血。

白得福呆呆地瞅着那血往下滴，好像跟他一点关系都没有。死人，我要生了，还不快去找人。

小么喊着就扶在车把上，立马又挺起来。她看见了那堆黑东西。

怎么？怎么？……村长他，他怎么知道的？……小么的脸也黄了。接着就哇地一声哭起来。

白得福用死人一样的眼睛，直勾勾地盯着小么，把小么的魂都吓飞了，她一边哭一边喊，不是我说的，不是我说的，我没去找村长，我就在茅房里蹲着来的，我就一直蹲着……我就是故意吓唬你……

小么白得福驴脸长水大芹村长……

小么把孩子生在裤裆里的时候，白得福还在那站着。驴脸跳过墙，把孩子从小么裤裆里掏出来的那一会儿，村长领着派出所的人来到院里。白得福什么也没说就跟着他们走了。

小么提着裤子往出撵，让驴脸拦腰抱住。别受风喽别受风喽你这傻媳妇。这个老不死的村长，怎么下死手。驴脸边骂边把小么扶到炕上，活该他生不出孩子，做损！驴脸把下巴拉得快到胸脯。又安慰小么说没事，去检个讨就完事了。

小么愣愣地瞪着眼睛，瞪着瞪着又哇地哭起来，他肯定以为是我说的，我没说，我怎么能吃里扒外，我就是吓唬吓唬他，村长怎么就知道了……

　　八成他以为是我说的，我也没说，我要说了天打五雷轰。驴脸也不由得心慌起来。

　　长水和大芹来的时候，这两个女人又一遍遍地轮番把话重复给了他们。

　　大芹只是静静地瞅着他们，她不疯的时候，很少说话。

　　长水坐那抽了半天烟，站起来说，是天意。

　　白得福没有回来。

　　屯人们一下被普了法，都知道了这叫破坏电力设施罪，得判刑。

传 人

一

麦屯的落日，常常把西天搞成一片一片的火烧云，看上去十分美艳。如果有闲心再细细端详，却又会觉出一些凶险。与火或是血相近的东西，都会让人不安。这天的太阳，沉落得好像比每天快，刚刚还在火焰上跳动，一转眼就像被抹了脖子的公鸡，簌簌颤抖，在倒下去的时候大股地涌着血。

年轻女人匆匆走着，脸颊给天边的血涂得红亮。一双绣花红鞋在黄土里蹬着，泛起的尘沙，染了一层残红，在女人脚下蜿蜒。

黄土路终于隐进一片长长的杨树林。

女人长出了一口气，回头望了一眼被甩得远远的麦子屯，脸上现出粉白，嘴角微微地向上翘了翘，显出一些妩媚。

暮色四合时分，年轻女人走出那片长长的杨树林，眼前黑沉沉的平原，有一片雾霭，显得格外白亮。女人是看见白雾中穿长衫的男人，才走出来的。她现在觉得白雾里的男人，越加恍惚。女人便有些失落和惶惑。

两个人头挨头脚顶脚的时候，男人压着声问："怀了？"

女人垂着眼答："怀了。"

男人和女人的两张脸便同时红起来，接着又一起变得苍白。他们没有急着走，一起拿眼睛往天上望，他们同时望见了清白的月亮在空中，僵冷地浮着。女人就有眼泪要流出来，问男人："悔不？"男人瞅了女人半天说："走吧。"

二

金香没有想到她会再踏回这条黄土路。那时她是低着头急急地走的，现在，她把头扬得挺高。她的身后，一个十二三岁的男孩子赶着毛驴车紧紧跟着，车上是她的一些家当。

金香的腿迈得很稳，没有了当年的急切。崭新的黑布鞋裹在脚上，有些笨拙。金香的眼睛有些往里眍，也少了过去的妩媚，但怀里抱着的孩子，却豹崽般结实，脑袋溜圆，黝黑闪亮。

金香带着毛驴车，在麦子屯外绕了一圈，才停在一个大门前。

他们走了三天才走到这个大门前。大门跟金香记忆中的一样，是用歪歪扭扭的一些棍、树枝编成的，帘子一样竖在两堵墙的豁口。院子很深。一间土坯垒成的偏厦，在院里很显眼地耸着，挡住了正房的半个门。正房有一间半大，窗户镶在墙里，很低很窄。四块玻璃有三块带花纹，就是那种从里往外白，白刺刺的一片明晃，从外往里看像隔了一层纸，什么也看不透的乌玻璃。

墙根坐着条黄狗，一直眯着眼睛懒懒散散地瞅着金香他们走进院子，等金香刚走到偏厦门前，黄狗像离弦的箭一样，准确无误地冲向金香的大腿，刺啦一声，叼去一块布片，又坐回墙根，整个过程，黄狗没哼一声。

听见女人尖叫声跑出来的男人三十五六岁，手里握着一把尖刀，刀尖上滴着血。他看见金香的瞬间，脑袋一抖，目光随即盯住金香怀里的孩子。孩子瞅着男人手里的尖刀，冲他一乐，奶声奶气地朝他比画"拿——"

"喔哧——"男人兴奋地撮起嘴，就去金香怀里捞孩子，金香把身子一躲："我有话说。"

"快说快说。"男人眼睛一刻也没离开孩子。

"他死了。"

"谁？"男人的手缩了回去。

金香瞅了一眼男人，把目光转向别处，"我们孤儿寡母，奔你来了……"

男人把缩回来的手在半空中停了一下，然后用手指顺着刀尖，来回蹭了蹭，又看了一会儿手指上黑紫的血痂，说"也好"。金香就转回身对赶着毛驴车的小男孩说："这就是孩子他舅，我到家了，你回去告诉他们吧。"

半大小子牵着空车走了。他不明白孩子的姥姥怎么在这儿，这不像临走时孩子的奶奶告诉的地方。他再回头时，大门已经关上了。他停下来，盯住土墙里的那间偏厦，想，老太太和少奶奶有一个人撒谎。

这时，泥墙上金黄的麦子壳儿将下午的阳光，反射过来，照了那孩子满眼。他转过身去，把大人的心思背走了。

三

男人说："回屋吧。"

金香就放下孩子，牵着往里走。门一打开，一股热腾腾的血腥气扑了一脸。金香微微一颤。她看见了地中央的桌子上，横卧着一只刚被杀死的白猪，黑紫色的血浆还在盆里泛着沫子。

男人很利落地把手里的尖刀在猪腿上嗖嗖地抹了两下，刀便闪着灼亮亮的寒光，被插在碗架上面，只露了一截刀把，像涂了一层黑油。男人把大手在猪身上蹭了蹭说："家里还头一次杀猪呢。"

金香点头，表示知道了。

金香再抬头时，看见孩子正蹲在血盆前，用小小的手指蘸着血沫往裤子上画。金香拽起孩子，用手去抻他的裤子，这一抻，她看清孩子的裤管上，画满了 ×，× 很规律地从上到下，从左到右，匀致地排着，像新媳妇纳过的鞋底。

如果十五年后，不发生那件可怕的事情，金香会像忘记许多当时有一些趣味，过后什么说道也没有的怪事一样，忘掉这一幕。而事实上，十五年后，当那件事毫无预兆地发生了的时候，哭昏了的金香，醒来后的第一个感觉就是，十五年前的这些黑红的 ×，成群结队地列在她的眼前，于是，她当时的所有怨恨和痛心，都化成了无言的悲哀，眼泪也似那凝固了的 ×，淌也淌不动了。

现在，孩子见金香生气了，便猴子似的一跳，蹦进妈妈的怀里，鼓着小嘴儿亲妈妈的脖子。金香便平和下来，轻轻地拍了拍孩子的小脸蛋，孩子咯咯一乐，那双黑黝黝的眼睛便又盯上了那血盆。盆里的血沫已经消失，一片宁静的血色，映进孩子瞪得圆圆的眼睛里，就像挂了两盏小红灯笼。

四

金香和孩子住进了偏厦。

金香除了跟正房这个男人有过一次机缘，不认识麦屯里所有的人，她甚至不知道麦屯叫麦屯，她离这里很远很远。她第一次来到这里也是被人领来的，从来到走，她都没跟这个男人说过一句话。如果不是家里出了变故，她就把这个人忘了。可是事情一出，她和家里的人商定了一些事后，就被送往娘家。连她自己都不明白，为什么走着走着，她就让赶车的孩子把她拉到这里，她就是觉得这里比娘家让她踏实。

金香从来不出门，金香的腰里有很多钱。金香一住进来，男人的屋里就清爽起来，充满了一股暖烘烘的味。桌上还每日摆了酒，男人脸上整日红润润的，挂在嘴边的话是："屈着你了。"金香每每轻轻地一笑，说："我乐意呢。"男人便像稀罕小猫一样，把金香搂在怀里，说："我做梦呢，往日里想也不敢想你……"金香就说："杆子，你帮了我们，全亏了你哩。"

"我总寻思这有点造孽……"杆子支吾着。

"你行善了，杆子……"金香水一样的声音，淌得杆子满心惶惶地欢喜，两个人互相瞅着，眼睛里都是情意。

日子就这样缓缓地开始了。金香总是做三个人的饭，有时他们一起到正屋吃，有时在偏厦吃。有别人时，金香就唤杆子哥。人一走，金香就叫杆子。杆子愿意听金香叫杆子。杆子还从没听女人用这么好听的声音叫他，他觉得金香和妈是差不多的，他没有过妈，想象中，妈是挺亲的东西，就像金香。

杆子蹲在墙根听金香唤他的名字时，总是稳稳地咬着烟袋、眼睛眯成一条线，瞅着野马驹一样乱蹦乱跳的孩子，心满意足地吧嗒，然后厚厚地热热地吼一声"麦子——"。孩子便牛犊般撞进他的怀里，脑袋一阵乱拱，拱出杆子挎兜里的糖块鸟蛋玻璃球之类的小玩意儿。孩子便用小小的鼻尖去蹭杆子突出的喉结，奶声奶气地叫舅……杆子便用毛茸茸的大手去摸麦子的脑袋，脸上红腾腾的，于是就甩头，冲屋里喊"金香——饿了。"有一种孩子似的撒娇。

金香便"哎——"的一声款款地走过来趴在门框上，等杆子挤进来，就低声嗔一句"你呀……"那声音已是软软的了。

麦子一个人在院里和黄狗厮闹。黄狗常常轻轻地掀翻他，再把他的鞋叼到墙角，等麦子撵上来，再叼着鞋贴着墙根跑，麦子便和狗一圈圈地在院里绕。孩子呵呵的笑声和黄狗的哈哈喘气声，混在一起，使阳光下的小院里，充满生气。

就是在这样的一个十分美妙的日子中，孩子跑到正房的窗前，忽然停住了。他听到了屋里妈的哼哼声。那是一种让他感到莫名其妙的声音，听着很难受，他想是妈病了。就急急地往屋里冲，里面的门插死了，这更让他着急，扒着窗缝往里看，一床麻花大被鼓鼓地盖在炕上，只在炕沿上露了一堆脚……麦子一急，哭着喊起来，用小拳头狠狠地砸起玻璃，直到黄狗叼着裤脚把他扯倒，他爬起来再去敲时，妈已经出来了，平静地对他说"没事"。

麦子用一双亮晶晶的眼睛盯着妈看，他的小脑袋里根本不相信妈的话。但他看见妈真的没事，还笑盈盈地，就又跟狗闹去了。

后来，麦子再没听到那种声音，也再看不见屋里了，妈妈把正房的窗户用纸在里面糊上了。妈妈糊纸的时候，还和舅舅低声说着什么，他听不清，但知道那是他们两个合计好了的，他们两个人是一伙的。此后，妈一插门的时候，他就在外面忽远忽近地等着。他的眼睛和耳朵都没有了用处，听和看被妈和舅舅都挡住了，变得徒劳。但他并不觉得沮丧，隐约觉得，插门是一件好事，他们出来的时候，必定乐乐呵呵，舅舅还会给他好吃的。麦子挺盼插门的。

五

麦子四岁的时候，便开始跟着舅满麦屯杀猪了。

麦子发现舅杀猪的时候，总有一帮人围着看。舅每每把杀猪刀摆弄得像个风车，一边和摁着猪腿的男人说着闲话，一边用手温柔地摸猪的下颌，正说着话呢，舅舅的肩膀一沉，眨眼间已经抽出了刀，转身嗖嗖地在猪腿上把刀蹭净了。

完了？

完了。

"喊！"有人便给舅卷烟，一副恭敬的样子。舅一摆脑袋，把手里的烟袋往前送了送，别人就都自己抽自己的了。

麦子在这个时候，对舅充满了崇拜。他觉得舅真是没比的人，他能耐到了麦子无法想象的地步。于是，麦子就跟舅更亲了，把舅挂在嘴上，有事没事舅舅地提着。

舅眯着眼睛把别人都瞅蔫了的时候，就捏着烟袋，进主人屋里歇息。人们就一下欢实起来。有人就换了一种腔调冲麦子蹲下来，问"你妈和你舅，好不？"

麦子说好。

人又问有多好？

麦子眨眼，听不懂。

别人引导："你妈和你舅在屋里，关上门，都干什么？"

"他们是不是头挨头脚挨脚的？"有人比画。

麦子想起那堆脚，说"是"。

一群人就开始大笑，有人就说："这杆子到底把他妹睡了。""不知从哪淘弄来的野妹子。"他们笑得更厉害了。

麦子觉得他们笑得毫无道理，又笑得干巴巴的，丑得很，就把脸转向别处。麦子看见舅阴阴地从屋里出来，没有了进去时的笑模样，再看身边的人，对舅仍是笑呵呵的，杆子狠狠地瞪他们，拎起麦子就走。麦子看见那些人都在舅的背后梗起脖子。麦子想，他们是不服舅，就对他们用鼻子狠狠地哼了哼。

这一晚，舅把妈叫到正屋，两个人嘀咕了很长时间，没插门。妈出来时，脸白白的，好像是要哭的样子，回到偏厦就躺下了，也不跟麦子说话。

麦子是从这一晚开始长大的。他乖乖地趴在被窝里，用小手不停地擦妈的眼角，他一直没看见眼泪，但他相信妈确实哭了，后来麦子就跪在妈的头顶说："妈，我错了。"

金香翻身坐起来，问麦子："你哪儿错了？"麦子惶惑地摇摇头。他不知道他错在哪里，可他小小的心里强烈地感觉到妈和舅的难过和他有关。金香把麦子抱进怀里，像摇婴儿一样轻轻地摇起来，这个时候，麦子才看见妈的眼泪像水一样淌出来……麦子紧紧地闭着小嘴儿，仰脸看着妈的眼泪无声地沿着鼻梁淌到鼻尖淌进嘴里。麦子从这会感到，他与妈和舅之间，是有一点什么他不知道的，这让他感到孤单。麦子是想问问妈的，可他忽然就明白了一些事理，他觉出了有一种难受是不能表白的，虽然这一年，他只有四岁。

六

麦子以后的时候，变得有些异样。他不再跟小伙伴们吹嘘舅怎么杀猪。他大讲他自己，他说他觉得杀猪其实没什么，杀人他也敢。他用大人的语气跟伙伴们说话，孩子们就一致让他当大王，一律听他的话。麦子五岁的时候，使伙伴们对他佩服得五体投地。

这年冬天，麦子和杆子一起给马铡草，麦子在往刀下送草时，杆子落下的铡刀，唰地切断了他右手的三个指头，杆子心疼得满脸冒汗，抱着他乱蹦乱叫时，麦子连哼也没哼一声，瞅着围过来的伙伴，用嘴去吮那血淋淋的断指……天生的硬骨，大了，准是条汉子。别人都这么说。

到了腊月二十的时候，麦子又开始像过去一样跟着舅挨家杀猪了。他已不再是跟着颠颠瞎跑，他很用心地帮舅打下手。他最热心的是给舅撑猪肠，看着舅把那温乎乎的血浆灌进肠里，他会不时地用手掐一下，软软的，让他手指有一种麻酥酥的感觉，说不出的好受。舅稍不注意，会有血点溅到他手背上，那在盆里分明是紫色的血，落到手上就变成了鲜红的，淡淡的，很是奇妙。他喜欢这种变化，有时还会伸出一个手指，去蘸盆里的血，看着它在手指上变红，变淡，甚至变成各种图案。舅舅会在这时吆喝他，不让他玩血，他用鼻子嗯哼着，心里想的是舅舅他不知道玩血的妙处。血在盆里和手指头上，是不一样的。盆里的水和手指头上的水，就没有两样，血比水强多了。

有一些宿命，是人们对生活的妥协。而有一些巧合，却又决定了宿命般的命运。

终于，在麦子六岁那年，确切地说应该是五岁半那年的夏天，在一个阳光普照的中午，麦子，向他的英雄舅舅，迈进一步。这一步，使他终生不能回头。

那天，歇晌的人们在各自的炕上，都热得烙饼似的翻来覆去地睡不着，听着孩子们拎着蝈蝈笼房前房后地跑。麦子也是这么拎着蝈蝈笼跑的，他的蝈蝈笼是舅舅给扎的双层阁楼，漂亮得很，他跑起来格外威风。他跑着跑着就渴了，跑回家想喝口水，他习惯性地往舅舅的房里跑，但门在里面插上了，他跑到窗前，窗户也挡了，看不见里面。他跑回偏厦，妈妈不在。他就明白了。他的脑子里又出现妈妈那种哼哼声，还有大人们的哄笑声，他肯定这都是不好的。

这么热的天里，家家户户哪有不开窗的？你们在里面这么插门闭户到底是什么道理？麦子在当时一定提了这样的疑问。但没人回答他，他自己也回答不了。他就有些生气地坐在院里闷呼呼地猜。

他坐在石头上，用两只手轮换着揪下巴，苦思苦想又不时地东张西望，也不知猜了多久，他的眼睛就落在窗前圆滚滚的小白猪身上。小猪正四腿拉胯地躺在细细的沙土上，小尾巴像条小虫子，一会儿卷起来，一会儿又吧嗒放下……麦子想怪好玩的，就奔了过去。连他自己也觉得意外，他是冲那小尾巴过去的，他的小手却直直地奔了那小东西的软软的下颌。于是，他急忙抽回手，用小手像舅那样挠着小猪的肚皮，小猪哼哼着，腆了腆圆圆的小肚，前腿也跟着高高地翘起来。麦子索性坐下来，用两只手给小猪挠痒。小猪很知足地哼哼着，不时歪起头看麦子一眼，再哼哼叽叽地倒下……麦子摸着那软软的下颌，觉得这儿的肥肉嫩嫩的，就像灌进了血的肠子，一点就破。麦子这么想，就眼睛一亮，心开始怦怦地撞荡，小手早已不自觉地摸到舅舅杀猪运刀时常摸的那个小坑……麦子腾地跳起来，直奔偏房，从菜板上抄起妈妈用的小片刀，这把片刀很窄，刀头斜着，尖尖的，很是锋利，那是舅舅磨的，他很会磨刀。麦子就握着这把闪着寒光的小片刀，跑了出来。

麦子毫不犹豫地朝小白猪跪了下去，将一只柔软的小手抚向同样柔软的小东西的下颌，他相信那软软的下颌里包着软软的奇妙，他的眼前出现大朵大朵的鲜红的花……

小白猪一声长号，喷着血朝前蹿去。麦子像在梦里被惊醒，他看到自己手上身上全是血，黏糊糊，腥烘烘地让人恶心，他哇的一声吐了。

麦子后来就吓呆了。他直愣愣地盯着小猪在院里绕圈，那淋淋的鲜血在阳光下刺眼地红亮，他觉得那是一种非常可怕的色彩，那色彩像绳子一样把他捆起来，让他瑟瑟发抖，他还听到了那绳子发出的奇怪的声音，那是小白猪的哀号，是愤怒，是痛苦，是不解，是无奈……是所有让麦子无比恐惧想要摆脱又摆脱不掉的恶心得让他说不上来的东西。

小猪在绕到窗前时，也就是它刚刚还无比享受却突遭不测的地方，扑通一声倒了。麦子在这时"哇"地哭起来。

闻声跑出来的金香和杆子，依然鲜艳红润，他们满脸堆笑奔向麦子时，麦子忽然就觉得讨厌他们。于是麦子快速跑到屋里，咣当咣当把窗户全部推开，挥舞着他带着血迹的小胳膊，雄赳赳地走出院子，小英雄的眼里还挂着泪水。

没有泪水的日子，和没有欢笑一样，都不能算作日子。苦乐交织，日子才有滋味。家家户户都是靠了这不同的滋味，才支起麦屯的生活。

七

麦子一口气长到十七岁。

这期间，金香和杆子的东西分得越来越清。他们不再插门，也很少脸颊红润了。自麦子六岁那年杀了那头可爱的小白猪，金香和杆子就不把他当孩子了。他们的脸色从那年开始苍白，且越来越少言语了。

杆子五十岁的时候，变得沉默寡言，腰像折了似的，背便耷拉下来。他不再像麦子小时候那样用糖块和鸟蛋哄他，他愿意默默地看着他。看他光着膀子劈柴时那一鼓一胀的腱子肉，看他吃饭时把饭和汤搅在一起，再一股脑地灌进肚里。他觉得他从麦子那儿看了一些熟悉而亲切的东西。

金香在正房做菜，在偏厦做饭，然后搬到一起吃。这是他们一住进来就延续下来的。麦子小的时候常问妈为啥分着做，妈说热炕。又说，两个屋子冒烟才像两家人。现在，麦子什么不会问了。

"晚上，还有猪杀？"金香往桌上端菜，小心地问，她过早地开始讨好儿子了。

"唔。"麦子没抬头。他不想看或说不敢看妈的头发，他觉得那头发白得花花搭搭的，不好看。

"谁家靠到年根才杀？"金香坐在炕沿上，随手拿起纳了一半的鞋底，哧哧地拉起麻绳。

"三秀家。"麦子抬眼瞅了下杆子。

金香和杆子脸上都现出喜乐。他们听说三秀看上了麦子。

"一定要稳、准。一刀下去就见亮，嘿嘿，闺女家就馋这个，她越怕，你越能，你越能她就越花眼……"杆子兴奋起来，一副很有生涯的神态，他已经好几年没碰刀了。

"那你怎么不娶一个？"麦子乜了他一眼，他立刻把话咽下了，脸上的红润也唰地褪了。他知道他说的全是废话，麦子已不再是把小猪杀得满院兜圈子的尿炕娃娃了，麦子的宰杀本领远远地超过了他。他已经练了差不多十年的刀法，他手下的畜生，从没尝过二刀罪，有人跟他开玩笑："麦子你看老母猪见着你连崽都不敢下了。"

一进腊月，麦子就忙得很。麦子比杆子还多了项技术，就是杀牛。心太狠。杆子曾和金香在背后一起议论过麦子杀牛的事，他们是不同意麦子这么干的，可麦子连理他们都不理，照杀不误。两个人就没话了，只说了句"心太狠"，由着他了。不由也不行，他们更知道。

麦子杀牛的时候，屯里姑娘媳妇们就围着看热闹。麦子一转手里的刀，她们就假装害怕地哇哇乱叫，麦子就愿意在耗子似的吱哇声中亮刀子，他觉得他把刀插进畜生的脖子里时，就像把刀捅在了她们的哪一个部位一样，给他带来快感。她们总是远远地躲着，说牛死前会哭，会叫妈，眼泪淌成串，看了心疼。说心疼果然心疼，老牛叫，她们也跟着叫，还咬耳朵说杀牛的人连爹都敢杀，伤天害理，活着绝户，来世托生猪狗……等牛一倒下，她们就变戏法似的从背后拿出盆盆罐罐挤着割肉。我来世要是真变了猪狗非挨个儿地把你们干个遍。麦子在抽刀时在心里对她们说。

麦子厌恶女人，包括金香。他觉得女人全都像黄皮子一样，一边撩骚一边害人，让人躲不了防不了的，他不知道她们的心里想的是什么。有一天，他对金香说妈你就跟舅过了得了，也好对外人说话……他不知道金香的脸为什么一下灰起来。以后他又跟杆子说，杆子的脸也一下失了血色。他就再也不提了。他够了。

金香和杆子的脸色变过之后，并没有生出新的意思，日子和过去一样，在麦屯人的眼里，有着与众不同的内容，这让麦子常常陷入一种尴尬之中。

八

麦子觉得金香和杆子就像两尊旧物，枯燥地藏了些内容，戳在他的日子里，让他说不出的难受。后来他就觉得憋得慌，跟他们说话就常带了力气。看到他们惶惶的样子，麦子又觉得很没有意思，那种无缘由的卑琐，让他时不时地生出厌恶。

麦子在看着那些小心端着牛肉使劲扭着屁股的女人时，就撩起那种藏在心底的厌恶，就故意把分给她们的肉割得不成形，让她们再像耗子一样地吱吱叫。

后来，麦子就有了新的目标。他发现了三秀。这个小小的女人在他屠宰时，总是不远不近地瞅他。等别人往前拥时，她也一动不动站那看。麦子看她时，她就把头低下，再看时，再低。麦子就觉得心里不对劲，嗵嗵地被什么撞了般，就像第一眼看见血，浑身燥热，舒服得很。

这晚，要给三秀家杀猪，麦子竟有点紧张。他想在三秀面前拿出他最好的水平。他知道舅说得对，只是他不愿让舅道破他的心思。从心里说，他一直对舅有一种亲近感。他永远怀念小时候从舅的怀里掏鸟蛋的日子。只是现在，他不再是孩子了，麦屯人不宽恕金香和杆子，麦子便抬不起头。他希望妈和舅都能明白点什么，但他看不出来他们有什么不安，这让麦子心里不能不堵得慌。

半夜，麦子沉着头回来了。脸阴得就像杆子当年。杆子一见就不声不响地往自己的屋里回，临出门小声问了句："补刀了？"麦子斜了他一眼，用手抿刀。补刀对于一个屠夫来讲，是最丢脸的事，看见的人甚至都不屑言论，用眼神就能让人无地自容。

金香坐在炕里，把头往麦子那探探，"你舅跟你说话呢。"

麦子把脖子梗了梗，"我不想说话。"接着把刀背在裤子上划、砍。

"你是不是讨厌我们了？"金香眼睛湿润了。

麦子不吱声。

金香捧起衣襟擦眼泪，双肩随着煤油灯捻的跳跃，颤抖不停。

第二天，杆子就搬到了前院老王头住的偏厦。老王头已经在那里吊死了，现在那屋里生着霉气，门框上长着青苔。

麦子回院时，杆子正在挪一口缸。他的背影弯得像虾，完全没有了麦子第一眼见时的雄壮。麦子觉得心里挺不好受，又一想，也好，总算有了清白日子。以后多孝敬点他就是。于是麦子就帮舅挪缸。

金香默默地倚在门框上，一缕头发粘在鼻尖上，随着喘气，忽上忽下，像个假人。

这一晚，他们最后一次在一起吃饭，三个人各自瞅着碗底，只有筷子碰碗的声音。后来，麦子觉得应该说点什么。就说："三秀家的猪通人性，一看见我去，就不停地用嘴拱三秀，拱的三秀眼圈都红了，真邪性。"麦子说话的时候，脸色很红润，说邪性时，那声音也是一样的温和，掩不住喜悦。"我当时心就软了，我还是第一次手软，结果补了一刀。"麦子说着很没缘由地笑笑，见没人吱声，觉得挺没意思，就端起碗，把菜汤扣进碗里。

杆子已停了吃饭，定定地看麦子把饭和汤搅在一起，狼吞虎咽，眼里含了一些笑，那笑在昏黄的煤油灯晕里，又暖又苦，就像秋野里的片片婆婆丁。

九

第二年腊月，麦子再去三秀家杀猪时，三秀娘已经很慈爱地管他叫"孩子"了。三秀娘瞅着他俩抿着嘴用眼睛说话，满脸喜色，一边给麦子倒水一边夸麦子："这么好的孩子，哪家姑娘跟了你也是福，不知道三秀有没有这个命，这丫头格路，挑人，挑门风……"麦子脸一热，喃喃地说："我舅，他早就搬走了……"三秀娘赶忙接过话，"你这孩子，想哪去了，我不是那个意思，你舅和你妈多大岁数了，也不能怎么样，我就是说说……不过，他俩为啥不明不白地一起过呢，找个人从中间说合说合，就名正言顺了。"

麦子明白三秀娘的意思，他何尝不想让妈和舅光明正大地一起生活，可他们宁可偷偷摸摸，也不愿意走那个过场，好像被鬼缠了身，都中了邪了。麦子觉得心里不舒服，就放下水碗，闷闷地走了。

麦子一进家门，见妈和舅正笑呵呵地坐在炕上，腿间是一个打开一半的蓝布包。见麦子回来，金香就重新打开包，把一床红缎被面和袜子什么的拿在手里抖给麦子看，"你舅又给你攒了这些东西等结婚……"

"够了！"麦子恶狠狠地打断了金香的话。

金香的脸沉下来："麦子，麦子呀……你怎么说这话，你舅他对得起你呀。"袜子在金香手里像被猫叼住的耗子，簌簌颤动。

"你整天守着这堆破烂数，数，数，你知道人家怎么说你们吗？"麦子梗着脖子像只斗架的公鸡，"你们不要脸，我还要！"麦子一甩被面、水盆被扫在地上。

杆子默默地站起身，把袜子从水盆里捞出来，放在炕沿上，安慰金香："孩子总是孩子，别跟他一样的。"说完，又看了麦子一眼，那一眼透出无限的苍凉，看得麦子的心里也很不是滋味，但麦子的头一直硬硬地挺着，等杆子后脚一迈出门槛，他就咣当，把门关上了。

这晚，麦子在梦中醒过来。梦里，妈、自己和三秀娘搅在一起，她们一会儿冲他骂，一会儿冲他哭，一会儿又冲他笑……一会儿他又变成一块肉，被一群什么野物疯扯。麦子两手抱着头，觉得那里面像灌了辣椒汤，浑荡荡，火辣辣地疼。

他在这时听见妈的抽泣，他想叫声妈，却没叫出口。麦子很强烈地感到他和妈中间已隔了层什么，这东西让他难受，却无法改变。

麦子想妈想得头疼，就开始想三秀。他拿不准三秀是不是迷人的小黄皮子，她那薄薄的小嘴只要一动，说出什么他都愿意听。第一次去她家杀猪，她只问了句"你妈对你舅到底到啥份上"，他就浑身长毛了似的不自在，回去就阴着脸把舅逼走了。他自己也不知道舅一搬走，他的心怎么一下又空了，看什么都心烦，觉得有一股火鼓鼓地撑着，想骂。就为了这么个小黄皮子，一条硬硬的汉子，弄得娘儿们一样，酸唧唧地，娘不亲舅不爱的。我早晚先收拾了她再说，这个三秀笑起来，嘴那么大，还通红……麦子这么一想，就觉得裆下支棱起来，就扑棱趴下身子，把那物顶在被上，抱着枕头想一些美事，进入幻想之中。

第二天，麦子整个人仍陷在美梦之中，浑身紧绷绷的，就想找人摔打摔打。后来麦子就改了主意，天一黑，就把三秀叫到屯边那片长长的杨树林里。他早就明白三秀对他的心意，但故意不理她，是不敢。现在他胆子一大，三秀乐呵呵就跟他出来了。他们先是眼睛对着眼睛，瞅。瞅不见了，两个人就都往前挪了挪，就不自觉地贴到一起。

麦子先是两手直竖竖地垂在两边，浑身硬邦邦的发挺，不知道如何是好，后来就猛地把三秀搂在怀里，三秀的胸脯像过夏的皮糖软软地搭在麦子胸前。麦子就又不知道如何是好，心嗵嗵地乱跳，觉得全身的血四处乱窜，滚热得发烫，他需要在哪里切开个口，把血放一放，他感觉自己就要爆炸了。他用力抱了抱三秀，三秀像瘫了似的身子就往下堆，麦子一下就明白了出口在哪里，他觉得小肚子下一股汹涌的东西马上就要撞出来，就毫不犹豫像割麦子一样，弯身搂起三秀的两腿，放倒在地上，把身子压上去……

麦子没有想到，在这个时候，他听见了对他来说无异于要命的声音，三秀在麦子趴上去的瞬间，发出了那种他一辈子都无法解释清的哼哼声……那一种他从小就听过的无比陌生而又万分熟悉的声音，十几年来就像一道符，贴在他胸口，遮住自然的光明，让他的心里一片晦暗。他讨厌这声音，仇恨这声音，他，害怕这声音。麦子在这种令他恐惧的声音中，止不住颤抖，手脚冰冷，绷紧的身子完全松懈下来……他莫名其妙地长出了一口气，像是已完成了，准确说是度过了什么。他清楚，浑身那四处乱窜的东西，已经找到了出口，随着他长出的那口气，消失了。

麦子缓缓地爬起来，弯身去拉三秀。

"滚！"三秀把"滚"字嚼碎，吐给了麦子，噔噔噔地走了。

麦子站在黑暗里，瞅着三秀猫一样灵巧的身影，想她骂他的缘由，想了一会儿，忍不住在心里骂了一句，狐狸精！

麦子迈着挺轻快的步子往屯里走，他觉得轻飘飘的十分好受，他想睡一觉。

麦子想着睡一觉就推开了门，麦子晃悠悠地在屋里转了一圈，没有人。不知为什么麦子一下就想到了老王头上吊的小偏厦，顿觉血液上涌，就急匆匆地奔去。

麦子一进院，头就"嘭"地爆了，他再次听见了那种遥远却又凉彻骨髓的声音，金香的声音虽然苍老，却仍然饱含了某种欺骗，让人分不清到底是难受还是好受，和三秀的声音绝无二样，那里面分明藏了一种罪恶，却用一张粉纸把他隔开，让他在满怀信心的时候尝受毁灭与绝望……麦子在这个时候终于准确地感到了他对着三秀背影时的真正感受，那是一种绝望，的的确确的希望的毁灭。

现在，麦子感到心里的某种东西轰然倒塌，麦子一下就觉得身子飘起来，没了分量。他一步步走进屋，他看见了妈和舅的赤裸的上身，妈的消瘦的后背被炕席——那一定是滚热的炕头，烙得红红润润，上面布满了清晰的"人"字纹。麦子走到妈的背后，用直直的眼睛仔细地看那印痕，又做了个若有所思的动作……麦子看了一会儿，就摇摇头，冲着他们，诡秘地笑了。

金香和杆子同时感到某种危险，他们还没来得及说点什么，麦子已从炕席边抽出杀猪刀，捅进杆子的喉咙，那是杀猪的最佳位置，整个过程，麦子连眼都没眨。

金香像一头发了疯的母狼，嘶叫着朝麦子扑过来，噼啪就是两个耳光，扇过又扑到杆子身边去拔刀。杆子摆手让她别动，又用温和的眼睛示意她快去喊人。金香胡乱地裹上衣服就往外跑，后脑勺上散乱的头发一翘一翘的，就像一只鹌鹑。

麦子直直地瞅舅，那干枯的胸脯，跟褪了毛的猪一样，密密地布了一些毛孔，他感觉出那毛孔在喘气。麦子弯下身，他想好好看看那毛孔，他觉得舅脱了衣服变猪，妈散了头发变鹌鹑，都挺有意思，三秀她在人前羞答答的，没人的时候像一只发情的小母猫。他过去不知道人原来是这么回事……

人们吵吵嚷嚷地挤进来，把麦子撞到一边，麦子一趔趄，又被搡到杆子跟前，麦子这才像做了个梦惊醒过来，他听见舅正倒着气跟人说："一辈子了……杀生害命……怕下地狱……连累别人，不敢娶妻生子，活够了，想试试刀……还行……"麦子急忙去扶舅时，舅脸一红："孩子，你还……差……点儿……"杆子的话没完，撒了手，油渍渍的刀把在血口上颤了颤，定住了。

麦子呆呆地盯着舅一点点惨白的脸，感觉浑身的筋被抽走了，一下散了架，一种从未有过的疼心疼肝的哀痛，顺着麦子的眼睛淌出来……麦子第一次哭了，他给这个脸色惨白的人，跪下了。他在这个时候那么强烈地感到，这个倒下去了的男人，在几百年前麦子就见过他、认识他、熟悉他，麦子就是奔了他，才来到世上的。麦子敬他、爱他、亲他……麦子知道不管自己做了什么他都能宽容，就是这么个人，他现在倒下了，孤零零地把麦子剩下了。

金香谢绝了好心人帮忙，就和麦子两个人给男人守夜。

哭昏了头的金香，这时低下了头，看着麦子和杆子一样惨白的脸，忽然眼前出现了一排排红 ×，十五年前麦子第一眼见舅时蘸着血画在裤子上的那些 ×，比当时还要浓艳，金香觉得她闻到了一些腥味，嗅到了一个三岁孩子的杀气，可是她明白得太晚了，而这是冥冥中的什么对孩子的交代和安排啊，金香的眼泪一下就干了，抽泣也完全止住。

金香慢慢蹲下来，用手摸了摸一直跪着的麦子的脸，他的眼泪一直不停地淌。她像对小孩子似的，柔柔地说："麦子不要哭嘛，麦子已经十八岁了，麦子十八岁，就什么都懂了……"金香的声音很软，却透着刺骨的寒凉，金香说："麦子你不认识这个人吗？你爹用两斗米求了他呢，没有他你哪来爹呢？有了你，你爹才有了香火，跟哥兄弟平起平坐，死后还给你分了很多家产呢，都给你留着呢……"金香把话说得很慢，有些语无伦次，又像数家珍。"你爹临死，求我把你好好养大，为他传宗接代，我答应了他。答应了死人的话，是要算数的。你爹他除了不能当男人，是个好人！"

金香说到这里好像回到了一个很远的地方，她的眼睛定定地看向远处，自言自语，喘了半天气，又接着说："原打算等你过完十八岁生日，就送你回家了……"

麦子好像明白了什么，又像越加糊涂，他说："妈，到底谁是我爹？他是谁？"麦子的眼睛充满了血丝，把身子向杆子深深地弯下去，像是在极力辨别什么。

金香的脸苍白而端庄，还带着某种贵气，她用手绢抹了下牙齿，她的牙齿居然那么白，那么整齐。她说："麦子你真的不认识这个人吗，他在十八年前和今晚，共给了你两次生命，他是那个宁可自己委屈，也要帮我守住对死人说的话，一心要给你个好身世的人，现在，你却把他，杀了……他到死都不要名分，还一心护着你的命，这个人能是谁呢，麦子。"

麦子把头匍匐在杆子的脚下。

十

杆子死后的第三天，送葬的队伍迎着太阳，走在金香十八年前走过的黄土道上。金香穿着十八年前的那个晚上穿的软缎衣裤，手镯和耳坠在阳光下闪闪发光，那双红艳艳的绣花鞋，吸引了麦屯所有人的眼，他们对这个在偏厦里隐了十五年的俊俏女人，刮目相看。

走在金香前面的是麦子，他扛着小时候舅给他做的粘蜻蜓网的竹竿，竹竿上挑着雪白的灵头幡……

金香和麦子都没有哭，他们的眼睛都盯了前方。

那是一片长长的杨树林，亮亮地挂了一层金子在远处灿烂，让人想象最美好的东西，就在里面。

老葱和他的女人

老葱死的时候，是他一生中最庄重、最温和，也最有人样的时候。

他的脸上奇迹般微微泛着红润，微闭的嘴角含着一抹笑纹，眼睛也宁静地闭着，是真的死而瞑目了。但那眼角却凝了一对浑浊的泪滴，稳稳地定在那儿，不被人察觉。

最先发现的，是他的女儿葱儿，但她静静地坐在一边，用一双秀气的眼睛盯着那泪珠，不语也不动。一天来，她就这么坐着，连眼泪也没有。终于，葱儿娘也发现了那泪珠，她也似女儿一样，定定地看着那两滴液体，不语不动，自丈夫咽气到现在，她没有一滴泪。

老葱死得很出色。当那管唯一的与他血型相同的鲜红的液体，缓缓地流进他的身体里时，他那葱白一样的脸上竟泛起了女人一般的红润，好长一段时间，他还一直在微笑。然而，谁也没想到，当他的气力刚攒到可以挽住生命的时候，他结束了自己——偷偷地拔去了输血的针头。

这年葱儿二十八岁，和娘相差十八岁。看上去，两人很像姐妹俩。只是娘肌肤细腻，体态丰腴，加上一丝不苟的黑发，看上去十分生动，完全不像四十多岁的人。而葱儿却恰恰相反，因为太瘦，个子便高得发虚，脸色黑黄，让人想起秋田里的土豆，两条辫子编得很紧，头发梢因分叉而夹着点点白斑。

葱儿长得十分端正，并且有一双极清秀的眼睛，所以曾有许多人提媒。葱儿娘把一个个小伙子盯得面红耳赤，而葱儿却总是躲在屋里避而不见，久了，就没人再来了，葱儿就长到了二十八岁。

那年普天下闹大饥荒，靠天吃饭的麦屯，就像被水泡烂的树叶，毫无生气。

老葱仗着祖上留下的一点细软，还能到城里换点吃喝。这个死了老婆的男人，在困顿中，悲伤很快就没了。一个人吃饱全家不饿的日子，在荒年中，是一种福分，他就这样劝自己。劝来劝去，他就感觉到自己是幸福的了。

这个晚上，他幸福的日子在高潮中结束了。

这晚，他从城里揣着几个馒头回到家，把馒头放到炕桌上，去外屋准备熬点汤就馒头吃。等他端着汤，其实也就是白开水放点盐，小心翼翼地进屋的时候，发现桌上的馒头不见了，他跑出门去就看见一个女人蹲在窗下狼吞虎咽。他上去就把馒头抢过来，他还想踢她一脚，但那女人却冲他乐了，他还没反应过来，天就变了，开始狂风大作，下起大雨。女人就跟他进屋了。

男人不认识女人，问她家在哪，谁家的，这时男人看清了女人年龄不大，是个十七八岁的姑娘，他就不那么生气了。姑娘说自己没爹没妈,也没有家。男人可怜她,就让她吃了馒头喝了盐水。

老天真是有眼,那晚的雨就是下个没完,都半夜了,还没有停的意思。姑娘说我不走了,说着去铺被。男人吓得不轻,坐那一动不动。姑娘铺完被,就问他睡不睡?他还没张口,姑娘已经脱了衣裳钻进被窝。

第二天早上,男人无比满足和激动地在被窝里握着女人的小手,说你是仙女下凡呢。女人冲他咯咯一乐,问他你叫什么?男人说我叫葱。男人问女人叫什么,她扬了扬俊俏的眉毛说叫葱家里的。荒年里的好事,就这样成了。

这年,老葱并不老,只有二十九岁,正是男人起劲的时候。

葱,长得细高,脸永远是苍白的,显得眼睛很黑很沉,胡子也很黑,但不密,走路有些晃,有人就说他像他抽大烟的死爷爷。他自己认为像他死爷爷也是好的,没有死爷爷留下的好东西,上哪找这好女人。

他的女人越来越饱满,肉乎乎浪丢丢地可人儿,葱稀罕得不得了,白天都舍不得离开被窝。慢慢地,本是虚弱的身子就空了。

当别人的日子一天天好起来的时候,葱却把他死爷爷留下的东西都折腾光了。

沉浸在你欢我爱中的两个人,忽然意识到了,好吃懒做的幸福时光一去不复返了,他的日子塌陷了。

女人越来越表示出不满。男人面色越来越苍白,眼睛看人便有了些阴沉。常常毫无结果地把女人折腾到天亮,然后不甘地呼呼大睡。

后来，等他一觉醒来，常常发现女人不在，于是阴阴地又睡，再醒时，女人已在身边了，他便骂一句"跑骚去了？"女人咯咯一乐，便把蓬蓬的脑袋往他怀里拱，吱吱呀呀地吐些莫名其妙的话，像哼小曲儿似的，于是，葱又热血沸腾了，又重新折腾起来，女人不再言语，软软地躺在那儿，当葱筋疲力尽仍未尽兴，歪在那儿喘粗气时，她睡得正香，葱常为此感到恼火，便很长时间也不动女人。

一日，葱在地里懒懒地干活，忽然觉得口渴，就半截地里折回来。刚进院，窗里就传出猫一样的叫声，这声音只有在他最兴奋的时候，她才发出的。他现在已经很少听到了。葱像给人用火燎了，这一燎，把他一身的血液都烘到脸上，那苍白的脸颊，唰地涨得紫红，他疯了似的去撞门，门在里面死死地别着，他昏头昏脑地乱踢乱叫，结果一个比他粗两倍的家伙从窗子跳了出去，他刚要去撵，女人破门拉住了他，双膝跪在他的脚下，他一脚把她踢进门里，她滚了几滚才趴在柴堆旁，葱又跳过去，一把拎起女人，忽地抡起拳头……

然而，拳头终于没有落，只是恶狠狠地从牙缝里挤出几个字"你再敢！"便猛地把女人搡在地上，掏出兜里的烟，蹲在门槛旁猛烈地抽起来，烟雾里，他的脸越加苍白，眼睛阴得可怕。

当他又一次听到屋里的猫叫时，夺门而逃的竟是一个跛子，比他矮半头。

她差不多喜欢屯里的所有男人，对葱也不讨厌，葱高兴怎样，她就顺着他，从没像别的女人那样，撒赖放泼，而且温顺柔媚，脸蛋艳艳的，花骨朵一般。

活活一个妖精。屯里的很多女人都这么骂她。

葱早就想她是一个妖精了，一个很美丽的妖精，那天晚上让大雨给她施了法，就钻进了他的被窝，把他迷住了。她不吃人，也不喝血，但葱实实在在地感到了，自她来以后，他的生命就开始耗损……于是，他就翻身扯过她的胳膊想揍她一顿，可她每每都是笑着望他，他的心就空了，脸色也白晃晃的如同一个空月亮。

葱对女人无可奈何，但他骨子里却从未消停过，这正应了他的名字——叶烂根枯心不死。他现在最恨的不是女人，却是他自己，他知道女人跟所有的男人调情，但所有的男人在他面前都扬着脖子走路，他想揍每个男人，他们却不给他一次机会。于是，他开始弄自己的阴谋，一次次都没成功，最后，他把挨着门插的板卸下来，又拔去了所有的障碍，再原封不动地贴上去……

他等了三天，听到了窗子里的猫叫时，他的眼里立刻发出兴奋的光芒，他呼地踹开门板，毫不犹豫地去拉门插，却怎么也没想到，那门插好好地待在门上，她根本就没插……

葱像一头扑空的狮子，吼叫着扑进去，还没发威，就被那刚刚爬起来的男人当胸一拳砸倒在地，半点也动不了，眼看着那男人慢条斯理地一件件穿好衣裳，又随手捡起一件披在女人身上，看也不看葱一眼，扬长而去。

葱闭上眼睛，再也没哼一声，由着女人把他抱上床，盖上被。女人给他做了他最爱吃的煎饼卷大葱。吃饭的时候，他很平静，像是什么也没发生，他一心一意地咬着煎饼，每咬一口，那煎饼卷上就留下一个月牙形的豁口，从豁口上露出白白的或是绿绿的葱。他忽然觉出了自己正像这白的绿的葱，被人卷了，再由人一口口吃掉……葱觉得眼睛有些湿，鼻子一酸，眼泪便淌了出来。

女人轻轻地又给他卷了一张，热热的，软软的，葱接过来的时候，没有马上咬，慢慢地把煎饼捏成一团，捏完又展开，又捏又展，他意识到了这煎饼就是他女人，把他缠得紧紧的，由别人去咬，而且是他俩一起由人去嚼。

这一晚，他一直呜呜地哭着，女人陪在一旁，给他递毛巾擦泪。柔软的小手在葱的头发里轻轻地揉来搓去，"你要当爹了。"小手仍在来回地抚弄，就跟告诉他你该吃饭了一样简单，而葱却悲惨地号了一声，猛地弹起，扳过女人的脸，定定地望着她，望着望着，"啪——"一记响亮的、痛彻肺腑的耳光，狠狠地扇在女人的脸上，女人哇的一声号啕大哭起来。这是她第一次哭，是那种得理不让人的哭。她边哭边说，这孩子是你的，她心里有数，她提醒他那个大雪天的夜里……

然而，葱已经不想再听她解释了。他现在不愿多看她一眼，他觉得心里憋得发慌。她一呕吐，他就牙根痒，五脏六腑都难受，他实在懒得看她了。他现在唯一想的，是怎样报复她！让她知道，他再窝囊，也不会给她的杂种当爹。

葱意外地精神起来，他从女人的眼睛里，看出了哀求，他冷冷地用后脑勺拒绝她，他感到从未有过的快意。

葱难过的是，他死命不承认那孩子，可自知道了这小东西的存在，他竟常常在梦中看见一个小男孩张着小手朝他奔来，那孩子的脸也是白白的，好像没有血色，他叫爹的时候，却总是在东张西望，好像看谁在随时答应。不过他知道这孩子是他的，他能觉出来，并且，他有六个脚趾头，跟自己一样。这是个秘密，除了女人，没人知道。于是葱就开始和儿子玩耍，直到从梦中醒来⋯⋯这时，他便会稀里糊涂地把女人揽在怀里，和她说些关于儿子的话，话说多了，便清醒过来，一把将女人推开，他必须保持足够的清醒，要不，这一辈子就没人样了。

葱怀着焦灼筹划着毁掉这孩子的主意，却一边又渴望这孩子降生，万一他真有六个脚趾，他这一生，也就足了。

光阴就在他的犹豫和矛盾中悄悄地流去了。当一声尖亮的婴儿的啼哭把他从梦中惊醒时，他先是感到计谋破败的绝望，继而又感到一种解脱的轻松，他一动也没动，他的女人不愧是真正的女人，一个小时后，她自己已把孩子收拾得利利索索，包裹得严严实实地放在一个鲜红的小枕头上，她自己则平躺在被子里，疲惫而平静地进入了梦中。

葱忍了半天，终于轻轻地爬起来，认真地端详着婴儿粉嘟嘟的小脸，他想找出与自己相像的地方，结果白费了功夫，他又用颤抖的手，一层层揭开孩子的包被，他的脸白了，是个女孩，这和他的梦想太不着边际了，他又用抖抖的长指，一把抓住那双红红的嫩嫩的小脚丫儿。他闭上双眼，仰望着上空，嘴唇叨叨念着什么，他在祈祷上苍⋯⋯许久许久，他才紧紧地憋了一口气，猛地展开手指，将眼睛盯过去，仔仔细细地反复数了三遍。不错，每只脚上都齐刷刷地排着豆粒儿一样的五个脚趾头⋯⋯

他绝望地哀号了一声，冲出屋去。

他一去就是十二年。他曾打算不回来了，但每每又给什么东西缠绕着，想起那个给过他幸福但更多是痛苦的苦难的家，他终于又站在了他熟悉而又陌生的小院前。他望着那整齐的栅栏，锃亮的玻璃，不知该怎样面对这里的主人。这时，一个十一二岁的女孩子风风火火地从外面跳跃着奔进院里，并好奇地回头望了他一眼，这一眼使他的心猛地往上一提，这和十五年前他女人的眼睛多么相同啊，这一瞬间，他甚至幻想，她能像他梦中的那样，张着胳膊向他扑来。然而，她没有动，她的脸蛋在阳光下泛着红灿灿的光，一双秀眼柔媚地闪动。

"你是谁？"她的声音极响极硬，这一点不像她的母亲。

"我……"葱结巴了，我是谁？葱自己也不知道。

"喂，乖乖。"一个挺像样挺体面的男人，嘻嘻哈哈地打着招呼，大大咧咧地就往院里进。

"噢——"女孩撒娇地把这一声"噢"拐了八九道弯，"你不说给我买红纱巾吗？"

"看，这是什么？"男人炫耀地从怀里拽出纱巾，在空中一抖，那血红的纱巾在空中划了道好看的弧线，正好落在跳起来的女孩雪白的脖子上。男人眯眼笑着，很不经意地在女孩的粉脸上捏了一把。

葱早已把指节摁得嘎嘣嘎嘣响，可女孩竟然一闪腰，咯咯地开心笑起来，脸蛋更加鲜亮。

"你是谁？"女孩忽然重又想起了葱，便又逼问了一句。

我是谁？我是你爹，王八蛋！葱在心里恨恨地骂道，冲进屋里。

女人正端坐在炕沿上，一心一意地摆弄着手里的一只极精巧的打火机。老天，她竟然和过去一模一样，皮肤仍旧白净红润，头发闪着黑亮的光，极规矩极好看地挽在脑后。

"你……"她抬头的一瞬间，眼里露出明显的惊喜，然后，慢慢地，她脸上的红润开始减退，最后变成了苍白。

葱忽然觉得很累很累，嘴唇动了动，"她娘……"葱竟说出了这么句蠢话。

"她娘？哈哈……"女人竟大声地笑起来，甚至有些粗野，她的脸色渐渐地又红润起来，嘴角充满嘲弄。

葱为刚才自己的犯傻后悔得直想揪头发。这时，门被撞开了，刚才在院里的那个男人，迈着方步进来了，高声大嗓地嚷："我说，咱这葱儿真跟你是一个模子刻出来的。"

这孩子竟然随了自己的名，葱自嘲地咽了口唾沫。

"净说废话，我的闺女不像我还像走道的？"女人脸上立刻开了花，把个葱直直挺挺地晒在那儿。

"我再问问，你说给葱儿捎几尺花布来着？"男人眯着笑眼。

女人嗔怪地又佯装生气地把小嘴一撇，"哼，腿在你自个身上，要来谁还能挡住，竟找借口。"

男人便嘿嘿一笑，伸手从烟筐笤里拈起一根卷现成的烟，女人"叭"地把手里的打火机点着，男人凑过去，手里做着遮火的动作，却在女人的手上使劲握了一下。女人假装不觉，偷偷看了眼葱，这一眼，使她立刻停了手脚。她看到的葱，颤抖着，眼睛里喷着火，周身都在冒烟。

“你，你走吧……”她去推那坐着炕沿的男人。

“他是谁？”男人漫不经心地问，同样的问话，使葱那压在心底的屈辱，全部迸发出来，他冲上去，只一拳，就把那个体面的男人打得鼻口蹿血。

“你是谁？”那人捂着鼻子，倒退着，故作镇静地问。

“我是你祖宗！”葱顺手抄起了墙角的铁锹，狠狠地劈过去，吓得男人嚷着什么跑了。

看着那猫着腰狼狈逃跑的背影，葱第一次尝到了胜利者的骄傲，刚才的愤怒倏地消失得干干净净。葱不无得意地坐在刚才那人坐的位置上，伸手去摸女人，女人一笑，躲开了，他也不去计较，一仰头，躺在炕头上。这是他的家，是他祖爷爷留下来的，他很踏实地睡去了。

醒来时，他的精神很好，晚饭是他爱吃的煎饼卷大葱，他吃得很顺口。一家三口围着桌子吃饭，这感觉很好。只是葱儿并不吃煎饼，而是漫不经心地往嘴里扒饭。她不爱吃他最爱吃的煎饼卷大葱，葱翻了她一眼。

整个一顿饭，葱儿没看他一眼，就像旁边压根就没有这么一个人。只是一味笑嘻嘻地跟她娘叨念一些他不知道的人名，忽而眉飞色舞，忽而娇羞满面，完全不像一个孩子。她的眼睛一直向上翻着，娘告诉她“这是你爹”时，她也是这么翻着，鼻子一噤，好像是哼了一声，又像是没哼。这是她一个人的女儿，葱想。葱搁下了手里的半卷煎饼，他饱饱的了，抑或说再也没有一点胃口了。

很长一段时间，他们就这样生活着。葱不再去计较那个孩子了，她妖艳也罢，风骚也罢，反正与自己无关。他现在感到平和的是他的女人，他再也没听过屋里的猫声，她变得很能干，居然能和男人一样地下田。秋收的时候，她的细嫩的手给谷叶割满了口子，葱很感动，劝她待在家里，她一笑，仍旧下田。

一日，他们一起割黄豆，直到夜色降临人脸模糊的时候，才把割下的谷子堆成大垛。女人说去撒泡尿，便转到几个豆秸堆后。葱接过女人的镰刀，慢慢腾腾地往回走，走了半个时辰，仍没一点儿女人的影，葱的心一沉，匆匆往回返。老远，他便又听到了那种熟悉的让他发疯的声音。他觉得忽悠一下，脑袋就涨成了水柳桶，顺手拽住一棵豆秸就往前跑。

葱抡起了豆秸，朝两条黑影狠狠抽去。随着一声惨叫，一条黑影腾地弹起来，掉头就跑，葱便用尽全力拼命地抽剩下的那条。豆秸落下的噼啪声和着女人的尖叫，使夜色变得阴森狰狞。葱像是上足了发条的时钟，不停地准确地把豆秸抡得又圆又响，毫不在乎女人的哀叫。他发了疯，他觉得他呼吸困难，他以为自己要死了。后来，女人再也没有了声音，葱也倒下了。

等他们再睁开眼睛的时候，是躺在自己家的炕上，葱儿漠然地倚在墙上，两条很直的腿平伸在炕上，一双粉红色的袜子，裹住了那双小巧的脚。这时，她的小脚正鸽子头似的来回扭动，她微闭着一只眼睛，用另一只眼眯缝着，去瞅她娘，嘴角挂着一丝笑。她的娘给她瞅得红了脸，把脸扭向一边，葱儿便用另一只眼睛看着葱，也似那般眯缝，但嘴角很冷。葱用一双阴沉的眼睛，狠狠地盯着她。她的头往上略略一昂，眼睛向上一翻，便自顾望着房顶，谁也不理了。

日子过得焦躁烦心。葱忽然就喜欢上了酒，常常喝得烂醉，东摇西晃地倒在炕上，很有兴致地与女人调情。女人笑盈盈地问他："你真有闲心？"他就大声地笑，说："我为什么没有闲心呢，再说，我的地也不能老让别人种啊。"

女人对他酒后的装疯卖傻，故意不理，"天黑了，睡觉吧。"女人像哄小孩似的柔声哄他，一边把被盖在他的身上。葱胳膊一扬，把被掀到一边，"睡觉，我得和你睡觉。"葱忽然又兴奋起来，猛地揽过女人的脖子，就往被窝里拖，女人挣脱着嚷"灯，灯。"葱麻利地在炕上磨一般转了一圈，抬起瘦长的腿，将昏黄的灯苗踹灭。"这你可就没啥说的了，没啥说的了……"葱喘着粗气，使劲往女人的脸上喷，伸手去解女人的裤带，女人并不躲，由着他胡乱地抓扯。"你这个妖狐，把裤带系哪去了……"女人不声也不响，眼睛大大地睁着，望着房顶，就像等着上套的马车。"刺啦——"裤子拉开了，葱却迷迷糊糊地睡着了。

葱睡得很香甜，还不断说梦话，后来，就说渴，要喝水。女人就起身给他舀了一瓢水，葱就在梦里稀里糊涂地把一瓢水都喝了。葱再接下去的梦，很让他激动，他感到肚子里有很多流动的东西需要排泄，他久违了的男人的勃发，胀得他浑身难受，他伸手去抓女人，却一下醒了。这才明白是那一瓢凉水把他的肚子憋得鼓鼓的。

葱爬起来，趿拉着鞋走出屋子，狗仍旧安详地睡着。他一边很满意地四处望着，一边很响地尿着。忽然，他的哗哗声断了，他听到了那种让他发疯的声音，他提起裤子朝声音看去，柴垛下，他的女人和一个男人正赤白着身子，在重复豆秸堆后的游戏……葱的眼睛直了，他甚至很认真地观察了一会儿他们的姿势，他知道他不是这个女人的对手。他瞪着那双阴沉的眼睛，死死地盯着那团扭在一起的生命，脑子里竟十分清晰地在飞速旋转着一个念头，"杀死她。"

女人突然发出那种快乐到难受般的叫声，使他想起了炕席底下的那把杀猪刀。他跑进屋，他是带着某种笑意跑进屋的，在掀起炕席的一刹那，他无意间瞥了一眼偎在被窝里的葱儿。可怜的葱儿她在此刻不知为了什么正在梦中咯咯地乐出声，葱那无意的一瞥，正赶在这不幸的时刻，这一瞥，把他引向了绝路，一个更新的念头，使这个苍白着脸的男人一下红了眼睛，他差不多什么都没想，就朝着那团被子扑去……

女人回来的时候，脚步迈得极轻，她发现葱蹲在门槛抽烟的瞬间，还小心地笑了一笑，绕过他弓着的身子。当她听到炕上抖作一团的葱儿的哭声时，这个妖娆而精明的女人，明白了一切。她像一只受伤的母狼，"嗷——"的一声长号，蹿上炕把女儿抱在怀里，号啕大哭，边哭边扇自己的耳光……

她这一喊闹，葱儿反而不哭了，她呆呆地张着一双失神的眼睛，完全没有了平日的放浪，只从眼角唰唰地往下淌着眼泪。

以后的日子，过得从未有过的和谐，那晚的一瞬间，了结了葱的一切恩怨，也差不多耗尽了他的整个生命，他的一头黑发在一夜间，变得雪白。这一年，他四十二岁，人称他老葱。

女人是什么，他不知道。女人与他有什么关系，他更不知道。

他再也没看一眼女人和葱儿。人说"老葱你该给葱儿订婆家了"。他一翻那阴沉的眼睛，别人便不再言语。又有好事的人说，"老葱你娶了仙女般的美人儿，咋还愁成这样"？他也不搭茬。还有人说"老葱你女人又跟人在苞米地打滚儿呢"，他仍旧翻着那双阴沉的眼睛，走自己的路，不声不响。人说"老葱要修行了，不问人世烦恼了"。他的脸照旧苍白，毫无表情。

老葱五十八岁的时候，看上去有七十多了，他的女人却依然鲜亮，葱儿却枯萎成一棵草，只不过这草是绿的，她早已多年不肯讲话了，不知道的人，以为她是哑巴。

这年秋天，老葱得了他不该得的病。在他急需输血的时候，在这个偏远的地方，没有一个人的血型和他一样。当大夫对第十二个抽血的人摇头的时候，老葱的脸惨白得如一张白纸，心跳也快停止了。

"抽我的吧。"一个极弱的女人的声音。这既熟悉又陌生的语调，使老葱缓缓地动了动眼皮，然而，终于没有睁开。以后，就进入了遥远的梦境。

当老葱再一次睁开眼睛时，他觉得周身有了力气，大夫告诉他是葱儿给他输了血。

老葱惊恐地瞪大那双阴沉的眼睛，那眼睛瞪起来，竟是闪闪发光，咄咄逼人。他伸出青筋暴突的手，在空中乱抓，嘴唇张成一个大大的 O 型，O 型随着他的拼命抓挠，不断地变换形状，却发不出一丝声音，他又用乞求的眼神去看他的女人，他相信，只有他的女人明白他的意思，但她一直默默地看着他，她的脸色和他一样苍白。老葱终于无力地垂下手，两行老泪迷住了眼睛。女人这才慢慢地把葱儿拉到他的身边，老葱再次抬了抬手，想拉一下葱儿，葱儿一躲，把手藏在背后，他便定定地，用一双贪婪的眼睛，一动不动地凝望着葱儿，看着看着，他的嘴角挂上了微笑，眼睛也慢慢地闭上了。

女人惊叫起来的时候，那输血的针头已在他的手里攥了很久，鲜艳的血液把床单洇红一片。

老葱入殓的时候，沉默了一天的葱儿娘忽然双膝跪在老葱的头顶，以一个女人最伤心的恸哭，使在场的每个人都落了泪。只有葱儿一直呆呆地立在一边，任秋风把她斑驳的辫梢刮得老高，老高。

屯　丧

阿俊是在把钥匙插进门孔里时，听见客厅里电话哇哇响的。

阿俊没有着急。阿俊知道着急也没有用。

阿俊没觉得她在拧最后一圈时，与以前有什么不同。但门锁确实开了，就像憋得很久的老婆婆没忍住乐，突然咧开没牙的嘴，笑了一样。

阿俊在电话铃声中，换上拖鞋，把精致的坤包挂在门后的钉子上，还用手掂了下那把出其不意的钥匙，然后呱嗒呱嗒走进客厅。

电话是爱人长文的姐姐从外城打来的。她告诉阿俊，她娘，也就是长文的大娘昨天去世了。问她和长文去不去奔丧。阿俊想也没想就对话筒说，我知道了。她没说去，还是不去。

放下电话，阿俊开始翻书。她的《红楼梦》里夹着大户有奖储蓄卡，她这个月中了三等奖400元。下午她已把她压在办公桌玻璃板下的号码反复核对了两遍——0101001，没错。400元对家庭月收入700元的她，是一笔不小的数目。尤其是以这种意外的形式出现，让她多少觉得冥冥中有点什么东西，点化了她的日子。这让得到好运庇护的她，平白无故地生出感动和想要报答谁的感觉。她不自觉地哼起"男人拉着女人的手，孤单单的脚印变成两串……"

阿俊在把储蓄卡放进包里的时候，电话铃又开始鼓噪。这次是长文的父亲打来的。那意思是要个准信，他们到底去，还是不去。

阿俊想了一下，说你们自己去自己的吧，我们再说。电话那头停了一会儿，吧嗒搁了。

阿俊觉得长文的家人突然有些莫名其妙。在她的感觉中，长文这个住在乡下的大娘在他们的生活里，实际是一个模糊的概念，他们似乎从来没有正儿八经地唠过有关这个乡下老太太的话题。至于阿俊，她不可能超过长文对老太太的认识——她根本没见过她。阿俊觉得长文的家人如果不是小题大做就是故作姿态，要不就是老来变态。阿俊不自觉地笑了一下。她没有理由不笑。她从长文的父亲、姐姐的电话里都没听出悲痛、哀伤这一些与死人有关的东西，她自己还能做出什么状？

去，是肯定不用去了。没有感情，眼看着别人号啕自己哭不出来，这是一件要多尴尬有多尴尬的事。事后邮点钱给他们就是了。

长文是在半夜时，笑眯眯地回来的。长文自当了副经理，就常常不按时回家了。只要他的眼睛笑眯眯地见人就乐，阿俊就知道他喝高了。他说他得公关，没法子。阿俊要再过去，就绝不去理他，那酒糟一般的气味，让她恶心。这晚阿俊没有生气，她光着脚跳到地毯上，摘下包往长文脖子上一挂，津津乐道地讲0101001。

看着她捡了天大的便宜样子，长文就故意嗲着嗓子说我们阿俊什么时候变得这么徐气啦？长文故意把俗气说成"徐气"，逗得阿俊吊着长文的脖子咯咯地撒娇。

阿俊把胳膊从长文脖子上缩回来时，太阳已经亮晃晃地照在了床上，长文说声要迟到了，一跃而起。

"哎，我说长文你大娘死了。"阿俊把脑袋缩回被窝，她准备再睡。

过了半天，阿俊忽然觉得不对。外面的门没响，长文没出去。

"长文，你站那不走干什么？"阿俊又把毛烘烘的脑袋探出来。

"你，怎么回事，为什么不早点告诉我？"长文愣了半天，忽然气势汹汹地返回卧室。

阿俊猫一样把眼睛眯成一条线，她没想到长文会这么认真。

"不行，我得去！"长文坚决地把文件夹扔到地毯上。

阿俊觉得长文的一家人都出了毛病，一下都变得神经兮兮的。

阿俊嘟囔说你要去谁也没拦你，干什么那么凶？

拦你也拦不住。我就这么一个大娘死还能死几回？拿钱给我！长文的口气像个将军。

阿俊一气，把储蓄卡扔给了他。长文什么也没说拿起就走，好像这钱是本来就有的。

长文要是不带轿车去奔丧，阿俊是死活不会去的。长文打回电话说有车很方便，问她去不去。她就去了，她觉得多少得给他点面子。

他们，准确地说是长文在路上买了最贵的花圈和两大捆黄纸，看着两张大票不翼而飞，阿俊的脸就有点冷冰冰的。长文没管她，长文就反复强调"我大娘就死这一回，顶天花钱能花多少，想再花还没机会呢"，阿俊不吱声，阿俊觉得没啥可说的。

他们来到大娘家的时候，太阳已经落了山，大娘家的院墙上挂了一层黑黄的色光。一条老态龙钟的青狗呆呆地看着他们进院，趴在那，长长地拖着尾巴。阿俊扯着长文的衣襟迈过老狗的长尾巴，一进院子，阿俊的头皮就唰地凉了，浑身冷飕飕地起鸡皮疙瘩。她看见一口庞大的紫木棺材，冲着正南，端然而卧。精雕细刻的万字形花纹，绕着棺材底边着了五彩釉色龙飞凤舞，云蒸霞蔚，十分壮观。上乘的木质纹络显示出死者的富贵，超厚的天棺昭示着死者的威风……房子朝南的三扇窗户洞然大开，挂在窗框上的六串黄纸直拖地面，在早春的风中，来回摆动，发出唰啦唰啦的声音。洞开的三扇窗前，一字列开八个男人，他们着一色的青衣，怀抱长长的青铜喇叭。只有最有威望的死者，才配这么上讲的殡葬。

阿俊在这一派隆重而肃穆的出殡氛围中，突然生出无比的感动，眼泪不觉就流出了眼眶。她知道这完全不是大娘的缘故，而仅仅是"死"的本身让人折服。

阿俊在这个时候，听见一种若有若无的音乐，那细微微、颤悠悠的曲子中，渗了痴迷、悲惨、邪恶等等莫名其妙的让人难受的东西在院子里缠绕，使院子里四处充满秋天里落木枯败的糜烂气息……阿俊下意识地瞥了一眼喇叭匠，她怀疑是他们弄出的声音，但很快她就改变了看法。因为她已经随着长文迈进门里，那种声音正对着她破门而出。

屋里黑惨惨地黯淡无光，只有两支噼啪作响的蜡烛闪着血红的火苗，照着两个脸色红润的疯狂的女人。她们一手拿着皮鼓，一手拿着鞭子，在蹦跳着发出那种可怕的声音时，还夹进了"铿、聚、嚓、吭、锵……"的撞击声。原来是传说中的跳大神，她们在跳大神。

没有人注意到阿俊他们的到来。一群人拥挤在狭窄的厨房里盯着大神看时眼睛里一律露出铅砣般沉着的光，里面灌满希望。人群中留出一大空地，一个老人躺在宽大的木板上。

阿俊第一次看见乡下死者的装束，她的身上再次激起了一层疙瘩。死者青色的棉袄棉裤又宽又大，完全不像穿在身上，而是由老太太进到里面。老太太的头发又密又黑，顺着头顶披散开来，在头顶处，抽出一绺，梳成一条细细的小辫，末梢扎了一根红头绳。老太太的脸颊完全瘪塌下去，透过那层枯黄的薄皮，仿佛看见了里面的枯骨。老太太的头顶上摆了厚厚一摞烧纸，最上面的几张不时随着门里灌进的风呼啦两下，像是在无声地燃烧。

大神这时跳得正起劲，下摆宽大的红裙上，缝了红、黄、黑、白各色布块。她在奋力舞动的时候，裙摆忽而抖动着，像有水从上往下流，忽而起伏着变成风车，兜满了风转成圆。布块在这个时候，就变成了蝴蝶，上下翻飞，活了一般。大神的脸一会儿就变成了黄色，头发更显得枯焦，完全没有阿俊想象的那种仙风道骨。她的两耳上吊着琥珀环，闪着幽光，带着邪迷，噼啪啦地烧干柴似的爆响，手中的鼓不时地在鼓鞭的抽打下，发出当当的声音。

死者脚下的两根红烛凝了厚厚的蜡水，成了矮墩墩的擀面杖。半寸长的火苗照着大神纤细的腰和满是皱褶的脸。大神舞得很凶狂，那力气完全不像一个老人使出来的。

这种地方性的宗教直到今天还让这里的人如此崇拜痴狂，这让阿俊在城里根本无法想象。但现在，阿俊连她自己都不明白，她为什么也觉出心怦怦狂跳，宛如进了另一种境界。她悄悄地捏了长文的手，他的手竟也是出奇的冰凉，他们都没有出声。

大神这时邪魔的曲子变得高亢，如同秋夜里的凉气，无孔不入……

"左手拿着文王鼓，右手拿着点神鞭，文王鼓，中灵钱，打三打，点三点，惊动了胡黄的人马下高山……弟子我大喊一声听八百，小喊一声惊动了胡黄二仙……扫来弟子头上三把火，借口传音治他的病万厄呀……"

二神是一个年轻一点的女人，她把鼓引向大神的耳边唱："我的老仙家，体谅我拙嘴笨腮心地善良，体谅我伺候仙家有过功德呀……"然后带着某种引话，再把鼓送到大神的耳边……

她们就这么舞动着，抽打着，念唱着，有很多词阿俊根本听不懂，她觉得那真有点天机不可泄露的味道。但下面的唱词她听得很清楚：

"我前照后照左右照，我照照谁家的供主点起了香火……"

"老仙家，你听着，赵家户下铺红罗。一不为君二不为主，只为老太太魂飞魄不去，这才捉擂鞭来请神佛。老仙家，阴阳找哎，八卦科，替他庄户人家赶走灾厄，让老太太跨鹤仙游把你美名播……"

后来，大神当地敲了一声鼓，就完全地沉静下来。她们脑袋低垂着，陷入疲倦而痛苦中。一个四十多岁的胖女人瞥了眼灵床上的老太太，对着大神的耳朵小心翼翼地问了句什么，大神眼也没抬说"快了"。妇女就将一个红包塞给二神，二神在痛苦中回了妇女一个好看的笑，她们就朝门走来。

中年妇女这时才发现门边的长文和阿俊，她愣了一下，就粗声大嗓地拍巴掌说："这是不是咱家的长文呀……"长文的父亲和姐姐们都从人群里挤出来，连说是，是，正是他们，脸上露出宽慰的神情来。

阿俊和长文在父亲引见下，都对那胖女人叫了大嫂，对一个抄袖的瘦高条叫了大哥。还有一个干干瘦瘦的老头一直坐在灵床的下角，伸手在老太太宽大的黑衣服里。这边闹哄哄的，什么都没影响他，他已经很老了，分明什么也看不见、听不着。大哥大嫂把长文他们引到老人身边，告诉他们这是他们的大爷。阿俊在这时带了一种对死的崇拜，默默地站到死者的头前，她的身体还没有完全躬下去，就惊叫了一声——死者在打呼噜——她清清楚楚地听见老太太在打呼噜。

肥胖的大嫂是个精明的女人，她一眼看出阿俊的惊讶，连忙把阿俊拉到一边，用十分亲近而又神秘的语调小声跟阿俊说，妹子哇，你大娘她作妖啊，看早就不行了，算计到你们来时，也该咽气了，不知咋的，她就是不走，昨晚还，还……胖女人像是自己把自己吓住了似的，把膀子抱在了一起，张着惊恐的眼睛四下看了看，又压着嗓子用低得阿俊勉强听得见的声音说，昨晚她还自己下地走了一圈又倒在板上……

阿俊的头皮给胖大嫂搞得像用冰水冻了一样，又凉又紧，身子不觉就开始颤抖。她不相信会有这样的事。再看长文也正缩着脑袋蜡黄着脸听瘦子大哥在嘀咕什么。大哥这个乡干部，算是屯子里有头脸的人物。

快到里屋坐吧，大嫂扳着阿俊的肩膀把她扯到里屋，又用手抹了抹炕。大嫂停了一下，又正色地接着说刚才的大神可是远近有名的角儿，说是今晚就差不多了。大嫂长出了一口气，她的粗壮的脖子一定搞得她很别扭。

阿俊一直还没有吱声。她只是觉得十分饿，她知道这不是一般的饿，她有一种空的感觉，这空是什么，她还说不清。她就是觉得她像是到了一个十分模糊的地方，四处没有边沿。

大嫂，阿俊试图用嗓子表示出一些亲热，她懂得在乡下论，她和大嫂就是叔伯妯娌，亲戚得有亲戚样，她正盘算着接下来说什么，外屋突然像爆炸了似的轰的一声，紧接着噼里啪啦的乱响和惊叫声绞成一团。大嫂本能地叫了声完了，就如一只机警的老猫，嗖地钻出屋子。阿俊追到门槛就吓傻了，她看见老太太正拖着宽大的寿衣在地中间舞着，苍白的脸和眍着的眼睛在乌黑的寿衣映托下，就像纸剪的人形，狰狞恐怖。披散的头发中间翘起的小辫儿拖着红头绳，就像车老板的鞭子一样，在头上忽起忽落……

没有人敢上前拉她，长文的大姐除了尖叫和使劲地揪长文的胸脯外，腿已经在一节节地下跪，乡干部早藏在老爹的背后连脸都不敢露出来，只有一直不吱声的长文的大爷，那个好像什么都听不见的老人，颤颤地走上去把老太太又拖回到木板上。老太太往木板上一躺，又如死人般的悄没声息了……

屋子里一下静下来，仿佛都没了气脉，只有门框上的黄纸唰唰地响得很有板眼。阿俊冷得抽搐成一团，她一步步蹭到长文跟前，抓住他冰凉的手。

不知过了多长时间，乡干部抽抽泣泣地掉起眼泪。他是觉得他这一家之主已经无力操持这个局面了，他要把老娘的丧事办得体体面面的美好心愿，已被老娘自己搞得面目全非。屯子里人人都在传老太太心事没净，闹尸了。

妈噢，你有啥不随心的，到那边我给你办，你可不能搓摸你儿子呵……乡干部终于忍不住心里的难受，呜呜地哭出了声。

长文的大爷不知什么时候又把手伸进老太太的寿衣里。他张着一双昏黄的老眼，没有任何表情地坐了半天，说把院里的驴杀了吧，那正好是一头黑驴，用黑驴蹄子给你妈压压尸吧。

第二天太阳还没有出来，四只黑驴蹄子已分别压在老太太的手和脚上。

整个白天，一家人都守在老太太的周围，盼着古传的妙招能斩除灾难——他们已分明感到这是一场灾难。屯里的人已经不像头两天那样来给捧场了，吹喇叭的人也只剩下三个亲戚碍着情面没有走。谁也不想沾上晦气。他们都听过关于诈尸的传说，说人死后或是明明不能动了，却能抽冷子站起来，过了三三见九天后，就要祸害人。

长文的父亲显得没了主见，看着太阳就要再次落下山，而老太太的呼噜丝毫不减，就又提出一个高招，让他的侄子去找犁碗，说是他从小就听说犁碗能镇尸。

长文生气地看了一眼父亲，父亲没理他的儿子，脸上是执着的表情。

阿俊对她的老公公更是百般的不解，她想象不出这个在她面前永远板板正正的老干部，居然有这样的主意。这让她想起一个美国人的话：中国的城市人追溯到上三代就是农民。她现在是真正地感到饿了，他们来了两天，连饭桌还没上呢，就围着锅台吃几口。她知道要不是出了大事，乡下的亲戚是绝不会怠慢他们的这些城里人的，可见他们已到了非常时刻。

然而，长文一家人千里奔丧的出奇热心，并没打动老太太将死的魂灵。当半夜的钟声还没有响完，老太太又一次起来，宽大的寿衣把四个黑驴蹄扫到一边……

在人前直惯了身板的乡干部扑通一声，给他的老娘跪下了，嗵嗵地把头碰向地面。

胖女人一见连忙弯下那肥胖的身子，学起她的男人。

长文的父亲领着他的女儿们不自觉地向后躲去。老太太像母鸡扎撒翅膀一样，把两个胳膊往上抬了抬，就倒在灵床上。

曙光再一次照白这个胆战心惊的屯子时，外面吹喇叭的人，都走光了。威严的棺材在院子里显得无所事事。

屋里的人都不再说话。他们不知不觉地都离开了老太太的灵床，他们都感到守护老太太已经没有意义，但他们不知道这个时候应该做些什么。

要不找个大夫来看看，长文终于说出阿俊早就想过的话。

大夫早就说不行了，连吊瓶都打不进去了。乡干部像吞了黄连，满脸是苦。

爹，人说石碾也能管事……大嫂凑到公爹跟前，小声地说。

老人动也没动，依旧把手伸在老太太的衣服里，张着那枯黄的眼睛，毫无表情。

爹……儿媳妇又叫了一声。

老人没理他的儿媳妇，只把头转向他的兄弟。

长文的父亲赶忙过来，问他哥哥有什么事。

你还记不记得那"符"是怎么画的了？

长文的父亲恍然明白大哥的意思，他从小听说过往诈尸的人脑门上贴"符"，就能镇尸，在他看来那都是编出来的瞎话吓唬小孩的，他从来没见过真的所谓的诈尸，也不相信，更别说什么符，就摇摇头，说不记得了。

老人就又开始沉默了。这次他闭上了那双老眼，像是在想很遥远的事情……

长文他们来后的第四天早晨，这个迟迟不肯离去的老太太，终于安静地闭上了眼睛。

当人们从老太太的脸上揭去那张她的老伴亲自为她画的"符"时，老太太的脸已经冰凉，她已经去了很长时间了。

老太太的丧事远没有她的儿子为她设想的那般隆重。喇叭是吹了，但吹得有气无力。披着麻袋，扛着灵头幡的儿子像给自己送葬似的，弓着腰走在棺材前，不想让人看见他的脸，胖女人的号啕自始至终不降调，让人怀疑"儿媳妇哭老婆婆假模假式"不是真的。长文的父亲还有他的姐姐们满脸吊丧的样子，却掩饰不住大功告成的释然。长文整个人十分麻木。

　　只有阿俊注意到了，她的大爷，准确说是长文的大爷没有出门，她知道真正难受的只有那个看似无言却悲痛万分的老人，因为，老人用一张假"符"——那千真万确是一张自己瞎画的假"符"，从脑门到嘴上蒙在了老伴的脸上……

　　那"符"揭下来的时候，是湿的，它堵住了老人的呼吸，镇住了老人最后的对生命的挣扎，也安抚了活人的心。